CHÈRE NATAL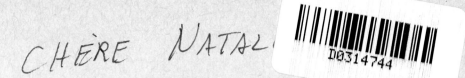

BON VOYAGE
AU MEXIQUE

Vincent

LE MAÎTRE DE
CHICHEN
ITZA

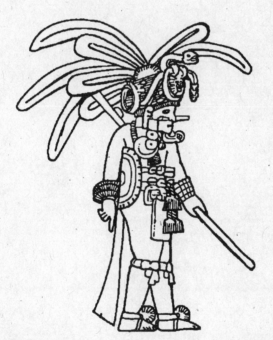

LE MAÎTRE DE
CHICHEN ITZA

VINCENT
CHABOT

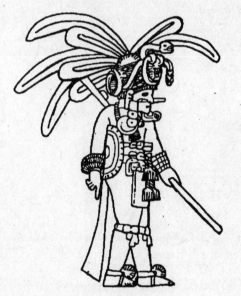

ROMAN

ÉDITIONS QUÉBEC/AMÉRIQUE
425, RUE SAINT-JEAN-BAPTISTE, MONTRÉAL, QUÉBEC H2Y 2Z7 (514) 393-1450

Données de catalogage avant publication (Canada)

Chabot, Vincent

    Le maître de Chichen - Itza

    (Collection Deux continents).

    ISBN 2-89037-507-2

    I. Titre II. Collection.

PS8555.H32M34 1990 C843'.54   C90-096499-5
PS9555.H32M34 1990
PQ3919.2.C52M34 1990

Dépôt légal
4e trimestre 1990
Bibliothèque nationale du Québec
Bibliothèque nationale du Canada

Montage
Édiscript enr.

Table des matières

Les illustrations intérieures ont été reprises des livres suivants, qui les ont eux-mêmes tirées de divers documents historiques laissés par les Mayas ou sur eux:

Le popol-vuh, histoire culturelle des maya-quichés, de Raphaël Girard, Paris, Petite Bibliothèque Payot n° 270, 1972.

The Mayan Factor, Path Beyond Technology, de José Argüelles, Santa Fe, New Mexico, Bear & Company, 1987.

Le Mexique précolombien, de F. A. Peterson, Paris, Petite Bibliothèque Payot n° 277, 1961.

Grandeur et décadence de la civilisation Maya, de Eric Thompson, traduction de René Jouan, Paris, Payot, 1980.

Principaux personnages

Balamdé: magicienne olmèque, prêtresse de la Lune.
Chimec: assistante de Balamdé.
Kabal-Xiu: grand prêtre du dieu de la pluie, originaire de la ville d'Uxmal.
Chac-Xib-Chac: gouverneur-roi toltèque de Chichen Itza.
Tiha Cahuich: marchand maya, père d'Hunac.
Hunac Cahuich: jeune Maya dont l'histoire est le sujet de ce récit.
Han Chuen: important marchand de Chichen, futur beau-père d'Hunac.
Touloum Chuen: fille d'Han Chuen, fiancée d'Hunac.
Kopal Chuen: fils d'Han Chuen, grand amateur de pok-a-tok.
Jolom: chef des milices puis gouverneur intérimaire de Chichen.
Ixaquil : princesse toltèque, fille de Chac-Xib-Chac.
Thordold: nom viking de Kukulkan.
Oreillana: femme ermite vivant à proximité des ruines de Palenque.
Nekhabouto: nom égyptien de Quetzalcoatl, le serpent à plumes.
Xa-Chit-Tecan: grand prêtre du culte de Kukulkan.
Taojotl: chef des guerriers mexicas, allié d'Hunac.
Ah Raxa: gouverneur maya de la ville de Mayapan.
Tak Jamal: gouverneur itza de la ville d'Izamal.

Voici le récit de la chute de Chichen Itza, la fière, la puissante. Voici l'histoire de l'ascension d'Hunac Ceel au trône du Jaguar.

Puisse ce manuscrit survivre à la disparition de notre culture prédite par nos livres sacrés. Puissent ces paroles atteindre les générations futures qui verront l'anéantissement du quatrième soleil et l'avènement d'une nouvelle aube.

OFFRANDE À IXCHEL

Offrande à Ixchel

À l'écart de la capitale endormie, loin du puits sacré et de la pyramide du Serpent à plumes, une enceinte massive dissimule une étrange cérémonie où, sur le rythme effréné des tambours et des conques, palpite le cœur de la nuit.

Sous le portique central du temple des phallus, assise sur un banc de pierre sculpté de serpents, une femme à la peau sombre et au regard de braise contemple le groupe de danseurs qui s'apprêtent à soumettre leurs âmes et leurs corps aux divinités anciennes de sa race. Six hommes et six femmes, entièrement nus, propulsés dans une transe de plus en plus profonde, imitent les girations du Serpent céleste en ondulant au gré des pulsations sonores engendrées par les doigts habiles des musiciens. Projetées par les feux de quatre grands braseros de pierre, les ombres fantomatiques des danseurs montent à l'assaut des murs décorés de symboles énigmatiques et de figures spectrales qui, elles aussi, semblent vivre et se mouvoir en cette nuit de pleine lune.

Balamdé, la dame noire, la grande prêtresse de la Lune, se dresse sur ses jambes noueuses, s'avance entre les colonnes à formes humaines qui soutiennent le portique et va se placer au milieu de brûleurs d'encens à l'effigie de créatures mythiques dont les bouches dilatées crachent dans la nuit de lourdes volutes d'encens de copal. Levant les yeux vers le ciel constellé, elle prononce d'une voix rauque une étrange invocation.

– Viens, Ixchel ! Viens te joindre à nous, mère céleste ! Buvons ensemble à la coupe du sacrifice.

Semblant répondre à cette invitation, le visage blafard de la déesse émerge d'un amas de nuages et projette sa lumière aux pieds de Balamdé. À la vue de la tache argentée, la dame noire fait éteindre aussitôt les braseros, car les émanations subtiles du feu ne doivent en aucun cas se mêler à celles de l'astre nocturne sous peine de compromettre le bon déroulement du rituel.

La dame noire tourne alors son regard en direction du phallus de pierre érigé devant elle. D'un geste lent, elle détache la peau de jaguar qui revêt son corps et la tend à une jeune femme aux cheveux blanchis à la craie et zébrés de rubans multicolores. L'apprentie de la magicienne, la belle Chimec, étend la toison à la base du phallus puis, prenant le flacon que lui donne une esclave, elle enduit l'épiderme de sa maîtresse d'un onguent à base d'herbes dotées de pouvoirs protecteurs.

Avec la souplesse d'un félin, Balamdé se glisse ensuite au milieu du groupe d'influents personnages qui voit en elle l'instrument privilégié de sa politique occulte. Leurs corps couverts de capes couleur de braise, leurs visages dissimulés derrière des masques de plumes aussi noirs que la nuit, les six conjurés déposent leurs mains tremblantes sur les tatouages rituels couvrant le ventre et les seins de la magicienne. Communiquant ainsi leur volonté et leur magnétisme à la dame noire, ils la chargent de transmettre leur sombre dessein à la déesse nocturne.

Délaissant les hommes masqués, Balamdé retourne auprès du phallus de pierre. Tandis que sa bouche entonne une mélopée sans âge, les danseurs s'approchent d'elle. À grand renfort de frôlements et de caresses, les femmes entraînent leurs compagnons vers une excitation sexuelle de plus en plus intense. D'un geste des bras, Balamdé signifie aux danseurs mâles de se grouper autour d'elle. Tendant une main, elle pose son index et son majeur sur le front de l'un d'eux; le visage moite de l'homme se fige aussitôt et ses yeux hagards s'éclairent d'une lueur d'extase. Lorsque la magicienne a ainsi projeté son influx magique sur les six hommes, chacune des danseuses prend entre ses mains l'un des membres virils gonflés de sang et le dirige vers Balamdé. Sans qu'aucun des danseurs émette le moindre signe de douleur ou de protestation, la magicienne, armée d'une fine aiguille d'or prolongée par un fil de cuivre, pratique une incision oblique qui transperce de part en part la racine de chacun des sexes mâles levés vers elle.

Tandis que les doigts fiévreux de la fille d'Ixchel conduisent au sacrifice les corps trempés de sueur dont la sève et le sang alimenteront bientôt l'astre de la nuit, Chimec tire et noue le fil de cuivre de manière à former un cercle magique au centre duquel se dresse le phallus cérémoniel. Afin de se nourrir de la transe des hommes dont le sang se répand goutte à goutte sur le sol, la magicienne s'accroupit au milieu du cercle de pouvoir ainsi constitué. Entourant le phallus de ses jambes et de ses bras, elle ouvre son corps aux forces puissantes générées par la magie du rituel.

Alors que les danseuses continuent par leur manège à exciter les sens de leurs partenaires, les personnages masqués entrent à leur tour dans le jeu sanglant. À l'aide du fin stylet qui pend à leur cou, chacun se perce une veine du bras et se tire quelques lampées de sang qu'il recrache aussitôt dans un vase d'argent que fait circuler une naine aux membres difformes, une autre des étranges créatures dont Balamdé aime s'entourer.

Pendant que la force vitale canalisée par le fil de cuivre se répand en ondes vibrantes autour de la dame noire, Chimec fait signe aux musiciens d'accélérer le rythme. Alors que les yeux révulsés des danseurs semblent contempler d'autres espaces et que montent dans la nuit les soupirs et les grognements de corps en proie à d'incoercibles tremblements, Ixchel vient lentement se placer au-dessus du cercle magique. À la vue du visage éclatant de la déesse, les yeux de Balamdé s'éclairent d'une inquiétante lueur et un frisson parcourt son échine mouillée de sueur sur laquelle se reflètent les émanations argentées d'Ixchel.

Entièrement subjuguée par la fantasmagorie du rituel, l'assistance voit bientôt une lueur orangée nimber d'abord le ventre, puis le corps tout entier de la prêtresse. Les yeux révulsés, la respiration haletante, Balamdé tend ses bras vers le ciel, comme si elle voulait étreindre le masque lointain de la mère céleste.

Même Chimec, qui observe depuis longtemps la magicienne olmèque en train de déployer les secrets de son art, et qui connaît ses dons réels aussi bien que ses artifices, croit rêver en voyant des filaments d'une substance rougeâtre tisser autour de Balamdé un mystérieux cocon translucide à la surface duquel voyagent à toute vitesse des étincelles de lumière verdâtres.

La jeune femme prend une profonde inspiration et pénètre à son tour à l'intérieur du cercle magique afin de porter aux lèvres de la magicienne la coupe remplie du sang des hommes masqués. Toujours à l'écart de l'impressionnant rituel, ces derniers ont de leur côté de plus en plus de mal à cacher la stupeur et la crainte superstitieuse qui les habitent.

Les mains levées vers Ixchel, Balamdé écarte ses lèvres charnues d'où s'évade une écume vermeille, et prononce les formules qu'ont, bien avant sa naissance, psalmodiées sa mère, la mère de sa mère et ainsi de suite jusqu'à l'origine du monde. Entre temps, le sang continue de s'écouler des membres virils, il imbibe la peau de jaguar et forme une flaque sombre et tiède où le sexe de la magicienne, comme une bouche avide, s'abreuve au fluide vital. Les yeux perdus dans la contemplation de la déesse de la nuit, le corps secoué de spasmes et de violentes contractions, la dame noire profère encore les antiques mots de pouvoir, ces paroles sacrées, révélées par Ixchel à sa première fille, afin que celle-ci puisse imposer sa volonté aux objets inanimés, aux plantes, aux bêtes, aux humains et aux dieux mêmes.

Alors que toutes choses dansent et vibrent follement au rythme toujours plus excitant des tambours, le corps de Balamdé, ayant condensé autour de lui suffisamment des subtils effluves, paraît se libérer de la pesanteur et se soulever du sol. Seule Chimec sait qu'approche la phase la plus délicate et la plus dangereuse du rituel : le moment où l'esprit de Balamdé, lancé au-delà du temps et de l'espace, peut aussi bien se perdre et abandonner à tout jamais son enveloppe de chair.

Un éclair fulgurant se produit soudain. Foudroyé par une force implacable, le corps de la magicienne se raidit et se tord. En même temps qu'un cri formidable, semblant venir tout droit du pays des morts, monte vers le ciel, un flot de sang jaillit de sa bouche. Alors, dans un effort qui lui coûte ses ultimes forces, Balamdé tourne son visage et ses paumes rougies de sang vers le masque impassible d'Ixchel.

Malgré son courage et son sang-froid, Chimec tremble et se mord les lèvres devant la tournure inattendue des événements. La jeune femme sait très bien que la dame noire est parvenue à l'extrémité d'elle-même et que la poursuite de la cérémonie risque d'entraîner sa mort. En proie au doute, elle tourne les yeux vers l'un des individus masqués. Ce dernier lui fait un bref signe de tête qu'elle interprète comme une invitation non équivoque à continuer la cérémonie. Elle connaît les importants enjeux politiques qui commandent l'immensité des forces mises en action : la mort de Balamdé peut bien être le prix à payer, le sacrifice ultime et nécessaire qui incitera la déesse Ixchel à prendre le parti qu'on attend d'elle dans la lutte de pouvoir qui se joue depuis longtemps déjà, sous le couvert trompeur des mots et des masques.

Se tournant vers les musiciens, Chimec leur ordonne de poursuivre de plus belle leurs battements effrénés. Grâce à son don de médium, la jeune femme est la seule à percevoir clairement le fluide rougeâtre qui s'échappe de la pointe du phallus de pierre. S'agglutinant aux rayons d'argent de la déesse de la nuit, la formidable énergie engendrée par la cérémonie et condensée dans le corps de Balamdé monte directement vers Ixchel, dont la brillance n'a entre temps cessé de croître. Des cris de stupeur jaillissent de toutes les bouches lorsque, à l'instar des traînées de sang qui maculent le corps de Balamdé, Ixchel commence elle aussi à se couvrir de filaments et de taches rougeâtres; bientôt, le rond visage de la déesse présente le même aspect sanglant que celui de sa fille terrestre.

Leur flamme de vie brusquement soufflée par la puissance du rituel, les six danseurs s'effondrent autour du phallus cérémoniel. Ayant complètement épuisé l'essence vitale qui alimentait sa transe incantatoire, Balamdé est alors saisie d'un dernier spasme et perd connaissance à son tour. Apparemment satisfaite du sacrifice, Ixchel se glisse par delà les murs du temple des phallus et poursuit sa course infatigable à travers le royaume du Serpent céleste qui déploie autour d'elle ses écailles étincelantes d'étoiles et de galaxies.

Un silence de mort s'abat sur la cour intérieure. La cérémonie qui doit transformer le destin de l'empire paraît s'être bien déroulée. Pendant qu'à l'exemple d'Ixchel s'éclipsent dans la nuit les hommes aux masques de plumes, Chimec rallume les braseros à l'aide d'un tison. À la lueur des flammes, des esclaves libèrent aussitôt les danseurs du lien de cuivre qui les emprisonne encore. Transportés sur les bancs de pierre qui meublent le temple, ces derniers sont confiés aux soins de leurs compagnes qui auront vite fait de leur rendre leurs esprits et leurs forces.

Se penchant au-dessus du visage de Balamdé, Chimec soulève une de ses paupières et scrute l'œil dilaté de la magicienne dans l'espoir d'y percevoir un signe de vie. Ne discernant rien de tel, elle cherche du bout des doigts un battement de cœur, mais eux aussi paraissent absents. La jeune femme s'apprête à conclure au pire, lorsqu'un frémissement nerveux parcourt le torse et la tête de la dame noire.

— Conduisez-la immédiatement à la maison des escargots! lance-t-elle aux esclaves apeurés qui observent la scène de loin.

Dans l'intimité des appartements privés de la prêtresse olmèque, Chimec passera le reste de la nuit à laver le corps trempé de sueur et de sang, à le masser, à l'oindre d'huile et de parfums épicés, tout en psalmodiant sans répit les chants secrets qui, avant l'aube peut-être, ramèneront l'esprit de Balamdé du voyage périlleux où l'a projeté sa communion avec Ixchel.

LES CYCLES
DU TEMPS

Les cycles du temps

L'apparition de la lumière annonçait un nouveau jour. Les premiers rayons de Kin, le Jaguar céleste, s'apprêtaient à parer d'or les façades des temples et des palais érigés au cœur du monde toltèque, insufflant du même coup l'ombre et la lumière aux sculptures et aux bas-reliefs qui les ornaient.

Comme chaque matin depuis la naissance du temps, un dieu allait charger sur ses épaules tout le poids du monde et porter ce fardeau jusqu'au jour suivant, où il serait assumé par une autre divinité tutélaire. Chaque journée s'écoulait ainsi sous le patronage et la responsabilité d'une divinité distincte qui la colorait de sa personnalité et de ses qualités.

Autour de la cité, après les invocations rituelles aux divinités agraires et principalement au dieu du maïs et de la pluie, des essaims de paysans envahissaient les champs. Des mains laborieuses, armées de bêches et de piques, se mettaient à travailler la terre nourricière afin qu'elle puisse, avant la saison des pluies, recevoir en son sein les diverses semences porteuses de vie et garantes des jours à venir.

Émergeant des vieux quartiers situés à une quinzaine de minutes de marche du centre-ville, trois hommes traversaient en longues enjambées les esplanades dallées séparant les bâtiments religieux et administratifs de la capitale. Revêtus de leurs vêtements d'apparat, tenant en main les bâtons rituels surmontés des insignes sacerdotaux de la prêtrise maya, ils laissèrent derrière eux la coupole de l'observatoire et se dirigèrent vers la pyramide de Kukulkan, l'imposant sanctuaire dédié au seigneur-dieu des Toltèques. Sous les regards inquisiteurs des passants matinaux qui se rendaient déjà nombreux au marché, le grand prêtre Kabal-Xiu, accompagné d'un devin et d'un astrologue, longea l'interminable colonnade qui soutenait la terrasse principale de l'imposant temple des guerriers dédié au culte des ordres militaires. Ses pas eurent tôt fait de le conduire devant le palais du gouverneur-roi. Mais avant même que son pied se soit posé sur la première marche, un détachement de la garde à l'allure farouche se porta à sa rencontre.

— Annoncez-moi au gouverneur Chac-Xib-Chac, déclara le prêtre d'une voix impérieuse. Dites-lui que l'Ah Kin de la cité d'Uxmal a une importante communication à lui faire.

Surpris et agacé par cette visite impromptue, les gardes se concertèrent du regard; ils savaient bien à quoi ils s'exposaient en importunant leur maître à une heure aussi matinale. Et ce prêtre, tout drapé dans sa dignité, avait beau être un Ah Kin May, un serviteur du dieu Chac, il n'en appartenait pas moins, comme l'attestaient ses parures et son accoutrement, à la famille maya des Xiu, guère prisée par l'administration toltèque.

— Faites vite ! lança Kabal-Xiu sur un ton impératif. Ce matin, j'agis non pas en mon nom, mais en tant que porte-parole des dieux. Le gouverneur doit me recevoir tout de suite. Dites-lui qu'il en va du destin de l'empire.

Cette fois, les gardes semblèrent comprendre; ce que l'on pouvait refuser aux hommes pouvait difficilement être dénié aux dieux.

— Attendez ici, prêtres, je vais voir si le gouverneur daignera vous recevoir, soupira le capitaine de la garde.

Quelques instants plus tard, les trois hommes étaient conduits à travers les méandres du palais et introduits auprès de Chac-Xib-Chac, descendant en droite ligne du grand Kukulkan et, à ce titre, maître incontesté de tout le Yucatan.

Assis sur une pile de coussins disposés au centre d'une terrasse surmontée d'un dais de plumes, le gouverneur-roi se préparait à attaquer son petit déjeuner. Vêtu d'une toge de coton fin, ses longs cheveux châtains noués en queue derrière sa tête, le seigneur toltèque jeta un coup d'œil distrait aux nouveaux arrivants et ramena son attention à son spectacle matinal favori: les ébats et les chants des oiseaux qui emplissaient les volières aménagées dans la grande cour de son palais.

À la vue de la fine toison qui recouvrait les joues et le menton du gouverneur, les vieilles questions sans réponses traversèrent encore l'esprit du grand prêtre: d'où venaient ces Toltèques à la peau si claire? Pourquoi évitaient-ils depuis toujours de mélanger leur sang à celui des autres ethnies de l'empire? Qui était vraiment leur grand ancêtre Kukulkan, cet être quasi mythique, aux cheveux et à la barbe d'or, qui avait conduit ses hordes guerrières à la conquête du Yucatan, pour finalement établir son trône près du grand puits sacré de Chichen que les Mayas vénéraient depuis toujours?

— Salut à toi, puissant Chac-Xib-Chac, déclina poliment le prêtre. Que les dieux soient à jamais tes alliés, ta force et ton droit, qu'ils guident tes gestes, tes...

— Très bien, très bien, Kabal-Xiu. Mais trêve de salutations, répliqua le gouverneur sur un ton ennuyé. Dis-nous donc plutôt ce qui pousse, de si bon matin, un grand prêtre des cultes mayas à importuner son seigneur... et maître.

Devant l'apparente froideur du gouverneur-roi, l'Ah-Kin serra les mâchoires. «Ai-je vraiment bien choisi le moment de ma visite?», se demanda-t-il en soupirant et en interrogeant du regard ses deux compagnons. Songeant alors à la mystérieuse rougeur qui avait coloré le visage d'Ixchel au cours de la dernière nuit, il se ressaisit. Oui, le temps était venu de parler; d'ailleurs l'oracle de Chac n'avait-il pas appuyé son initiative?

— Les dieux seuls sont nos maîtres, osa finalement déclarer Kabal-Xiu.

— De quels dieux veux-tu parler ? rétorqua le gouverneur qui cherchait vraisemblablement à mettre le prêtre maya au pied du mur.

— Je veux parler des dieux les plus anciens et les plus vénérés de mon peuple, ainsi que du Serpent à plumes, Kukulkan, protecteur de notre sainte cité, répondit le prêtre qui avait deviné le piège grossier dans lequel le gouverneur cherchait à l'entraîner.

Une certaine humilité, une certaine obséquiosité même, s'avérait nécessaire s'il voulait faire entendre son message. Ce qu'il avait lu dans les astres allait bien au-delà des rivalités ethniques qui empoisonnaient depuis des générations le climat social de la cité, dont la cause ultime, il le craignait, ne pouvait être qu'une réplique des dieux à l'indifférence de plus en plus marquée des humains à leur égard.

Apparemment satisfait de cette prudente réponse, Chac-Xib-Chac esquissa un sourire et tendit une main vers un plateau chargé de fruits.

— Nombreux sont ceux qui pensent que tu es l'un des hommes les plus sages et les plus éclairés du plat pays, fit le gouverneur. À ce titre, tu as droit à notre respect, car tu n'es pas sans savoir que la puissance de notre empire s'appuie sur la bonne entente entre les diverses races qui s'y côtoient. La diversité ethnique et culturelle, loin d'être une faiblesse, peut se révéler une très grande force lorsqu'elle obéit aux intérêts supérieurs de l'État et de la religion.

Pendant que le gouverneur s'attaquait à la chair sucrée d'une mangue bien mûre, Kabal-Xiu ne put s'empêcher de jeter un regard sur la fresque qui décorait le mur arrière de la terrasse. Ses lèvres se serrèrent et un frisson le parcourut à la vue des massacres qu'elle commémorait. La peinture montrait en effet une troupe de guerriers toltèques, équipés de javelots munis de propulseurs, mettant en déroute des combattants mayas armés de lances et d'épées de bois incrustées d'éclats d'obsidienne; cette supériorité de l'armement s'était avérée déterminante lors de la conquête. Les prisonniers mayas étaient dépeints nus et à genoux, les mains liées derrière le dos, attendant d'être immolés sur l'autel de Kukulkan.

Malgré les frustrations accumulées tout au long de deux siècles d'occupation étrangère, Kabal-Xiu ne pouvait nier les faits: la vieille ville maya construite autour du puits sacré que les envahisseurs toltèques avaient choisie comme capitale connaissait, en dépit d'une décadence morale et spirituelle certaine, un développement culturel et commercial sans précédent. Bien sûr, les ordres guerriers incarnaient la violence et l'oppression, mais le gouvernement centralisé qu'ils soutenaient favorisait aussi la stabilité sociale et économique de toute la péninsule. Quant aux Itzas, ces populations des côtes du golfe qui avaient suivi les tribus toltèques dans le sillage conquérant de Kukulkan, leurs mœurs étranges, mais surtout leurs pratiques religieuses où se mêlaient les magies du sexe et du sang, en faisaient, aux yeux du prêtre maya, des humains tout simplement indignes de ce nom. Malgré cela, ce dernier leur accordait des aptitudes artistiques, techniques et politiques ainsi qu'un dynamisme social que ne partageaient malheureusement pas les citoyens de souche maya, dont la très grande majorité, liée au service de la terre, formait une caste d'agriculteurs terrorisée et pressurée d'impôts, sur laquelle s'appuyait tout l'édifice du pouvoir toltèque.

Voyant que Chac-Xib-Chac avait fini de dévorer sa mangue, Kabal-Xiu jugea le moment venu d'entrer dans le vif du sujet.

– Puissant seigneur, les hautes fonctions religieuses afférentes à ta charge de gouverneur-roi t'ont familiarisé avec les mécanismes des cycles temporels. L'étude des anciens manuscrits laissés par les sages des générations passées ainsi que l'observation des calendriers profanes et sacrés sont des sources inépuisables de connaissances et de méditations et constituent, comme tu le sais, une des activités essentielles de mon sacerdoce. Or, les chroniques anciennes nous révèlent que le destin de notre cité et des différentes ethnies qui s'y rencontrent obéit à une séquence temporelle bien précise.

Ainsi, tous les grands événements qui ont marqué son histoire : fondation, abandons, captures ou destructions, se sont reproduits selon un cycle récurrent de deux cent huit révolutions solaires.

— Je sais très bien tout cela, trancha le gouverneur sur un ton impatient. À quoi veux-tu donc en venir, prêtre ? Allez, parle, mon temps est compté. Je dois dans quelques minutes présider une importante réunion des états-majors de nos ordres militaires.

Kabal-Xiu acquiesça d'un bref mouvement de la tête et poursuivit aussitôt son exposé.

— Selon mes observations et mes calculs, il ne fait aucun doute que nous approchons d'un moment décisif de l'histoire de nos peuples. Quatre cycles mineurs de cinquante-deux ans se sont écoulés depuis l'arrivée de Kukulkan à Chichen. L'ordre ancien s'apprête à céder la place à un ordre nouveau, et si les hommes y résistent, grands seront les malheurs qui s'abattront sur la capitale de ton empire.

— Je te sais gré de ces funestes avertissements, Kabal-Xiu, ces spéculations constituent depuis toujours l'un des sujets de discussion favoris du haut clergé toltèque. Que ce soit dans les domaines militaire, religieux ou culturel, nos prêtres, tu le sais, ont toujours tenu compte des prédictions du calendrier.

Le visage de Kabal-Xiu s'assombrit à l'évocation du clergé toltèque auquel était associée l'institution des sacrifices humains, une pratique qu'il condamnait depuis toujours. Une sourde rivalité opposait en effet les diverses conceptions religieuses dont les temples nombreux se côtoyaient dans la capitale. Un antagonisme se perpétuait ainsi, davantage économique et politique que religieux, car à part la prétention à la divinité unique de Kukulkan, les traditions des divers peuples de l'empire se rattachaient pour le fond à une même révélation primordiale.

Des piaillements éclatèrent tout à coup dans une des volières. Du haut de la terrasse, Kabal-Xiu aperçut un quetzal à la ramure multicolore, qui battit des ailes avant de s'effondrer sur le sol.

Inquiet du manège inhabituel de l'oiseau sacré qui faisait l'orgueil de ses jardins, Chac-Xib-Chac ordonna à un serviteur de se porter à son secours. Cela fait, il se tourna de nouveau vers Kabal-Xiu et reprit la parole.

– En accord avec le grand conseil, je m'apprête justement à décréter un ensemble de rituels et de sacrifices propitiatoires sans précédent dans les annales de notre cité. Nous nous attirerons ainsi les faveurs de toutes les divinités, surtout de celles susceptibles de faciliter notre expansion politique et militaire. Tu as vu juste, prêtre, de grands changements interviendront dans les affaires de nos peuples. Notre empire, comme tu l'as si bien dit, se trouve à l'aube d'une ère nouvelle. Dans moins de deux mois, à la date précise fixée par le grand astrologue de Kukulkan, ma fille Ixaquil prendra pour époux le seigneur Jolom, le chef des milices.

À cette nouvelle, Kabal-Xiu demeura bouche bée, et pour cause : le futur gendre de Chac-Xib-Chac appartenait à une puissante famille itza. À force de pressions et de tractations, celle-ci avait déjà obtenu pour Jolom le commandement de l'un des éléments militaires les plus importants de l'empire. Les milices populaires, composées en majorité d'Itzas et de Mayas, faisaient régner l'ordre dans les villages et les villes, elles représentaient, en conjonction avec les ordres guerriers des Aigles et des Jaguars, le bras armé du pouvoir toltèque. Cette nouvelle alliance signifiait que les Itzas obtiendraient une influence encore plus grande au sein du gouvernement. Jolom, cet intrigant gonflé d'orgueil et d'ambition, pourrait alors manœuvrer pour s'approprier le titre de gouverneur et prendre place sur le trône du Jaguar. Ainsi, le contrôle de l'empire pourrait bien se retrouver pour la première fois entre les mains d'un Itza, pensa encore le prêtre. Étant donné le conflit latent opposant les Itzas à la population de souche maya, cette décision de Chac-Xib-Chac ne pouvait qu'entraîner un regain de tension au sein de l'empire.

Kabal-Xiu exposa aussitôt ses craintes au gouverneur, mais ce dernier avait fait un choix sans appel, et c'est dans l'oreille d'un sourd que tombèrent toutes les exhortations à la prudence émises par l'Ah Kin.

— Cela suffit, prêtre, trancha le gouverneur. Ce mariage aura lieu, l'oracle du dieu unique en a décidé ainsi, et les célébrations qui l'accompagneront émerveilleront par leur splendeur tous les habitants de la terre et des cieux. Ne t'inquiète donc pas du sort des paysans et des autres citoyens mayas, nous connaissons leur nombre et leur importance et nous savons que leur productivité est fonction de leur bien-être et de leur sécurité. Le trône du Jaguar, que j'occuperai encore de nombreuses années, veillera toujours à ce que la justice et l'équité règnent entre les différentes ethnies. L'union de Jolom avec ma fille ne signifie nullement, comme tu le penses peut-être, qu'un Itza pourrait prendre, un jour prochain, le contrôle de l'empire. Comme tout le monde le sait, c'est à mon fils Tiak-Kan que reviendront, après ma mort, la charge et le titre de gouverneur-roi. Tu peux être assuré que les nobles Toltèques, de la pure lignée du grand Kukulkan, demeureront à jamais les seuls maîtres du Yucatan. Je te le dis, prêtre, tu as raison lorsque tu prophétises une nouvelle ère, poursuivit le gouverneur sur un ton d'exaltation. Sache que les officiers de nos ordres militaires sont à mettre au point le plan d'expansion du culte du dieu unique. Les années qui viennent transformeront la face du monde. Nos guerriers invincibles, nourris de leur foi en Kukulkan, se répandront partout et imposeront aux peuples du monde entier les lumières de notre civilisation. Les tribus des hauts plateaux, des chaînes côtières et même celles de régions plus lointaines encore devront se soumettre à l'ordre nouveau. Et crois-moi, cela ne sera qu'un commencement. Rien ne pourra s'opposer à l'expansion du feu et de la foi toltèques qui éclaireront un jour, tout comme le Jaguar céleste, toutes les régions du monde terrestre...

À ces mots, des cris jaillirent de la volière. Le quetzal avait soudainement retrouvé sa vigueur et s'était précipité toutes griffes dehors sur le serviteur dépêché à son secours. Profitant de la porte entrouverte, l'oiseau se glissa hors de sa prison et, comme pour célébrer l'événement, offrit les couleurs chatoyantes de son plumage aux rayons de Kin. Chac-Xib-Chac allait donner l'ordre d'amener des filets, mais l'oiseau s'envola à nouveau et se mit à dessiner des ellipses dans le ciel. Le volatile revint ensuite vers le palais et alla se percher sur la corniche de la terrasse, juste au-dessus du prêtre et du gouverneur. Soudain, d'un coup d'aile, il vint se poser aux pieds de Kabal-Xiu. Étirant son cou comme en un salut, il leva son bec en direction du soleil et demeura un moment figé dans cette position. Le temps parut s'arrêter. Tout le monde, immobile, observait le plus profond silence. Alors, comme en un ultime appel, le quetzal lança un cri, et, sous les regards impuissants des hommes, s'éleva bien haut jusqu'à ce que sa silhouette s'estompe dans le ciel matinal.

Sur la terrasse, on se regardait, interloqués, éberlués. Pour Kabal-Xiu, cette étonnante évasion ne pouvait être qu'un signe céleste. L'oiseau sacré fuyait la cité, le cœur de l'empire; cela laissait présager de grands bouleversements et de grands malheurs.

FIANÇAILLES
MAYAS

Fiançailles mayas

Les fumets qui s'évadaient des cuisines de la maison d'Han Chuen ondulaient doucement au-dessus des bâtiments et des champs environnants. Portés par le souffle léger du vent, certains se frayèrent un chemin jusqu'au feuillage des arbres proches, soulevant les cris de convoitise des singes qui y nichaient.

L'air sec de cette après-midi de fin d'été retentissait des discussions et des rires des convives réunis autour de nattes rouge et or au milieu desquelles étaient alignées des cruches d'alcool de balche ainsi que de grands plateaux chargés de piles de galettes de maïs. Des servantes vinrent bientôt y ajouter des paniers de sisal remplis de tamales, dont la pâte de fécule de maïs farcie de venaison et de chair de jeunes dindons s'accompagnait de piments forts et de haricots noirs.

À l'odeur et à la vue de ces alléchantes victuailles, les nombreux enfants qui s'ébattaient tout autour délaissèrent leurs jeux et, sous les regards amusés des adultes, accoururent en criant.

– Allons, du calme, mes petits ! lança Han Chuen. Goûtez, mais ne vous empiffrez pas, car les plats de résistance restent à venir.

Maître Chuen, comme on l'appelait communément, était l'un des marchands les plus prospères de la capitale. Ses

entrepôts regorgeaient de denrées alimentaires et d'articles
ménagers de toutes sortes. Grossiste, il revendait à des détail-
lants les vases et les jarres de terre cuite, les tapis, les cordes,
les outils, que chacun utilisait au cours de ses occupations
journalières. Il s'était fait également une spécialité des herbes
et épices, la plupart cultivées dans ses jardins, mais certaines
importées de contrées lointaines où évoluaient d'autres races
et d'autres dieux. En plus de démontrer une grande habileté
dans la conduite de ses affaires, il se voulait un ardent
défenseur des paysans mayas, exploités depuis la conquête
par les grands propriétaires toltèques. Tolérant et conciliant,
il prônait depuis toujours la bonne entente entre les différentes ethnies qui se côtoyaient dans la capitale. Il tenait
maison assez loin du centre-ville, au beau milieu de grands
jardins et de vastes champs, préférant le voisinage d'une
classe paysanne laborieuse à celui des arrogantes familles
toltèques des quartiers riches, ou de la populace itza qui
s'entassait de plus en plus dans les faubourgs de la grande
cité.

— Ah, les dieux sont grands, les dieux sont bons ! lança-
t-il à l'adresse des parents et amis venus nombreux célébrer
les fiançailles de sa fille aînée avec le fils unique de son vieil
ami Tiha Cahuich. Mes amis, mes amis, poursuivit-il, levons
encore une fois nos verres à la santé et au bonheur présent et
futur de Touloum et d'Hunac. Puissent les dieux leur accorder joie et prospérité !

En dépit des réjouissances, Tiha Cahuich ne pouvait
s'empêcher de considérer la scène avec un pincement au
cœur. Tout en buvant, il se remémora les gestes rituels du
chilam remettant à la jeune femme le coquillage rouge et au
garçon la perle blanche afin qu'ils conservent ces symboles
en leur possession jusqu'au jour prochain du mariage où ils
s'échangeraient ces gages d'amour éternel. Il entendit encore
les paroles prononcées à cette occasion: « Hunab Ku, l'être
cosmique, créa les humains à son image; il les créa sexués,
hommes et femmes, afin qu'ils découvrent à travers eux-
mêmes la divine essence de l'amour, qu'ils adorent la terre à

travers leurs corps et le ciel à travers leurs âmes. » Pour le
vieux marchand, ces inspirantes paroles consacraient pourtant la perte de celui qui avait été, durant des années, son
apprenti et son compagnon de tous les jours. Ce mariage
l'obligerait à renoncer au moins pendant deux ans à ce que
son fils le suive dans ses perpétuels déplacements. Il trouvait
bien malaisé d'accepter pareille idée, mais il devait se résigner; à dix-huit ans, son garçon avait atteint depuis longtemps l'âge de prendre femme, et la coutume maya voulait
que tout nouveau marié demeure deux années au service de
son beau-père, afin de l'assister dans son travail et de se familiariser avec ses occupations. Et puis après ces deux années,
Hunac pourrait bien préférer travailler pour Han Chuen et
rester en permanence à Chichen avec sa femme et ses futurs
enfants. Mais Tiha Cahuich se consolait un peu en songeant
que cette union procurerait une femme et un foyer à son fils,
ainsi qu'un travail bien rémunéré.

Pendant ce temps, un groupe de jeunes gens rassemblés
autour des fiancés mangeaient et buvaient tout en écoutant
Hunac leur décrire les contrées et les cités lointaines qu'il avait
parcourues en compagnie de son père. Habitué à un mode de
vie sédentaire, l'auditoire raffolait visiblement des images et
anecdotes qui émaillaient les récits du jeune homme.

Assise aux côtés de son fiancé, Touloum regardait, écoutait et parlait peu. Encore sous le charme de la brève cérémonie des fiançailles, elle observait celui que ses parents lui
avaient choisi comme futur époux. Dans le silence, elle s'emplissait de la présence de cet homme avec lequel elle partage-
rait sa vie. Ravie comme les autres par les souvenirs et les
évocations d'Hunac, la jeune femme s'intéressait aussi à son
expression et à tous ses gestes. Elle se rappela son soulagement lorsqu'elle vit que la tête de son fiancé n'avait pas été,
comme celle de Tiha Cahuich, déformée à la naissance. La
planchette de bois attachée au front des nouveau-nés afin de
l'aplatir, si en vogue autrefois, était depuis longtemps passée
de mode à Chichen. Cette coutume n'avait plus aucune raison d'être, pensait-elle; pas plus d'ailleurs que cette étrange

manie qu'avaient les anciens de faire loucher les enfants en suspendant une bille entre leurs yeux, sous prétexte que leurs ancêtres en faisaient autant.

Devant l'intérêt qui brillait dans les yeux de son auditoire, Hunac entreprit de raconter son dernier voyage le long des côtes de la mer des Caraïbes.

— Après que mon père eut loué deux places sur une pirogue, les rameurs mirent le cap sur la grande île de Cozumel, commença-t-il. J'étais heureux de pouvoir enfin déposer au fond de l'embarcation le lourd sac de bijoux que nous espérions vendre ou échanger dans l'île. Je me rappelle encore mon éblouissement devant la mouvance des eaux turquoise sous un ciel saturé de soleil. Après une traversée tranquille, la pirogue accosta le quai d'une petite cité portuaire très affairée. Il y avait là beaucoup de voyageurs, pour la plupart des pèlerins venus prier l'une ou l'autre des nombreuses divinités qui résidaient dans les temples construits sur les hauteurs de l'île. Nous passâmes la nuit dans une bruyante auberge du port et, au petit matin, obéissant aux exigences de notre métier, nous nous mîmes en quête des spécialités du lieu. Plusieurs articles retinrent notre attention: les coquillages aux nacres délicatement gravées à l'effigie d'un dieu, les petits rouleaux de parchemins couverts d'invocations religieuses et surtout des assiettes d'or, magnifiques pièces d'orfèvrerie réalisées par les maîtres artisans de Panama. Les marchandages et les trocs durèrent trois jours entiers. Le quatrième, nous pûmes enfin nous permettre de visiter l'île et d'admirer ses beautés. Je suggérai d'acheter des provisions, mais mon père se mit à rire et m'assura que nous trouverions tout ce qu'il fallait le long de la route. Le premier temple que nous rencontrâmes, peut-être le plus riche et le plus imposant, était dédié à Ixchel, dont le visage éclaire parfois nos nuits. Une foule énorme et compacte se pressait autour de l'édifice, principalement des femmes de tous âges, venues prier la déesse-mère ou consulter un prêtre-médecin afin de retrouver une fertilité qui leur était refusée, ou dans l'espoir d'obtenir la guérison de maladies propres à leur sexe, que seule Ixchel promettait de guérir ou du moins de soulager. Après avoir offert quelques prières à la déesse et quelques offrandes aux gardiens de son sanctuaire, nous poursuivîmes notre visite. Chaque pas que nous faisions semblait nous rapprocher du ciel et nous procurait de nouvelles et merveilleuses perspectives. Mon père attira alors mon attention sur un temple encore éloigné. Plus petit que celui d'Ixchel, mais tout aussi richement décoré, il était, je m'en doutais bien, consacré à Xaman-Ek, le dieu protecteur des marchands, le patron des voyageurs et, à ce titre, le maître de l'étoile polaire. C'est sa lumière qui la nuit guide nos pas sur les routes de l'empire, par delà les montagnes, les fleuves et les forêts, jusqu'aux contrées lointaines où sont extraites les matières rares et confectionnés les objets précieux qui aboutiront par nos soins aux marchés des grandes villes. À l'intérieur du sanctuaire se tenait un vieux chilam au visage ridé. En échange d'une pépite d'or et de quelques grains de cacao, il accepta d'interroger la divinité en notre nom. «Mon fils est pareil à un plant de maïs qui fleurit, déclara mon père. Il a atteint l'âge de se marier, et des arrangements sont déjà pris en ce sens. Je voudrais connaître l'avis de Xaman-Ek à ce sujet.» C'était la première fois que j'entendais mon père soulever cette question. Il ne m'avait encore rien révélé de sa correspondance et de son entente avec maître Chuen. «Quel est le nom de la jeune femme?» demanda le prêtre. «Touloum Chuen», répondit mon père. Une fièvre inaccoutumée envahit mon esprit, et mon cœur se mit à battre très fort tandis que je me remémorai le visage de Touloum et que je réalisai l'importance des paroles que nous servirait Xaman-Ek. Debout au milieu des lourds brûleurs d'encens de copal dont l'âcre fumée m'irritait la gorge et m'arrachait des larmes, le chilam s'adressa respectueusement à l'idole à tête de singe qui incarnait la présence de la divinité. Quelle ne fut pas ma surprise d'entendre bientôt une voix d'outre-tombe s'adresser à nous en un langage bien peu compréhensible. Éberlué, je prêtais l'oreille, sans pouvoir discerner le sens des paroles de Xaman-Ek. Mais mon père avait compris, lui, et en échange d'une autre pépite d'or le prêtre s'empressa de nous les traduire en termes plus clairs : « Oui, cette union sera bénéfique et plaira à l'ensemble des dieux et des hommes. Les futurs époux connaîtront un amour profond et réaliseront la plus haute forme de communion possible », affirmait l'imposante statue de basalte dont les cavités oculaires serties de topazes jetaient sur nous un regard froid et sans âge.

— Est-ce que Xaman-Ek t'a dit combien d'enfants vous auriez ? demanda Cahouk, la jeune sœur de Touloum, qui n'avait rien manqué du récit d'Hunac.

— Euh… non… Ça, il ne l'a pas révélé, avoua le jeune homme, un peu gêné par cette question indiscrète.

— Cela, nous y répondrons nous-mêmes, déclara Touloum en effleurant d'une main le genou de son fiancé.

— Holà, vous tous ! Approchez ! Les plats arrivent ! lança maître Chuen tout en ouvrant le chemin aux servantes revêtues pour l'occasion de leurs plus beaux atours. Dans un désordre total, et sous l'œil tranquille des aînés, les enfants se précipitèrent vers les plats et leurs petites mains s'emparèrent les premières des victuailles et des gâteries. De leur côté, les grands souriaient et laissaient faire, se conformant ainsi à une tradition chère à leur peuple, qui accordait à l'enfant de moins de sept ans la plus grande liberté possible, une liberté qui, de toute façon, l'abandonnerait bien assez vite pour être remplacée par les reponsabilités et les tracas de la vie adulte.

Seul un groupe de jeunes hommes, qui, non loin de là, poursuivaient une excitante partie de pok-a-tok, déclinèrent momentanément l'invitation. Imitant en cela la noblesse toltèque, Han Chuen avait fait tracer près de sa maison le périmètre rectangulaire nécessaire au jeu de balle, et l'avait divisé, par une croix, en quatre sections peintes des couleurs rituelles représentant les points cardinaux, ainsi que les quatre créations du monde et de l'homme révélées par les vieux textes sacrés. Ainsi, le fier Kopal, l'unique fils de la famille Chuen, pouvait s'entraîner et afficher toute sa virtuosité à ce sport excitant et si populaire auprès de toutes les ethnies de l'empire. Un jeu qui pouvait à l'occasion acquérir une dimension religieuse et symbolique, spécialement sur l'immense quadrilatère sacré de Chichen où le clergé toltèque y avait associé l'offrande rituelle du sang.

Tous les invités s'étaient rassemblés autour des nappes où s'étalaient les plats les plus variés: fruits, légumes, viandes, boissons de toutes sortes, rien n'y manquait. On distribua à la ronde de larges assiettes de cuivre, et chacun, assuré de trouver son mets favori, se servit selon sa convenance et alla ensuite s'installer sur les grandes nattes de sisal étendues à l'ombre des arbres.

Tandis que tous se délectaient des succulentes nourritures dispensées par leur hôte, un des convives, quelque peu éméché par l'alcool de balche, décida de prendre la parole.

— Savez-vous quelle différence il y a entre un Itza et un singe ? demanda-t-il sur un ton railleur.

Devant le silence embarrassé qui suivit sa question, l'homme crut bon de fournir aussitôt la réponse de son énigme:

— Les singes ont une queue, lança-t-il en pouffant.

Alors que certains convives y allaient d'un rire, Han Chuen considéra son beau-frère d'un œil amusé, mais l'expression de son visage trahissait une certaine réprobation.

— Mon cher Colhua, fit-il, il y a des choses qu'il vaut mieux ne pas dire. Une blague comme celle-là, si elle venait à tomber dans une oreille malveillante, pourrait t'apporter de fâcheux désagréments.

— Tu... tu as raison, répondit le plaisantin après un moment de réflexion. Mais comment rester muet devant les exactions que les milices commettent régulièrement aux dépens de nos frères et sœurs mayas ? Comment oublier que les Itzas, avec le concours des princes toltèques, ont occupé nos territoires et nos cités; qu'ils ont introduit chez nous leurs lois iniques, leurs mœurs barbares et une religion aux pratiques sacrilèges ? Comment ne pas élever la voix lorsque, pressurés d'impôts, nous engraissons les maîtres toltèques et les aidons à entretenir leurs ordres guerriers et leur culte sanglant de Kukulkan ?

– Écoute, mon ami, reprit maître Chuen. Avant que ne s'établissent les Toltèques et leurs alliés itzas au Yucatan, nos cités souffraient d'un manque d'organisation chronique, se dépeuplaient et n'étaient plus que l'ombre d'elles-mêmes. N'eût été son célèbre puits sacré, où les pèlerins ne cessèrent jamais d'affluer, nul doute que Chichen ne serait plus qu'une simple bourgade aujourd'hui. Et toi-même, mon cher Colhua, tu ne pourrais, comme tu le fais présentement, y vivre grassement de ton commerce d'étoffes. D'ailleurs, ne comptes-tu pas plusieurs dames itzas parmi tes meilleures clientes ?

Cette fois, comprenant qu'il s'était aventuré trop loin, Colhua mit un terme à son propos et, en guise de consolation, se servit une nouvelle coupe de balche.

Tout en dégustant la chair fumante d'une caille rôtie, Tiha Cahuich avait écouté avec intérêt les paroles échangées entre les deux hommes. Malgré l'antipathie séculaire des Mayas à l'égard des Toltèques et surtout des Itzas, le vieux marchand était plutôt tolérant à cet égard, il pensait, à l'instar de maître Chuen, que les nouveaux venus, habiles en bien des domaines, contribuaient à leur manière à la puissance de l'empire. N'avait-il pas vu des temples dédiés à Kukulkan s'édifier à Uxmal, Izamal, Mayapan, Coba, et même à Cozumel où ne séjournait pourtant qu'une petite garnison de guerriers toltèques ? Une autre considération s'ajoutait et primait à ses yeux toutes les autres: les Itzas et les Toltèques, souvent fiers et aisés, s'avéraient de bons clients pour ses orfèvreries, ses bijoux et ses pierres précieuses.

Le repas achevé, les flûtes et les tambours invitèrent les convives à la danse. Pendant que les jeunes gens démontraient leur grâce et leur agilité, les plus âgés, confortablement assis à l'ombre échangeaient les plus récentes nouvelles ou s'informaient des dernières rumeurs.

Pendant ce temps, Tiha Cahuich et Han Chuen s'étaient retirés afin de mettre au point les derniers arrangements concernant l'union prochaine de leurs enfants. L'évaluation de la dot de la mariée et les modalités de son versement étaient déjà chose faite. Tiha avait négocié ferme, car il comptait bien compenser la perte de son fils par la location d'un porteur. Il avait considéré l'achat d'un esclave, mais ce commerce d'inspiration toltèque était mal vu chez les Mayas qui croyaient que seuls les dieux pouvaient exercer un droit de possession sur la créature humaine. Une chose était sûre pourtant, il devait se procurer une paire de bras puissants pour transporter ses articles les plus lourds d'une ville à l'autre. Car, même s'il sentait la vieillesse le gagner, il ne pouvait envisager d'autre mode de vie que celui de commerçant itinérant. La seule idée de rester trop longtemps au même endroit suffisait à lui causer angoisses et maux de tête.

N'avait-il pas consacré toute sa vie à ce travail qui lui avait permis de visiter presque tous les coins de l'empire ? Après avoir vu sa femme mourir en couches en tentant de donner naissance à un deuxième enfant, la route était devenue son unique foyer. Dix ans s'étaient écoulés depuis qu'elle avait regagné le Belontiku, le monde mystérieux des esprits, d'où elle continuait, il n'en doutait pas, à l'aimer tendrement et à l'attendre au terme de sa vie terrestre. Aussi n'avait-il jamais sérieusement songé à se remarier. Il lui semblait bien plus commode de voyager sans pied-à-terre, plutôt que d'être continuellement obligé de revenir dans un foyer où, dix mois par année, l'auraient attendu une épouse et des enfants délaissés. C'est ainsi qu'Hunac devint, à huit ans, son apprenti et l'accompagna dans tous ses déplacements. Et voilà qu'il allait se retrouver seul avec lui-même. Bien sûr, il pourrait toujours s'établir à Chichen et regarder tranquillement pousser ses petits-enfants, mais entre l'émerveillement des voyages solitaires et l'ennui d'une vie trop paisible, il préférait encore la première solution.

Le moment était venu de fixer la date du mariage. Les deux hommes se mirent tout de suite d'accord sur la nécessité de consulter le prêtre qui avait célébré les fiançailles et qui, bien entendu, était aussi astrologue.

— Eh, petite, va chercher le chilam à grande robe noire et amène-le ici ! lança maître Chuen à l'adresse de Kimu, sa fille cadette, occupée à faire avancer un petit animal-jouet muni de quatre roues.

La fillette s'élança et revint bientôt en compagnie d'un religieux au visage sombre et aux lèvres minces.

— Qu'Hunab Ku soit votre maître et Xaman-Ek votre guide ! fit le prêtre en guise de salutation.

— Allez, Ah Ticatl. Viens t'asseoir à nos côtés et dis-nous ce que révèlent les astres concernant la date du mariage, demanda maître Chuen.

Le chilam déplia un parchemin qu'il tenait dans une main et exhiba l'horoscope qu'il avait pris soin de dresser quelques jours auparavant.

— Le grand Serpent est vieux et fatigué, il va bientôt changer de peau et renaître pour entamer un nouveau cycle d'existence, déclara-t-il en écartant du revers de la main les longs cheveux noirs qui pendaient devant son visage.

— Que veux-tu dire ? interrogea aussitôt Tiha Cahuich en fronçant les sourcils.

— Une unité de temps s'achève dans sa durée, reprit le chilam; après-demain commenceront les ayebs, les jours de la mutation du Serpent, cinq jours néfastes au cours desquels des mortifications et des cérémonies seront suivies dans toutes les villes et les campagnes de l'empire. Les astres sont formels, il faudra attendre trois semaines avant que le Serpent céleste retrouve toute sa vigueur. Le ciel montrera alors un visage favorable à l'union de vos enfants, et les époux auront l'avantage d'inaugurer leur vie commune à l'aube d'un nouveau cycle, ce qui ne peut être que positif à tous égards.

— Trois semaines ! s'exclama Tiha Cahuich qui trouvait cet intervalle plutôt long.

— Ma maison est grande et mes serviteurs nombreux, fit maître Chuen qui comprenait l'hésitation de son vieil ami. Allez, Tiha, reste parmi nous jusqu'au mariage. Profites-en pour te reposer un peu, tu auras tout le temps ensuite de courir les routes et les marchés de la péninsule.

– C'est bon, je resterai le temps qu'il faudra, déclara Tiha Cahuich en se grattant la tête. De toute façon, je comptais me rendre au marché demain ainsi que le jour suivant afin de profiter de l'affluence précédant les ayebs. J'ai déjà loué une place; je n'aurai qu'à faire de même après les ayebs. Cela me permettra peut-être d'écouler ici même les bijoux que je me suis procurés auprès des maîtres artisans zapotèques des hauts plateaux de l'ouest.

– Tu ne t'arrêteras donc jamais de bouger? lança Han Chuen en riant.

À ces mots, une vibration fendit l'air et une ombre furtive recouvrit le visage des deux hommes. Ils levèrent les yeux et virent un oiseau au plumage éblouissant se poser sur une branche, juste au-dessus d'eux.

– Ma foi, c'est un quetzal! s'exclama Han Chuen. Que fait-il ici, si loin de son habitat naturel?

– Vite, il faut s'en saisir! lança Tiha Cahuich

Peine perdue, déjà l'oiseau déployait ses ailes et s'élançait vers le ciel. Après avoir dessiné quelques ellipses, il se laissa redescendre vers le groupe de danseurs qui, à sa vue, avait cessé tout mouvement.

Unis par les mains, Touloum et Hunac regardaient, comme dans un rêve, le quetzal tournoyer au-dessus de leurs têtes. L'oiseau émit alors un sifflement et, d'un grand coup d'ailes, se propulsa de nouveau vers le ciel, où il disparut bientôt.

UN JOUR
DE MARCHÉ

Un jour de marché

– Allons, Hunac, cesse de traîner, bon sang! grogna Tiha Cahuich tout en se frayant péniblement un chemin à travers la foule qui se pressait comme lui vers le grand marché de la capitale.

Le jeune Hunac avait visité bien des cités en compagnie de son père, mais nulle part ailleurs il n'avait contemplé foule aussi remuante et bigarrée que celle de Chichen. Tout ce beau monde se dirigeait, en discutant et papotant, vers les arcades qui encerclaient la vaste place du marché. Non loin de là, les imposantes silhouettes du temple des guerriers et de la grande pyramide de Kukulkan rappelaient à toutes les personnes qui empruntaient cette voie le double visage militaire et religieux du pouvoir toltèque. Le long de la route, de nombreux petits commerçants, trop pauvres pour s'offrir une place à l'intérieur de l'enceinte, avaient dressé des étals de fortune et offraient aux passants des fruits et des pâtisseries, ainsi qu'une grande variété d'objets usuels.

Tout en suivant Tiha Cahuich, les yeux d'Hunac sautaient d'un visage à l'autre, s'attachaient aux détails d'une coiffure ou d'un vêtement et s'émerveillaient des splendides constructions qui se dressaient autour de lui. La foule se fit encore plus dense, ils allaient franchir l'entrée sud du marché.

À travers le bruit et la cohue des derniers jours de marché précédant les cinq ayebs, les deux hommes laissèrent derrière eux les étalages d'articles de fibres végétales où l'on proposait nattes de sisal, cordes et paniers en haneken. Ils traversèrent les sections occupées par les vendeurs de bois, d'esclaves, de tissus, de peaux d'animaux sauvages et s'engagèrent dans la zone des terres cuites, où étaient groupés les vases, récipients et usten- siles de toutes les tailles et de toutes les formes. Parmi ceux-ci se trouvaient des statuettes peintes des couleurs les plus vives et évoquant l'une ou l'autre divinité du panthéon. À travers les personnifications de Chac, Kukulkan, Ixchel, et de bien d'autres, Hunac eut la surprise de découvrir, façonnées dans une belle pierre d'onyx noir, un lot de représentations phal- liques. « De tout pour tous », pensa-t-il, grisé par les images, les bruits et les odeurs qui se mélangeaient autour de lui.

– Nous y voici ! soupira Tiha Cahuich en désignant la section réservée aux orfèvres, bijoutiers, joailliers et autres vendeurs de produits de luxe. Encore quelques pas et ils arri- vèrent devant un espace exigu, délimité par quatre poteaux, dont l'un portait le numéro cent vingt-deux.

Recouvert d'un dais protecteur et entouré sur trois côtés par des cloisons de toile, l'emplacement appartenait à la zone dévolue aux commerçants itinérants. En face s'étendait le vaste territoire des vendeurs de poteries. Tiha Cahuich fit un signe de tête à son fils, et celui-ci lui tendit le sac de cuir qu'il portait sur le dos. Le vieux marchand l'ouvrit et en sor- tit un rectangle de coton de couleur noire qu'il déplia sur le sol. Il en dégagea ensuite plusieurs petits objets, enrobés de tissu protecteur, qu'il déballa avec délicatesse et disposa sur le présentoir improvisé. Devant lui s'étalèrent bientôt toute une variété de bracelets, bagues, boucles d'oreilles et pecto- raux d'or, d'argent et de cuivre. La plupart de ces bijoux étaient incrustés de pierres précieuses, jades et turquoises sur- tout, dont la finesse et la pureté surpassaient de loin ce qu'on avait l'habitude de voir dans la capitale toltèque.

– Hé… Tiha, vieille fripouille, te revoilà donc revenu au cœur de l'empire ! lança une voix rauque à l'accent inhabituel.

– Zac-Ixtoc ! Ça alors, quelle surprise ! s'exclama Tiha Cahuich en apercevant un marchand avec qui il avait partagé quelques aventures, plusieurs années auparavant, au cours d'une tournée qui l'avait conduit jusqu'aux régions limitrophes de l'océan occidental.

– Je vends des plombates, mon cher, répondit Zac-Ixtoc en désignant son étal où s'empilait toute une gamme d'objets de terre cuite, recouverts d'une glaçure très particulière qui leur donnait l'apparence du plomb; ce fini métallisé se révélait, comme l'avait appris Tiha Cahuich au cours de ses déplacements, le fruit d'un procédé secret mis au point par les artisans zapotèques des hauts plateaux de l'ouest.

– C'est plus volumineux et plus lourd à transporter que tes petits objets de luxe, et leur manutention m'occasionne bien des frais, mais les gens en raffolent cette année; et comme c'est à la portée de presque toutes les bourses, mon stock s'écoule rapidement. Ainsi, je n'ai pas à rapporter trop de marchandise chez moi à la fin de la journée. Je songe même à augmenter mes prix après les ayebs.

Tandis que les deux compères, les yeux pétillants et tout sourires, se remémoraient leurs souvenirs communs et s'échangeaient les derniers faits marquants de leur vie respective, Hunac finissait d'étaler la marchandise de manière que sa disposition plaise à l'œil et attire l'attention des éventuels clients. Des appels et des clameurs jaillirent soudain à l'autre bout du marché. Un mouvement de foule se dessina et le jeune homme put voir un détachement de miliciens, armés de lances et de bâtons, se précipiter dans cette direction.

Même si la curiosité l'y incitait, Hunac n'osa pas quitter son poste, à peine osa-t-il chercher du regard la cause lointaine de cette mêlée. Son père lui avait trop souvent servi la leçon, l'enjoignant de ne jamais quitter des yeux leurs bijoux et lui clamant que, malgré la milice du marché, un voleur aurait vite fait de flairer leur riche marchandise et d'y mettre la main.

À travers le grondement de la rumeur publique, les oreilles d'Hunac crurent percevoir un hurlement. Puis tout sembla revenir à la normale, et c'est une passante ayant tout vu qui lui raconta finalement ce qui s'était passé.

— Oh, ce n'est qu'un mendiant qui a chapardé quelques oranges, le renseigna la femme dont les dents incrustées de jade et d'obsidienne scintillaient sous la lumière dorée d'un soleil omniprésent.

— Que lui a-t-on fait ? questionna le jeune homme.

— Eh bien, comme ça arrive parfois, le marchand l'a vu et lui a donné un bon coup de bâton. Ensuite les miliciens sont intervenus et l'ont rossé. Puis on lui a sur-le-champ appliqué la peine habituelle, et sa main gauche a été sectionnée sous les yeux de tous. Lorsqu'on l'a relâché, il s'est perdu à travers la foule qui continuait à le malmener. Finalement, il s'en est bien tiré et il a de la chance d'être encore en vie à l'heure actuelle.

Cet accident fut vite oublié. Il était courant dans les marchés que les produits étalés attirent la convoitise des voleurs et des déshérités. Ceux qui était pris connaissaient la plupart du temps un rapide châtiment. Bercée par le rythme de la foule en mouvement, la journée continua à s'écouler sans d'autres heurts. Les heures passaient pourtant sans que Tiha Cahuich trouve son compte et son bonheur.

— Par Xaman-Ek ! s'exclama-t-il soudain. Comment se fait-il que je n'aie vendu, de toute la journée, qu'une seule paire de boucles d'oreilles, alors que Zac-Ixtoc a déjà écoulé presque tout son stock de plombates ? Ah, ce marché n'abrite qu'un ramassis de margoulins ! Comment les habitants d'une cité si fière et si riche peuvent-ils lever le nez sur un véritable travail d'artiste ? Où allons-nous, dis-moi, si la qualité et la beauté ne trouvent plus preneurs ?

Hunac écoutait son père d'une oreille distraite, il s'était habitué depuis longtemps aux récriminations que ce dernier ne manquait pas d'émettre lorsque ses affaires ne tournaient pas aussi rondement qu'il l'aurait souhaité.

Un groupe de personnages chamarrés fit son apparition au bout de l'allée. Des soldats toltèques, des officiers même à en juger par les couleurs et les insignes de leurs costumes.

Avec sur l'épaule leurs pelisses de jaguar et sur leurs poitrines l'effigie d'un papillon représentant leurs âmes prêtes à se sacrifier au combat, ils incarnaient l'idéal militariste qui imprégnait l'empire et la religion de Kukulkan.

Les cinq guerriers déambulaient au milieu des étals de bijoux et d'orfèvreries, manifestement à la recherche de quelque chose. Le regard de Tiha Cahuich se posa sur le premier d'entre d'eux. Une grande fierté et beaucoup d'orgueil émanaient de cet homme à la physionomie itza, chose surprenante puisque l'ordre militaire prestigieux auquel il appartenait était habituellement réservé aux Toltèques. C'est avec un plaisir évident qu'il vit ce dernier s'arrêter devant son étal. Ses compagnons s'approchèrent aussi afin d'examiner la riche marchandise. L'Itza, dont les traits semblaient coupés au couteau, se tourna vers Tiha Cahuich et lui parla avec un fort accent nahuatl.

— Il y a de bien belles choses ici, déclara-t-il en s'emparant d'un bracelet gravé des symboles de la déesse Ixchel.

— J'ai rarement vu un travail aussi précis et aussi délicat, continua-t-il. Mais dis-moi, marchand, n'aurais-tu pas quelque chose de mieux encore à me proposer ?

Tiha Cahuich ouvrit le sac de cuir qui pendait continuellement à sa ceinture et en retira un magnifique collier formé de deux serpents entrelacés, l'un d'or et l'autre d'argent. Une multitude d'éclats de nacre et de turquoise composaient leurs écailles qui miroitaient au soleil comme l'auraient fait celles d'un véritable reptile. Les têtes des deux serpents se faisaient face et tenaient, incrustée dans leurs gueules à demi jointes, une grosse perle de jade gravée à l'image du Jaguar céleste.

— Tu es certainement un connaisseur, seigneur officier, déclara Tiha Cahuich, flairant le client. Ce collier est d'un style et d'un travail très anciens, il faisait partie d'un lot de bijoux de famille que m'a cédé une vieille famille d'aristocrates mayas se trouvant dans le besoin. Il est de facture olmèque et son style se démarque de tout ce qui se fait de nos jours. C'est une pièce admirable et… unique.

— Pensez-vous que ce collier plairait à la princesse Ixaquil ? demanda l'Itza à l'adresse de ses quatre compagnons.

– Ce ne sont pas les bijoux et les colliers qui manquent à la princesse, grogna l'un d'eux. Tu sais bien que son père, le gouverneur, lui a toujours donné tout ce qu'elle désirait.

– Il ne s'agit pas d'un bijou comme les autres, rétorqua Hunac, sentant refroidir l'intérêt de l'Itza. Le grand Kukul-kan lui-même n'aurait pas dédaigné pareille merveille. Regardez les turquoises qui l'ornent; ne sont-elles pas les reflets terrestres des splendeurs célestes ? Admirez cette perle de jade d'une pureté sans pareille, elle symbolise l'alliance de l'homme et des dieux, de plus elle recèle tous les mystères de Vénus, l'astre sacré de nos pères. Cette pièce représente la quintessence d'un art et d'une culture aujourd'hui oubliés.

– Intéressant… marmonna l'officier en continuant d'examiner le collier sous tous ses angles. Que demandes-tu en échange, marchand ?

– Mille grains de cacao bien comptés, ou encore mille cinq cents coquillages à valeur marchande, un prix d'ami, répondit Tiha en se frottant déjà les mains de satisfaction.

– Mille grains de cacao !… Vous entendez ça, les amis ! Ce marchand plaisante ou bien c'est une fripouille. Il s'imagine peut-être que je tiens les cordons du trésor public. Allons, trêve d'exagération, je t'en donne trois cents grains, pas un de plus, fit l'officier sur un ton impératif.

– Trois cents grains… mais voyons, c'est impossible, reprit le marchand, outré tant par le ton cassant que par l'offre inacceptable de son interlocuteur. Tu vois bien que ce collier est une pièce unique qui vaut bien plus que cela. Bon… soyons raisonnables, je.. je veux bien faire un geste. Donne-moi neuf cents grains et cette merveille t'appartient, seigneur.

– Quoi ! Que dis-tu ? Neuf cents grains ! Mais c'est du vol, marchand. Et tu sais très bien quel sort on réserve aux voleurs à Chichen, rétorqua l'officier sur un ton encore plus menaçant.

– Les voleurs, on leur enlève des morceaux ou on les jette dans un cachot jusqu'à ce qu'ils ne se rappellent plus rien, même pas leur nom, grogna un des Toltèques en empoignant Tiha Cahuich par le bras et en lui jetant un regard acéré.

– Allez, marchand, à l'instar de mon ami, je veux bien faire un geste, moi aussi, reprit narquoisement l'officier à l'adresse d'un Tiha Cahuich confondu et congestionné par tant de dureté. Je veux ce collier, car je suis certain qu'il plaira à ma fiancée. Je t'en donne cinq cents grains de cacao, mais à la condition que vous vous présentiez tous deux à une réception que je donne ce soir. J'aimerais que ton apprenti répète aux oreilles de ma fiancée le boniment qu'il m'a servi sur le symbolisme de ce bijou. Bien entendu, il pourra en rajouter et en inventer à sa guise, la princesse Ixaquil raffole de ces histoires de dieux et de pierres sacrés. Allez, décide-toi, marchand. Cinq cents grains, cela vaut quand même mieux que cinq cents coups de gourdin sur le dos. Alors qu'en dis-tu ?

À la vue du méchant rictus qui traversait le visage de son interlocuteur, Tiha Cahuich comprit qu'il n'avait d'autre choix que de céder. Et puis cinq cents grains de cacao, cela représentait tout de même une jolie somme. Pourtant, quelque chose l'ennuyait encore dans cet arrangement forcé.

– Va pour cinq cents grains, seigneur officier, soupira le marchand. Mais il y a un problème : nos traditions religieuses nous proscrivent de participer à des réjouissances ou à des fêtes nocturnes en cette avant-veille des ayebs.

– Ne te préoccupe pas des ayebs, répliqua l'officier. Je ne vous demande pas de vous joindre aux réjouissances. Je ne vous retiendrai pas et vous pourrez partir aussitôt que votre rôle sera joué. Je n'exige rien de plus.

– C'est... c'est bon, répondit enfin un Tiha Cahuich dépité. Dis-nous où tu habites et nous nous rendrons à cette réception, mon fils et moi.

Le seigneur itza leur décrivit le chemin menant à sa résidence.

– Si tu as de la difficulté à trouver, demande la maison de Jolom, officier de l'ordre des jaguars et commandant en chef des milices populaires.

– Et la somme, seigneur... n'oubliez pas la somme que vous me devez, balbutia le marchand.

– Ah oui, tu as raison. Tiens… prends cette bourse. Elle contient trois cents grains, le reste te sera versé lorsque tu auras accompli le service que j'attends de toi, décida l'officier en se saisissant du collier et en tournant les talons.

– Par les quatre Chac! par Xaman-Ek! quelles brutes, quels mécréants! fulmina Tiha Cahuich lorsque les cinq hommes eurent disparu au travers de la foule. Si c'est ainsi que s'exprime la liberté de faire des affaires dans cette ville, aussi bien devenir tout de suite paysan et planter des haricots.

– Allons, père, il faut faire contre mauvaise fortune bon cœur. Et puis cinq cents grains de cacao, ce n'est tout de même pas si mal, déclara Hunac qui se rappelait à quel extraordinaire bas prix son père avait pu obtenir le collier.

– Pas si mal, pas si mal! maugréa Tiha Cahuich en portant son regard sur l'étalage de Zac-Ixtoc. En voilà un qui, en vendant ses ridicules plombates, ne risque pas pareille mésaventure.

Ila passèrent de longues heures encore à observer le va-et-vient des passants et à discuter avec de rares clients peu enclins à la dépense. Vers la fin de la journée, le marché se vida de ses foules et les commerçants commencèrent à ramasser ou à ranger leurs marchandises. Voyant cela, Tiha Cahuich décida lui aussi de fermer boutique

– Bon, c'est assez pour aujourd'hui, emballons nos affaires et allons manger en ville; ça nous évitera d'y retourner plus tard pour nous rendre à cette fichue soirée.

Estimant qu'ils en avaient le temps, Tiha entraîna son fils jusqu'au Sac-Bé, la voie d'honneur qui conduisait du centre cérémoniel de la capitale jusqu'au cenote, le fameux puits sacré qui se trouvait au nord de la ville. Arrivés non loin du gouffre, ils aperçurent des prêtres de Chac, le dieu de la pluie et de la fertilité, qui rappelaient aux passants leurs devoirs religieux en les incitant à donner généreusement à la caisse du culte.

Tandis que des pèlerins récitaient inlassablement des incantations monotones, ou lançaient dans le puits de petits parchemins couverts de prières, d'autres offraient des dons matériels aux serviteurs du dieu. Ne voulant pas être en reste, Tiha Cahuich versa son grain de cacao dans la gueule entrouverte d'une grenouille en pierre, le compagnon traditionnel de la divinité des eaux célestes et terrestres. Cela fait, ils purent s'approcher de l'impressionnante excavation naturelle.

D'une galerie construite sur le pourtour du puits, des prêtres, vêtus de robes bleues ornées de symboles relatifs à l'onde et à la pluie, tiraient des bacs d'eau qu'ils vendaient ensuite parcimonieusement aux dévots. L'eau du puits sacré possédait la réputation d'être curative, aussi Hunac ne fut pas étonné de voir certains s'en abreuver et d'autres s'en frictionner vigoureusement le corps afin d'en chasser les rhumatismes ou l'arthrite. Un autre encore, sans doute plus intéressé par des profits d'ordre terrestre, balbutiait une mélopée sans fin tout en frottant entre ses doigts trois ou quatre coquillages à valeur marchande. Sa prière terminée, il les lança en offrande au fond du puits, dans l'espoir évident que Chac les lui rendrait rapidement sous forme de prospérité matérielle.

Afin de déceler un indice quelconque de la présence du dieu de la pluie en ce lieu, Hunac pencha la tête au-dessus des eaux glauques qui miroitaient vingt mètres plus bas. Comme l'immense plaine de calcaire poreux du Yucatan, plate comme une galette de maïs, ne possédait ni lac ni rivière, il lui semblait fort plausible que la divinité des eaux ait choisi les profondeurs sombres de ce puits comme demeure terrestre.

Tandis que Tiha Cahuich lui expliquait comment l'énorme bouche de Chac avalait les offrandes que lui jetaient les fidèles à l'occasion de magnifiques cérémonies, un plouf, causé par l'impact d'un lourd objet sur la surface dormante des eaux, arracha Hunac à sa contemplation. Une impression de déjà vu s'empara alors de lui. En même temps que le visage lointain de sa mère émergeait dans sa conscience, une sensation de vertige le gagna, ses genoux fléchirent et il dut s'agripper au bras de son père pour ne pas s'effondrer.

– Qu'as-tu donc, mon fils ! s'exclama Tiha.

– Ce… ce n'est rien, bredouilla Hunac en se redressant. J'ai entendu ce bruit et… et mes forces m'ont abandonné…, je… je me suis senti attiré par les eaux sombres du puits.

Un nouveau plouf tout aussi retentissant éclata, accompagné des rires coquins d'un groupe d'enfants. Hunac comprit alors que ces détonations avaient été causées par l'impact de rochers qu'avaient projetés ces derniers contre la surface tranquille des eaux. Seule la tolérance dont bénéficiaient les jeunes enfants pouvait expliquer leur apparent sans-gêne ainsi que l'absence de réaction des pèlerins et des prêtres.

Après qu'Hunac eut retrouvé son équilibre, ses doigts se saisirent d'un petit crapaud de jade qui pendait à son cou. Après l'avoir précautionneusement détaché de la chaînette d'or qui le retenait, il le lança dans le gouffre sacré. Puis, de retour vers le centre-ville, les deux hommes longèrent les murs gigantesques du jeu de balle cérémoniel, non loin duquel Tiha Cahuich savait trouver de nombreux petits restaurants.

Leurs pas les conduisirent devant le tzompantli: une plate-forme de pierre, au pourtour sculpté de crânes humains, qui servait habituellement de théâtre à certains rituels toltèques. Voyant qu'une cérémonie était en cours et que de nombreux passants s'arrêtaient pour profiter du spectacle, ils s'y attardèrent un peu, eux aussi, afin de voir ce qui s'annonçait comme un sacrifice au dieu du feu et au soleil nouveau.

Les dévots et les curieux ne cessaient de se masser autour de la plate-forme où un impressionnant personnage venait d'apparaître. Étirant le cou pour mieux voir, Hunac aperçut le visage d'un prêtre de Kukulkan qui se dégageait d'un casque imposant reproduisant la tête d'un serpent ornée de plumes. Suivirent quatre prêtres subalternes, porteurs du masque de Chac, qui encadraient un homme au visage hagard et dont le corps nu était entièrement peint en bleu. Sans ménagement, ils forcèrent ce dernier à s'étendre sur un autel de pierre peint de la même couleur. Pendant que les servants le retenaient par les bras et les jambes, le prêtre s'approcha et, après avoir déposé une planchette de bois sur la poitrine de la victime, il commença à y faire tourner la pointe d'un bâton. Cette scène se voulait une illustration de la prépondérance de la divinité solaire toltèque sur le dieu maya Chac, qui se trouvait fragmenté en quatre figures subalternes. Par ailleurs, les Chacs servaient à rappeler aux spectateurs les quatre incarnations de la divinité solaire et les quatre âges du monde terrestre. Certains les associaient même aux quatre bacams, ces géants mythiques et barbus chargés de soutenir les quatre coins du monde.

Malgré son dédain pour ce genre de sacrifice qui avait bien peu à voir avec la tradition religieuse maya, Tiha Cahuich, comme tous ceux qui l'entouraient, ne pouvait s'empêcher d'être attiré par l'impressionnant spectacle qui se jouait devant ses yeux.

La foule, qui retenait son souffle, émit un soupir de satisfaction lorsque le frottement opéré par le prêtre engendra quelques étincelles. Celles-ci enflammèrent bientôt un bout de tissu rouge, qu'un des quatre servants transporta jusqu'au grand bûcher érigé au centre du tzompantli.

Il fallut peu de temps pour que le bois sec se mette à crépiter et à fumer. Le prêtre, auquel le costume composé de plumes rouges et noires donnait l'allure d'un oiseau de proie, se saisit ensuite du couteau sacrificiel qui pendait à sa ceinture et le consacra au feu. Se tournant enfin vers le corps étendu devant lui, il leva au ciel la lame d'obsidienne et, d'un coup sec, la plongea au centre de la poitrine offerte.

À la vue de ce geste, les clameurs fusèrent de toutes parts, et tout le monde tendit la tête pour mieux voir le prêtre plonger sa main droite dans la plaie chaude et béante afin d'en extraire, d'un geste brusque, un cœur encore frémissant de vie.

Peu familier avec ce genre de rituel, Hunac allait d'émotion en émotion. Tandis qu'une foule apparemment envoûtée par la cérémonie en redemandait, le jeune Maya pouvait ressentir la puissance du prêtre et la douleur de la victime.

Tiha Cahuich décida qu'il en avait assez vu. Désireux de quitter ce lieu au plus vite, il empoigna la main de son fils afin de le soustraire à cette mise en scène qu'il jugeait par trop horrible. La main d'Hunac lui résista, les yeux rivés sur le tzompantli, ce dernier voulait encore voir le prêtre lancer dans les flammes le cœur offert à Kukulkan. Satisfait de cette offrande de force vitale, le Jaguar céleste daignerait certainement renaître plus fort et plus glorieux que jamais à l'aube du cycle prochain afin de nourrir de sa lumière et de sa chaleur toutes les formes de vie terrestre. En guise de conclusion, les quatre servants s'emparèrent du corps sans vie de la victime et, sans ménagement, le lancèrent dans le brasier, ce qui provoqua une immense gerbe d'étincelles.

Plusieurs personnes dans la foule, des Itzas surtout, profitaient de l'occasion pour se sacrifier un peu elles-mêmes à l'aide d'un stylet personnel, habituellement l'os creux et effilé d'une raie, poisson qui proliférait au fond des eaux du golfe. À l'aide de cette alène, elles tiraient d'un bras, d'une jambe ou du ventre, un peu de sang qu'elles projetaient ensuite contre les murs ornés de crânes du tzompantli.

Cette fois, Hunac détourna les yeux et accepta de suivre son père qui n'avait pas cessé de regimber à ses côtés. Lorsqu'ils furent un peu plus loin, Tiha Cahuich réprimanda son fils pour ne pas lui avoir obéi tout de suite, et le mit en garde contre la fascination morbide qu'engendrait pareille cérémonie.

– Cela ne se voyait pas anciennement. Nos ancêtres respectaient la vie humaine. Ce sont les Toltèques qui ont, pour nourrir leur prétendu dieu unique, introduit ces pratiques barbares au Yucatan.

Afin de chasser de leurs esprits les relents amers du sacrifice, les deux hommes déambulèrent dans les rues de la capitale jusqu'à la tombée du jour. Ils purent contempler de nombreux édifices dont l'architecture attestait la volonté de puissance des maîtres toltèques. Enfin, les jambes lasses et le ventre vide, Tiha entraîna Hunac dans un restaurant réputé pour ses spécialités raffinées. «Ce n'est pas le moment de lésiner sur les frais » pensa-t-il, car c'était peut-être la dernière fois qu'il mangeait en tête à tête avec son fils avant de l'abandonner entre les bras de la belle Touloum.

LE JADE ET
LA TURQUOISE

Le jade et la turquoise

– Tsss ! Tu entends cette cacophonie, c'est sûrement là, grogna Tiha Cahuich en désignant une résidence dont les formes sévères se découpaient dans la pénombre du soir.

Après avoir décliné leur identité et la raison de leur visite aux gardiens armés de boucliers et de javelots qui montaient la garde devant le portique d'entrée, ils furent pris en charge par une esclave qui les conduisit par un passage voûté jusqu'à une colonnade qui bordait un vaste atrium. Au milieu d'un espace illuminé de torches, de longues tables avaient été dressées. La musique des flûtes, des tambours et des conques se disputait la place avec les discussions et les rires des convives qui retentissaient dans le ciel que couronnait le masque rougeâtre d'Ixchel.

– Assoyez-vous là, je vais prévenir le seigneur Jolom de votre présence, dit l'esclave en désignant une table encore inoccupée.

La majorité des invités appartenaient manifestement aux familles itzas les plus influentes de la capitale, mais il y avait aussi des Toltèques et même quelques notables mayas, hauts fonctionnaires ou commerçants, proches de cet Itza parvenu qui, en bon politique, savait se montrer prodigue à leur égard.

Tandis que Tiha Cahuich recensait tout ce beau monde d'un œil scrutateur, Hunac promenait sa tête en tous sens, s'émerveillant de la beauté des boiseries, de la variété des plats et de la richesse des costumes brodés de plumes, de perles et de coraux.

– Mais qu'est-ce que je fais ici ! grogna Tiha Cahuich dont la forme du crâne attirait déjà regards et quolibets, et qui se demandait si les deux cents grains de cacao que lui devait encore le maître de ce lieu valaient cette sérieuse atteinte à son amour-propre.

Pendant ce temps, à l'autre bout de l'atrium, Jolom prêtait une oreille distraite aux propos d'un courtisan itza tout en savourant la chair fraîche de langoustes expédiées en toute hâte vers la capitale afin de satisfaire les palais exigeants des convives. À ses côtés, la princesse Ixaquil examinait avec intérêt le collier que son fiancé venait de lui offrir.

Dès que ses yeux se posèrent sur la Toltèque, Hunac ne put détacher son regard de ce visage d'une pâleur sans pareille. L'étrangeté de cette physionomie donnait au jeune Maya un aperçu de la vraie dimension du mythe de Kukulkan. Ainsi, c'était bien vrai que cette femme descendait du seigneur à la peau blanche et au visage poilu qui avait, deux siècles auparavant, mené ses hordes à la conquête du Yucatan. Malgré la règle de la consanguinité pratiquée par la noblesse toltèque, le sang de Kukulkan et des hommes blancs qui l'accompagnaient s'était peu à peu mêlé à celui des autres groupes ethniques de l'empire. Parmi les descendants du dieu blond, plusieurs avaient maintenant la peau cuivrée ou brunâtre et très peu pouvaient encore se prévaloir d'un teint aussi clair que celui de la fille du gouverneur Chac-Xib-Chac.

Un baiser que se donnèrent les illustres fiancés mit brutalement fin à la fascination d'Hunac. Changeant de point d'intérêt, il tourna son regard vers son père qui profitait au mieux des mets disposés devant lui.

– Ces Itzas... ils savent tout de même recevoir. Tiens, mange donc un peu, pour une fois que c'est donné ! fit Tiha

Cahuich en tendant à son fils une cuisse de canard et une coupe pleine de balche. Vaut mieux en profiter pendant qu'il y en a; et puis le jeûne des ayebs nous donnera tout le temps nécessaire pour digérer.

— Je n'ai pas faim; j'ai bien assez mangé tout à l'heure au souper, soupira Hunac en dirigeant plutôt son attention vers un groupe de jeunes femmes à demi nues qui ondulaient sur le rythme langoureux d'une flûte.

— Eh bien, tant pis pour toi! reprit Tiha Cahuich en ricanant. Mais dis-moi, Hunac, je te regarde depuis tout à l'heure: qu'est-ce que tu as aujourd'hui? On dirait que tu n'es pas... que tu n'es pas tout à fait réveillé.

— Ce... ce doit être les événements de ces derniers jours, ou peut-être l'ambiance qui règne ici, bredouilla Hunac en acceptant la coupe de balche que lui tendait de nouveau son père.

— Ne bois pas trop quand même, n'oublie pas que nous devons parler à la princesse.

Le cœur d'Hunac se mit à battre très fort; c'est qu'il avait complètement oublié la raison qui l'avait amené en cet endroit si différent de ceux qu'il avait l'habitude de fréquenter. Les émotions de ces derniers jours, ses fiançailles, le puits sacré, le sacrifice au feu nouveau et peut-être surtout le blanc visage de la princesse, tout cela contribuait à engendrer en lui une impression d'irréalité dont il ne parvenait plus à se dégager.

Le festin s'étirait au fil interminable des plats que délaissaient de plus en plus les convives au profit de la bière de balche et de l'alcool de pulque qui ne cessaient de couler à flots. Tiha Cahuich se demandait combien de temps encore il attendrait le bon plaisir de Jolom, lorsqu'un majordome s'approcha et leur demanda de le suivre. Le marchand et son fils se frayèrent un chemin parmi les danseuses qui continuaient à divertir des invités de plus en plus éméchés et se retrouvèrent bientôt devant la table d'honneur. Tiha s'inclina, il allait se confondre en politesses, mais la Toltèque ne lui en laissa pas le loisir.

– Les pierres précieuses m'ont toujours fascinée, surtout lorsqu'elles sont mises en valeur par l'orfèvre de génie qui a su si adroitement les unir à l'or et à l'argent de cette monture, déclara la princesse en promenant sur les deux hommes ses yeux aux étonnants reflets turquoise. Jolom m'a dit que cette merveille possédait une histoire et une signification particulières; cela m'intéresse et j'aimerais en savoir plus long à son sujet.

– Euh... une histoire. C'est... c'est là un grand mot, bredouilla Tiha Cahuich intimidé par son illustre vis-à-vis.

Finalement, ses réflexes de marchand reprirent le dessus et il put improviser un laïus.

– Ce collier se démarque de tout ce que l'on trouve sur les marchés de l'empire, déclara-t-il. Le thème de cette pièce et la qualité de son exécution remontent très loin dans le temps. Comme je l'ai déjà dit au seigneur Jolom, cette pièce unique appartenait à une riche famille maya de la ville de Coba, ruinée par les guerres de conquête toltèques.

– C'est de l'histoire connue, ça, rétorqua la princesse en fronçant les sourcils. Parle-moi plutôt de la provenance des turquoises qui ornent le corps des serpents et révèle-moi la signification des signes inscrits sur la perle de jade.

– Les turquoises ont toujours été associées au monde des dieux et des esprits, leur teinte et leur éclat rappellent celles du Belontiku, ce royaume intemporel où évoluent dans la félicité les âmes désincarnées qui ont su traverser les illusions du Metnal et rejoindre leur patrie d'origine, répondit Hunac qui s'intéressait depuis longtemps au symbolisme des pierres qui passaient entre les mains de son père.

– Cette perle de jade est aussi très belle, jugea la princesse.

– Oui, c'est du jade véritable, la pierre sacrée par excellence, si difficile à tailler et que les prêtres savent charger de pouvoir, déclara Tiha Cahuich.

– N'est-ce pas là une œuvre des anciens artisans olmèques? demanda la princesse en désignant le masque de jaguar qui s'y trouvait gravé.

— Olmèques… ! Euh… oui… peut-être bien, répondit Tiha Cahuich qui ne se rappelait plus très bien ce qu'on racontait encore sur ce peuple disparu dans les brumes des siècles.

— J'aimerais bien que tu m'en dises plus long, jeune homme, trancha la princesse en levant la tête et en croisant les bras.

— Les symboles gravés sur ce jade sont effectivement de facture olmèque, une race ancienne à la peau foncée, aujourd'hui éteinte, continua Hunac. On dit que les magiciens olmèques des premiers âges utilisèrent leurs pouvoirs occultes pour subjuguer de nombreuses tribus et dominer un immense territoire s'étendant de l'océan oriental jusqu'à l'océan occidental. Adorateurs du Jaguar céleste, astronomes accomplis, guerriers redoutables, maîtres du jade, les Olmèques régentèrent toutes les régions du monde connu. Ils finirent par être lentement assimilés par les ethnies qu'ils avaient dominées. Ils léguèrent à ces peuples de nombreux éléments d'une religion et d'un savoir aujourd'hui presque entièrement oubliés, fondés sur l'adoration et la manipulation des grandes forces naturelles. Ainsi, le temps des sorciers noirs est depuis longtemps révolu, mais les traits du grand Jaguar céleste, la divinité solaire, se retrouvent encore dans le masque maya du dieu Chac.

— Tu sembles bien au fait des événements du passé, jeune homme, mais laisse-moi te dire quelque chose qui concerne le présent, déclara la princesse en jetant sur Hunac un étrange regard. La religion et le savoir occultes des Olmèques vivent encore à travers les rites et les croyances de certaines tribus itzas des côtes du golfe. Longtemps sous la domination des magiciens, leur race cohabita avec celle des hommes à la peau sombre et s'amalgama peu à peu à elle. Aujourd'hui encore, certains Itzas portent la marque de leur ascendance olmèque. N'as-tu pas vu, au marché et dans les rues de Chichen, des hommes et des femmes trapus à la peau foncée ? Sache qu'il existe, ici même dans la capitale, une servante d'Ixchel qui est la grande prêtresse d'un culte issu directement des antiques magies olmèques. Elle est très savante et ses pouvoirs sont immenses. Je vais faire en sorte qu'elle voie ce collier; elle pourra certainement m'en révéler davantage sur sa signification occulte.

— Bon, c'est bien beau tout cela, mais ça s'éternise un peu. Allez, amusons-nous ! jeta brusquement Jolom. Viens, Ixaquil, allons danser, la musique nous appelle !

— Ce fut très intéressant, marchands, conclut la princesse. Si jamais vous trouvez d'autres pièces de cette qualité, amenez-les moi. Je connais des gens qui seraient prêts à y mettre le prix pour acquérir de telles reliques du passé.

— N'ou… n'oubliez pas la somme que vous me devez, seigneur ! marmonna Tiha Cahuich.

—Ah oui… bien sûr, répondit Jolom. Kabak, occupe-toi de ces marchands et donne-leur ce qu'ils méritent ! lança-t-il à l'adresse d'un officier des milices itzas, un véritable colosse, apparemment ivre, qui s'amusait à imiter les mouvements lascifs d'une danseuse.

— Tout de suite, répondit l'officier avant d'entraîner les deux hommes vers la sortie.

Arrivé à l'extérieur, le guerrier alla se placer sous une torche et fit mine de délier sa bourse. Devant ce geste, Tiha Cahuich s'approcha et tendit une main anxieuse de palper les précieux grains de cacao.

— Tiens, prends ça ! jeta le colosse en assenant un coup de poing sur la tête du marchand qui vacilla avant de s'effondrer.

— Mais qu'est-ce qui te prend, espèce de brute ! Qu'est-ce que ça signifie ? protesta Hunac en se penchant sur son père.

— Ta gueule, blanc-bec ! Ramasse cette vieille loque, et que je ne vous rencontre jamais plus sur mon chemin ou il vous en cuira, menaça le guerrier en brandissant un couteau d'obsidienne.

Malgré la colère qui bouillait en lui, Hunac réalisait qu'il ne pouvait rien contre un tel agresseur. Son précieux sac de bijoux dissimulé sous l'épaule, il aida son père à se mettre debout et ils quittèrent tant bien que mal les abords de la demeure de Jolom sous les rires des sentinelles qui croyaient ne voir là qu'un simple cas d'ébriété avancée.

Les deux hommes parvinrent à gagner un chemin menant hors de la ville et conduisant au domaine d'Han Chuen. Il leur fallut une bonne demi-heure de marche, sous la lumière crue d'une lune presque pleine, pour arriver en vue des jardins et de la grande demeure à toit de palmes de la famille Chuen.

– Oh!... s'il vous plaît! venez m'aider! lança Hunac aux serviteurs méfiants qui les regardaient approcher sans les avoir reconnus. Identifiant enfin leur interlocuteur, ils se hâtèrent de lui porter assistance. Tandis que deux d'entre eux se chargeaient de Tiha Cahuich pour le conduire à l'infirmerie, un troisième accompagna Hunac jusqu'aux appartements privés des Chuen.

– Mais qu'est-ce qui se passe donc? Tu rentres bien tard, Hunac! Et seul... Est-il arrivé quelque chose à ton père? interrogea un Han Chuen ébouriffé et à peine réveillé.

Mon père est avec moi... mais il... nous avons eu un accident, bredouilla Hunac.

– Que s'est-il passé? questionna Touloum, alarmée par la mine déconfite de son fiancé.

Ce dernier entreprit alors de raconter en détail toute l'histoire du collier et de la funeste fête itza. Au fil du récit, le visage d'Han Chuen ne cessait de s'assombrir. Les malheurs de Tiha Cahuich l'attristaient sincèrement, mais la nouvelle des fiançailles prochaines de Jolom avec la Toltèque Ixaquil le mirent hors de lui.

– Cette fois, c'en est trop! clama-t-il. Il faut réagir avant qu'il ne soit trop tard. Kopal! approche, mon fils. Demain, à la première heure, tu te rendras chez mon frère Harouk, puis chez Pantemit et Itzcuat; tu leur raconteras ce que tu viens d'entendre. Qu'ils joignent nos autres amis et que tous se rassemblent ici, demain, après la tombée du jour. En cette veille des ayebs, avant que débutent le jeûne et les prières, il nous faut examiner les conséquences de l'union d'une princesse toltèque avec l'Itza Jolom et déterminer les moyens à prendre afin d'obtenir réparation des torts subis par Tiha Cahuich.

– Quant à toi, mon garçon, va te reposer, continua maître Chuen à l'adresse d'Hunac. Ma femme et mes serviteurs prendront soin de ton père et veilleront à ce qu'il se rétablisse au plus tôt.

– Hunac!… Viens ici… approche, articula péniblement Tiha Cahuich. Hunac, demain c'est le dernier jour de marché avant les ayebs. Les affaires devraient être bonnes. Je… je voudrais que tu te rendes là-bas pour y vendre nos bijoux… Il… il faut que tu y ailles… si nous voulons rentrer dans nos frais.

– C'est entendu, père. J'ai compris. Tu peux reposer en paix. J'irai au marché demain, dès la première heure, et j'espère bien en revenir notre bourse bien remplie.

Accompagné de Touloum, Hunac regagna la chambre qu'il partageait habituellement avec son père. Tandis qu'ils marchaient côte à côte, leurs yeux se croisèrent, leurs mains se rencontrèrent et glissèrent les unes sur les autres.

– Je suis inquiète, soupira Touloum. Je crains que ces événements n'apportent des ennuis à mon père. Je sais que certains personnages importants au sein du gouvernement n'apprécient guère ses prises de position en faveur des paysans et des déshérités.

– Souhaitons que tout s'arrange pour le mieux, soupira Hunac. Mais maître Chuen a raison, on ne peut laisser passer ainsi l'injustice qu'a subie mon père. Quant au mariage de Jolom et de la fille du gouverneur, j'ignore en quoi il peut se révéler menaçant pour qui que ce soit.

– C'est pourtant simple, Hunac; on voit bien que tu n'es pas au fait des jeux de pouvoir au sein de la hiérarchie de Chichen. Toute augmentation de l'influence itza dans les affaires de l'empire signifiera une baisse équivalente de l'influence maya qui se traduira inévitablement par une oppression accrue des paysans et des marchands de notre race qui ont toujours supporté sans broncher les lourds impôts et les exactions des maîtres toltèques à leur égard.

– Comme tout cela est compliqué, reprit Hunac. Pourquoi tout le monde ne peut-il pas s'entendre pour vivre en harmonie dans cette ville ? Pourquoi nos dieux n'interviennent-ils pas et ne corrigent-ils pas une telle situation ? C'est à croire qu'ils aiment eux aussi les conflits, la souffrance et le sang.

– Ne dis pas cela, objecta Touloum. Si quelqu'un est responsable des conflits de l'empire, ce ne sont pas les dieux, ce sont plutôt les hommes. Mais nous voici arrivés à ta chambre, Hunac ; je te laisse car tu dois te lever tôt demain.

Avant de le quitter, la jeune femme avança ses lèvres vers celles d'Hunac et les fiancés échangèrent un tendre baiser, avant-goût des douceurs et des étreintes à venir. Dès qu'il se retrouva seul dans sa chambre, le jeune homme fut attiré par la fenêtre donnant sur les jardins. Il y passa la tête afin de mieux entendre le chant des grillons et observer le manège des oiseaux nocturnes en quête d'insectes à se mettre dans le bec. Il contempla le visage d'Ixchel qui affichait depuis quelques jours de bien curieuses rougeurs. Enfin, éreinté, il s'étendit pesamment sur sa couche et laissa les images de la journée remonter en lui. Il vit défiler devant ses yeux les magnifiques édifices publics de la capitale et il considéra la majestueuse pyramide de Kukulkan qui commémorait le séjour terrestre du dieu unique des Toltèques. Il songea ensuite aux ordres des Aigles et Jaguars composés de guerriers qu'on disait invincibles, fanatisés qu'ils étaient par la croyance qu'après la mort au combat les attendait une existence éternelle remplie de plaisirs aux côtés du Serpent à plumes. Il comprit que c'était par la peur et rien d'autre qu'ils dominaient les villes et les campagnes du plat pays. Étaient-ils vraiment, comme certains l'affirmaient, l'expression terrestre de puissantes forces célestes, ou bien seulement d'inhumaines machines à tuer ? Finalement, l'image du collier de jade et de turquoise s'imposa à son esprit. Depuis toutes les années qu'il commerçait avec son père, c'était la première fois que la vente d'un bijou leur occasionnait de tels problèmes. « Par Xaman Ek, ce collier possède certainement des propriétés maléfiques ! » se dit-il.

Les paroles énigmatiques d'Ixaquil concernant les anciens Olmèques lui revinrent alors en mémoire, et la carnation rosée du visage de la Toltèque s'imposa de nouveau à son esprit. Tandis qu'il sentait son cœur se serrer et se mettre à battre plus fort, il eut l'impression que les yeux turquoise de la princesse le transperçaient de leur éclat surnaturel.

Les hurlements d'un singe l'arrachèrent aux jeux de son imagination. Il chercha du regard l'effigie du dieu de la pluie qui trônait dans un coin de la pièce. L'expression bienveillante de cette petite idole de terre cuite avait le don de l'apaiser. Depuis toujours, pensa-t-il, le pouvoir de Chac protège et nourrit toute vie. D'ailleurs, le dieu des eaux ne présiderait-il pas, dans quelques semaines, la cérémonie qui l'unirait pour toujours à Touloum? Ah... Touloum! Comme il aurait aimé se trouver en ce moment en sa compagnie pour jouir de la douceur et de la fraîcheur qui émanaient d'elle comme le délicat parfum d'une fleur. Mais la tradition était stricte à ce sujet: ils devaient éviter toute intimité avant le jour de leur mariage, et il n'était pas question pour Hunac, qui logeait déjà sous le toit de son futur beau-père, de remettre cette règle en question. Et pourtant...

Son esprit devançant les événements, il imagina qu'il tenait entre ses bras le corps tendre et chaud de sa fiancée. Il allait prendre son visage dans ses mains afin de déposer sur ses lèvres un baiser lorsque les traits de la jeune Maya s'estompèrent pour faire place à un autre visage: celui de la princesse Ixaquil dont le cou s'ornait du collier olmèque aux deux serpents entrelacés.

LES FEUX
DU DÉSIR

Les feux du désir

Tout le monde cherchait sa part d'ombre à travers l'air sec et torride dans lequel baignait le grand marché en cette fin de matinée.

« Vraiment, la saison des pluies sera plus que bienvenue cette année », pensa Hunac tout en observant le manège des mouches sur son présentoir à bijoux. Depuis l'aube il se tenait là, assis derrière son étal, à attendre le bon vouloir des clients, et c'est à peine s'il avait pu vendre quelques broches à cheveux à trois femmes itzas qui avaient bien passé une demi-heure à tripoter et à essayer différents bijoux tout en se complimentant les unes les autres.

« Que le temps me paraît long aujourd'hui ! » soupira le jeune homme qui trouvait de moins en moins de plaisir à guetter le client. Lassé par le va-et-vient incessant de la foule, il trouva refuge dans ses pensées et imagina la nouvelle vie qui l'attendait aux côtés de Touloum. Il rêva à leur bonheur à venir et aux enfants qu'ils élèveraient ensemble. Han Chuen lui avait proposé un poste d'intendant dans l'un de ses vastes entrepôts, une tâche administrative que lui faciliterait sa connaissance des chiffres et de l'écriture. Il pourrait ainsi se familiariser avec l'ensemble des activités de son beau-père, sans pour cela délaisser Touloum.

— Pardon, jeune homme ! fit une voix claire à l'accent nahuatl très prononcé.

Hunac leva les yeux et rencontra le regard perçant d'une grande et jolie femme à la peau très brune. Il fut aussitôt frappé par le rayonnement de ce visage d'une grande finesse. Sa longue chevelure toute striée de rubans dénotait de l'excentricité et certainement le désir de se faire remarquer. De fins tatouages spiralés tracés sur ses tempes et sur son front l'intriguèrent au plus au point. Il allait, comme aux autres, lui proposer ses bijoux, mais celle-ci devait chercher autre chose, car elle ne prêta aucune attention à ses paroles ni à son présentoir.

— Je m'appelle Chimec, fit-elle avec un large sourire. C'est bien toi, n'est-ce pas, qui a vendu un collier à Jolom, hier après-midi ?

— Euh..., oui, c'est moi..., je veux dire... c'est mon père, répondit Hunac qui s'était raidi à l'évocation du seigneur itza.

— Je viens de la part de la princesse Ixaquil, la fille du gouverneur Chac-Xib-Chac. Celle-ci veut savoir si tu n'as pas en ta possession d'autres objets de style olmèque.

— Euh... non, aucun, j'en suis sûr. Il me semblait pourtant le lui avoir dit.

— Bon, ce n'est pas tout, poursuivit l'Itza en baissant le ton. La princesse désirerait aussi en connaître plus long sur ce collier; en fait, elle m'a chargée de te conduire jusqu'à elle.

— Quoi ! s'exclama Hunac, éberlué. Je... je ne peux pas maintenant. Je dois rester à mon poste. Je... j'ai donné ma parole à mon père, bafouilla-t-il, déchiré entre sa promesse de rester au marché jusqu'à la fin de la journée et son désir de revoir la femme à la peau blanche et aux yeux de turquoise.

— Allez, ne discute pas! Ixaquil veut te voir immédiatement, rétorqua sèchement Chimec. Ramasse tes affaires et suis-moi.

— Mais... mais je ne peux pas. Que... que dira mon père s'il apprend... ?

– Ne t'occupe pas de ce que dira ton père et dépêche-toi; tu devrais savoir qu'on ne fait pas attendre une princesse toltèque, reprit Chimec tout en jetant un étrange regard sur Hunac.

– Euh... c'est... c'est bon, mais laisse-moi au moins le temps de ramasser mes affaires.

Tout en emballant les bijoux pour les glisser dans son sac, il songea à sa mésaventure de la veille, et il se dit que les dieux se montraient vraiment capricieux à son égard. Mais la curiosité de contempler à nouveau le visage de la princesse finit par balayer ses dernières réticences.

Quelques instants plus tard, Hunac cheminait aux côtés de son guide. Leurs pas les avaient déjà conduits en vue du vieil observatoire dont la coupole percée de petites ouvertures permettait un examen extrêmement précis de la course des planètes et des étoiles.

– Où m'amènes-tu ? questionna-t-il, un peu inquiet.

– Ne sois pas si curieux, notifia la jeune femme en souriant, nous arriverons bientôt.

Le ton sur lequel elle avait prononcé ces dernières paroles inquiéta Hunac qui commença à se demander ce qui l'attendait vraiment au bout de cette marche forcée.

– Je vois que tu es une Itza, tu es née ici, à Chichen ? demanda-t-il dans l'espoir d'en apprendre davantage sur son guide.

– Bien sûr que je suis Itza, répondit Chimec en riant. Mais je ne suis pas originaire de la capitale, j'ai été élevée dans une tribu isolée au cœur des forêts humides du golfe qui s'étendent au nord-est de la grande plaine yucatèque. Un jour, des guerriers sont venus qui ressemblaient, par leurs accoutrements, à des démons. Après avoir tué, violé, pillé, ils rassemblèrent au centre du village les hommes et les femmes les plus jeunes et les plus vigoureux pour les livrer comme esclaves au gouverneur de la cité d'Izamal. Mon physique et mon charme m'attirèrent sans doute des sympathies, car j'eus la chance d'être affectée au service du palais en tant que domestique. Les années passèrent, j'étais devenue une femme, et un jour, la grande prêtresse du culte d'Ixchel me remarqua et me choisit pour que je devienne sa servante et son apprentie. Mais voilà que j'en dis trop, tu n'as pas besoin de savoir tout cela, marchand.

Hunac avait entendu toutes sortes d'histoires, souvent invraisemblables, sur certaines cérémonies itzas qu'on disait imprégnées de sexualité et de magie. C'était peut-être l'occasion d'en apprendre un peu plus sur les pratiques qui se déroulaient à l'intérieur de leurs temples et de leurs enceintes sacrées. Il questionna Chimec à ce sujet. Mais son guide demeura bouche cousue.

— Et ces hommes que l'on sacrifie chaque jour sur l'autel du feu nouveau, d'où viennent-ils ? Sont-ils comme toi des prisonniers ou des esclaves contraints d'offrir leur vie aux dieux ? interrogea encore Hunac en apercevant la plate-forme du tzompantli où des officiants préparaient déjà le bûcher qui consumerait, à la tombée du jour, le cœur et le corps d'une nouvelle victime.

— La plupart sont effectivement des esclaves ou des prisonniers de guerre, mais certains s'offrent de leur plein gré au sacrifice suprême, répondit Chimec.

— Est-ce possible ! s'exclama Hunac.

— Certainement, reprit la jeune femme. Il est bien connu que celui qui meurt sur l'autel du sacrifice traverse instantanément le labyrinthe obscur du Metnal et se porte à la rencontre des dieux qu'il nourrira de sa vie.

— Crois-tu que les dieux apprécient vraiment ces meurtres rituels ? La religion des anciens Mayas n'a jamais encouragé cette pratique, fit Hunac en songeant à ce que son père lui avait dit après le sacrifice au feu nouveau.

— Les dieux ! sans doute que oui, reprit Chimec, mais ce sont les hommes surtout qui, à leur vue, éprouvent une grande exaltation religieuse et se sentent en contact plus étroit avec l'au-delà et le domaine du divin. Mais assez parlé, marchand, nous voici arrivés.

Chimec désigna un ensemble de petits édifices bas, éparpillés sur les terrains voisins du palais du gouverneur.

— La princesse Ixaquil t'attend à l'intérieur de ce bâtiment surmonté d'une frise vert et rouge.

— C'est là qu'elle habite ?

— Bien sûr que non ! jeta Chimec. Elle vit au palais, en compagnie de son père. C'est le grand édifice que tu peux voir là-bas, juste en face de toi. La chambre de la princesse se trouve à son sommet, du côté gauche. Tu vois, cette colonnade, c'est la frange d'un balcon qui donne sur sa chambre. Tout à fait à droite sont situés les appartements du gouverneur et, plus bas, les quartiers de ses domestiques et de sa garde personnelle.

Mais Hunac n'avait maintenant d'yeux que pour la petite construction qui se rapprochait rapidement. Son revêtement de stuc exhibait un nombre étonnant de Serpents à plumes qui s'élançaient de tous côtés sur un fond bleu constellé de points brillants pareils à des étoiles.

— Bonne chance ! lança Chimec avant de disparaître derrière une haie d'arbustes.

Le cœur serré, il se tint un moment devant la porte du pavillon et sentit des nuées de pensées se débattre sous son crâne. Enfin, se risquant à l'intérieur, il fut accueilli par une forte odeur d'encens mêlée à de subtils parfums qu'il ne parvint pas à identifier. À travers la pénombre, se dessinait un espace étroit, sans fenêtre, tapissé de tentures, et dont le sol était recouvert d'un épais tapis de laine.

— Sois le bienvenu et approche-toi ! lança Ixaquil de derrière un rideau qui divisait la pièce en deux parties.

De plus en plus intimidé, Hunac écarta le rideau d'une main tremblante. À la vue de la princesse et du scintillement de ses yeux, il sentit de nouveau monter en lui cette étrange impression de rêve éveillé.

— Pourquoi m'as-tu fait venir ici, princesse ? se risqua-t-il enfin à demander. Si mon père apprend que j'ai quitté mon poste, il sera très fâché.

— Regarde le collier que Jolom m'a offert. Regarde comme il me va bien, soupira Ixaquil en guise de réponse.

—Il…. il te va à merveille, princesse, bredouilla Hunac. Mais est-ce uniquement pour me dire cela que tu m'as fait chercher par ta servante ?

— Mais non, bien sûr que non, reprit la Toltèque. Sais-tu que ce collier a fasciné une dame à qui je l'ai montré ce matin ? Je lui ai répété ce que tu m'as dit à son sujet, l'autre soir, et elle m'a demandé d'en apprendre davantage à son sujet.

Prenant Hunac par la main, la princesse l'entraîna derrière le rideau où régnait une atmosphère chaude et feutrée. Lui désignant une natte sur laquelle s'empilaient des coussins, elle lui fit signe de s'asseoir. S'emparant ensuite d'un carafon, elle versa dans deux coupes de cristal un liquide épais aux reflets mordorés.

— Allez, savoure cette boisson et mets-toi à ton aise, dit-elle en tendant une coupe au jeune homme.

D'une main hésitante, Hunac prit la coupe et la porta à ses lèvres. Il faillit s'étouffer dès la première gorgée tellement était forte et épicée la concoction qu'elle contenait.

— C'est un alcool itza, à base de plantes rares, lança Ixaquil en riant. Je parie que c'est la première fois que tu goûtes quelque chose de pareil. Mais parle-moi donc un peu de toi, de ton travail, de tes voyages.

— Je…. je veux bien, princesse, répondit Hunac, de plus en plus mal à l'aise; mais je ne vois pas en quoi la vie d'un simple marchand maya peut intéresser une princesse toltèque.

Finalement, devant l'insistance de la jeune femme, Hunac accepta de relater quelques-unes des péripéties de ses voyages. La boisson aidant, il fallut peu de temps pour qu'il se mette à rire et à plaisanter. La chaleur et l'excitation le gagnaient de plus en plus, au point que les serpents entrelacés du collier olmèque semblaient prendre vie sur les épaules d'Ixaquil. La contemplation de la parure amena Hunac à raconter l'agression dont son père avait été victime.

— Ça alors ! je savais ce Kabak capable de tout, mais j'ai peine à croire qu'il ait osé s'attaquer, sous le toit de son cousin Jolom, à un paisible marchand qui ne faisait que son métier ! s'indigna la princesse.

— Je dis pourtant la vérité, insista Hunac.

Ixaquil soupira et retira de son index un anneau d'or serti d'un magnifique diamant.

— Tiens, prends, j'espère que cela suffira à vous dédommager.

— Mais... princesse, c'est... c'est que je... je ne peux accepter. Comment expliquerai-je à mon père...?

— Prends et ne t'inquiète pas. Tu n'auras qu'a dire à ton père que la princesse Ixaquil, ayant appris les désagréments dont il a été l'objet, et voulant réparer le tort qu'il a subi, t'a fait remettre cette bague par une de ses servantes.

— C'est... c'est trop généreux, princesse, balbutia Hunac en affichant un sourire embarrassé. En tout cas, mon père sera certainement soulagé de rentrer ainsi dans ses frais, et cela évitera à maître Chuen de pénibles démarches auprès du gouverneur.

— Tu veux parler d'Han Chuen, ce gros homme aux cheveux blancs qui gère des entrepôts de marchandises à l'est de la ville ?

—C'est bien lui, en effet. Dans moins de deux semaines, j'épouserai sa fille aînée, répondit candidement Hunac.

— Ainsi, cet homme sera ton beau-père. J'ai entendu, dans les salles et les corridors du palais, des propos le concernant. Certains conseillers de mon père n'apprécient guère ses interventions publiques en faveur des paysans. Il y en a même, à la cour, qui voient en lui un fauteur de troubles.

Ces propos surprirent Hunac qui ignorait tout des pseudo-activités politiques d'Han Chuen. Il ne pouvait croire qu'un homme aussi juste et paisible puisse représenter une menace quelconque pour le puissant ordre toltèque.

— Comme est froid l'éclat du diamant, presque aussi froid que mes mains, soupira Ixaquil, changeant brusquement de sujet.

— Vous avez froid, princesse ? s'exclama Hunac qui se sentait, pour sa part, de plus en plus échauffé par la boisson qui enflammait ses veines.

— Oui, je ne m'explique pas pourquoi. Touche mes mains, sens comme mes doigts sont froids, reprit Ixaquil en tendant ses bras vers le jeune homme.

Sans même réfléchir, Hunac ouvrit les mains pour recevoir celles de la princesse. Tandis que ses doigts caressaient ceux d'Ixaquil, une chaude émotion le saisit; le rêve devenait soudain réalité, et cette transmutation s'accompagnait d'un indescriptible mélange de désir et d'appréhension.

La jeune femme pencha alors sa tête sur le visage d'Hunac et déposa tendrement sa bouche sur des lèvres tremblantes de crainte et de désir. Était-ce la seule magie des sexes qui produisait cet état d'excitation à peine supportable, ou bien la boisson alcoolisée et les résines parfumées dont la jeune femme avait enduit son corps contribuaient-elles aussi à enflammer ses sens? Partagé entre la peur et la délectation, il goûta du bout des lèvres à ce fruit défendu. Mais, le charme opérant, il abandonna rapidement toute retenue et sa langue partit à l'exploration de la bouche d'Ixaquil. Leurs souffles eurent tôt fait de se fondre en une vague unique et puissante qui les entraîna au sein d'un autre univers. Tandis que le temps glissait tranquillement autour d'eux, ils oublièrent où ils étaient, qui ils étaient. Les yeux fiévreux, le corps envahi par le désir, la princesse s'approcha davantage, encercla le jeune homme de ses jambes et pressa son corps tiède contre le sien. Hunac l'entoura à son tour de ses bras et se laissa glisser dans un monde d'impressions et de sensations comme il n'en avait jamais éprouvé ni même imaginé. S'abandonnant encore plus, la jeune femme appuya le bas de son ventre contre celui du jeune homme et, lentement d'abord, puis de plus en plus ardemment, frotta son pubis contre le sexe d'Hunac. Tout en émettant de profonds soupirs, le corps d'Ixaquil ondulait, s'élevait et descendait au gré des ondes de plaisir qui le traversaient. Quant à Hunac, il sentait une source de chaleur intense, une boule de feu, naître au bas de son ventre. Ce feu monta lentement le long de sa colonne vertébrale, lui arrachant des spasmes et des tremblements. Cette puissante énergie envahit bientôt sa poitrine, fit irruption dans sa tête et s'échappa enfin en gerbes d'étincelles qui tissèrent autour du couple un cocon vibrant de passion.

Encore vêtus mais leurs chairs et leurs sens exacerbés, toujours deux mais ne faisant plus qu'un, ils dérivèrent vers un vaste océan de plaisir et de béatitude, vers une dimension habituellement réservée aux seules divinités célestes.

Tout en soupirs, Ixaquil entrouvrit son corsage. Elle saisit doucement les mains d'Hunac et les pressa sur deux seins blancs fermes comme des fruits mûrs. Une bouche avide courut alors sur le cou et la poitrine de la princesse et s'abreuva avec félicité à la fontaine du plaisir. Hunac sentit encore les mains moites de la princesse se poser sur ses joues; relevant la tête, il rencontra le sourire enjôleur et les yeux turquoise de la Toltèque.

— Il faut que tu partes maintenant, murmura la princesse dans le creux de son oreille. C'est bientôt l'heure où mon père pourrait venir ici en compagnie d'une courtisane.

La pensée d'être surpris ainsi le remplit d'effroi. Pourtant, cette peur ne suffit pas à éteindre son désir, et peut-être même l'attisa-t-elle. N'écoutant que ses sentiments, il ne put s'empêcher de prendre de nouveau Ixaquil dans ses bras. La jeune femme réagit vivement, voulut se libérer et, dans sa tentative, déséquilibra Hunac. Le tapis reçut leurs corps qui roulèrent en une mêlée sauvage. Ils ne s'apaisèrent que quelques minutes plus tard et, après une dernière étreinte et un dernier baiser, ils se séparèrent enfin. Encore haletante, Ixaquil considéra Hunac d'un air hautain et lui ordonna une nouvelle fois de partir. Ce dernier retrouva ses craintes en même temps que ses sens, et il comprit qu'il devait quitter la princesse. Avant de franchir le seuil du pavillon, il se tourna une dernière fois vers la femme dont la chair blanche l'avait ensorcelée.

— Nous reverrons-nous ? lança-t-il.

— Peut-être, répondit Ixaquil, le visage éclairé d'un énigmatique sourire. Les dieux ont bien voulu que nous nous rencontrions, qui sait ce qu'ils nous réservent encore.

Une brise tiède soufflait dehors. Tout en cherchant son chemin, il sentait confusément qu'un mur venait de s'effondrer en lui, que plus jamais il ne serait le même et que des forces insoupçonnées l'habitaient et n'attendaient que la montée de son désir pour se manifester pleinement. Ainsi, il existait un sentiment qui transcendait le temps et l'espace, et il se trouvait des émotions assez puissantes pour soulever le cœur et le corps jusqu'au domaine des dieux. Clignant des yeux sous le soleil intense qui régnait, son sac de bijoux sous l'épaule, il se dirigea vers l'ouest. L'esprit en ébullition, il emprunta l'avenue principale de la cité qui le mena jusqu'à la pyramide de Kukulkan, derrière laquelle se profilait le gigantesque temple des guerriers. Les colonnes sculptées à l'image de guerriers qui soutenaient ses larges terrasses semblaient monter une garde éternelle auprès de la résidence terrestre du Serpent à plumes. Voyant que les degrés de la pyramide de Kukulkan étaient noirs de monde, il comprit pourquoi il avait vu si peu de promeneurs jusque-là: sous l'éclatant soleil s'annonçait en effet un nouveau sacrifice, un autre cœur allait être arraché sur le tzompantli et offert au feu nouveau.

Il décida d'éviter ce macabre spectacle et contourna la foule en empruntant une voie secondaire qui passait près du jeu de balle cérémoniel. Tandis qu'il marchait, son corps lui rappela les sensations éprouvées quelques instants plus tôt, alors qu'il se mêlait à celui de la blanche Ixaquil. Son esprit s'envola dans un univers imaginaire où il partait en quête de la chaleur et de la lumière que lui avait révélées le corps de la princesse.

Une brusque clameur emplit le ciel. Comme d'habitude, des cris stridents joignaient les gestes du chilam alors qu'il plongeait la main dans la plaie béante qu'il venait de pratiquer dans la poitrine de la victime. À cette idée, Hunac sentit monter en lui un long frisson, accompagné d'un inexplicable sentiment d'allégresse.

« Le feu du Jaguar céleste brûle en moi », pensa-t-il. Une invocation jaillit alors spontanément de sa bouche: « Prends mon cœur, ô grand Kukulkan. Bois mon sang, Itzamna. Nourris-toi des flammes de mon désir, Hunab Ku. Réjouissez-vous, ô dieux, et que le monde des hommes dure et dure encore ».

LA CROISÉE
DES CHEMINS

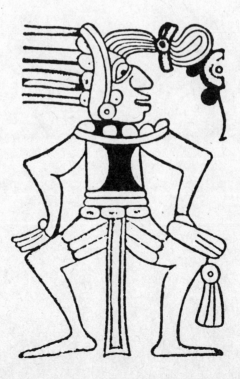

La croisée des chemins

— De pareils outrages n'ont aucune excuse et ne doivent plus se reproduire! déclara fermement maître Chuen à l'adresse des amis et parents qui s'étaient rassemblés sous son toit afin de tenter de trouver une solution au conflit perpétuel opposant l'ethnie maya aux autres groupes ethniques de Chichen.

— Les Itzas nous considèrent depuis toujours comme des inférieurs. Au fil des ans et des générations, leur influence au sein du gouvernement n'a cessé de croître. Si cet arriviste de Jolom devient effectivement le beau-fils du gouverneur, ils auront alors beau jeu pour incliner à leur avantage le haut conseil toltèque; tout cela produira davantage d'humiliation pour nous, les premiers habitants de cette terre, jeta Itzcuat, un scribe maya dont la fonction consistait à traduire à l'usage de ses compatriotes les lois et les décrets de l'administration toltèque.

— Sans parler de la fâcheuse habitude des prêtres de Kukulkan de choisir les victimes des sacrifices parmi nos frères mayas des régions limitrophes de l'empire, ajouta Harouk Chuen, frère cadet et associé d'Han Chuen.

— Mais que pouvons-nous faire? intervint Tiha Cahuich.

La tête encore entourée d'un bandage, ce dernier avait patiemment écouté les orateurs décrire les torts et les excès du pouvoir toltèque sans pour autant que se dessine une réponse concrète.

— Nous avons à notre disposition certains moyens de pression, déclara maître Chuen, comme s'il répondait à Tiha Cahuich. Mais il est bien évident que nous ne pouvons attaquer ou même critiquer le pouvoir directement sans nous exposer à une violente réplique. Nous ne sommes pas des guerriers, mais des marchands et des paysans, aussi emploierons-nous les armes qui nous sont propres.

— Qu'entends-tu par là ? interrogea Harouk Chuen.

— C'est pourtant simple : nous contrôlons la production et la distribution de nombreux produits, allant des denrées alimentaires aux objets de luxe, en passant par les vêtements, les ustensiles, les cordages, les parfums, sans oublier la bière de balche, si appréciée des Itzas et des Toltèques.

— Quel plan nous proposes-tu alors ? s'enquit Pantemit, un petit homme richement vêtu, qui remplissait la fonction d'administrateur du marché central de Chichen.

— D'abord dépêcher une délégation auprès de Chac-Xib-Chac afin de lui faire part de nos craintes devant la montée de l'influence itza au sein du gouvernement et, bien sûr, de l'informer du traitement dont a été victime notre ami Tiha Cahuich. Par ailleurs, je compte sur toi, Pantemit, pour porter plainte officiellement auprès des autorités du grand marché de façon que l'on resserre la protection offerte aux commerçants. Ce n'est pas la première fois que des miliciens ou des soldats toltèques intimident ou violentent des marchands comme notre ami Tiha Cahuich, en vue d'obtenir d'eux des réductions de prix.

— C'est bien beau tout cela, renchérit Colhua sur un ton enflammé. Mais il faudrait envisager la question à plus long terme et tâcher de voir comment nous pourrions obtenir notre juste part du pouvoir dans cette ville et dans cet empire où nous sommes quand même majoritaires. Il faudra bien, un jour ou l'autre, nous serrer les coudes et cesser de nous faire exploiter. Rappelez-vous que la guilde des marchands de Mayapan, jugeant les impôts trop élevés, a plusieurs fois tenu tête aux Toltèques.

– Mon cher Colhua, tu n'oublies pas, j'espère, la sévère répression qu'a entraînée la dernière contestation populaire de Mayapan; il ne faudrait surtout pas qu'un bain de sang se produise à Chichen. Par ailleurs, les seuls marchands mayas ne pourront pas faire grand-chose contre les forces puissantes qui contrôlent l'empire; aussi devons-nous nous efforcer d'obtenir le poids du nombre en ralliant la classe paysanne à notre cause.

– Nos difficultés avec le pouvoir toltèque et les Itzas ne sont pas seulement d'ordre politique et économique, elles sont aussi d'ordre moral et religieux, renchérit Ha Zinteyut, grand prêtre du culte de Chac et gardien du puits sacré de Chichen. Nous savons tous que ces derniers sacrifient aux forces obscures et aux dieux de la nuit; et nous avons tous entendu raconter des choses incroyables sur les rites et les pratiques qui ont cours certaines nuits, derrière les enceintes de leurs temples.

– À ce propos, intervint Pantemit, un chilam m'a parlé d'une prêtresse d'Ixchel douée, paraît-il, de pouvoirs prophétiques et magiques. Cette femme à la peau sombre attirerait même autour d'elle des disciples toltèques de plus en plus nombreux. Les adorateurs de Kukulkan, ce prétendu Dieu unique assoiffé de sang, seraient-ils en train de se convertir aux cultes itzas ? Si les choses continuent à ce rythme, ce ne sera plus seulement des sacrifices humains qui auront lieu dans les temples de Chichen, mais des orgies bestiales et sanglantes.

– Nous avons malheureusement bien peu d'influence et de contrôle en ce domaine, soupira maître Chuen. Notre situation est délicate et devrait nous inciter à une prudence encore plus grande dans nos démarches.

– De la prudence, ce n'est pas avec de la prudence que nous nous ferons respecter ! lança le bouillant Colhua.

– Crois-tu que la violence nous servirait mieux ? reprit Han Chuen. La capitale est remplie de guerriers Aigles et Jaguars bien entraînés et bien armés, qui sont de véritables machines à tuer. À la moindre provocation, ils ne feraient qu'une bouchée de nous.

Colhua serra les dents, il savait bien que son beau-frère avait raison.

— Mon cœur brûle de haine pour l'oppresseur toltèque, objecta-t-il encore. Il faudra bien un jour nous libérer de son joug.

— Ce jour viendra sûrement si nous savons l'attendre, déclara Han Chuen.

— Entre temps, les ayebs tombent à point, déclara Ha Zinteyut en levant les mains vers le ciel. Que le jeûne et la prière purifient nos corps et nos cœurs afin que les divinités ancestrales de notre peuple entendent nos suppliques et répondent à nos justes aspirations. Recueillons-nous, mes amis, et implorons ensemble l'aide d'Hunab Ku, le créateur suprême d'où jaillissent toutes choses. Ouvrons l'oreille de notre cœur et écoutons la voix puissante de Chac qui coule en nous et s'articule partout en une infinité de formes...

Sur cette invocation, Hunac apparut à l'entrée de la pièce. Aussitôt accueilli par son père et maître Chuen, le jeune homme, un peu intimidé, alla se joindre au groupe d'invités.

— Alors, mon fils, tu as fait de bonnes affaires ? s'empressa de demander Tiha Cahuich.

— Euh... non, je... je veux dire oui, père..., ce fut une assez bonne journée. Mais tu sembles aller mieux à ce que je vois.

— C'est vrai, les bons soins de dame Chuen m'ont remis sur pied. Mais si j'ai le malheur de bouger trop vite, j'ai l'impression d'entendre résonner dans ma tête les sinistres tambours d'Ah Puch.

— Mieux vaut entendre les tambours d'Ah Puch que de se retrouver devant lui dans le royaume des morts, rétorqua Colhua en décochant à Hunac un sourire de bienvenue.

— Allez, viens te joindre à nous, Hunac; viens que je te présente à quelques collègues et amis que tu as peut-être déjà vus et que tu apprendras à connaître au cours des années à venir, lâcha Han Chuen.

Les présentations terminées, tout le monde reprit sa place sur la grande natte de sisal qui couvrait le sol. Pande-mit insista alors pour qu'Hunac raconte de nouveau les événements de la soirée précédente. Le jeune homme émit un soupir et entreprit une fois encore de relater la scène dont il avait été témoin à la résidence de Jolom. Comme il fallait s'y attendre, son récit se termina au milieu de l'indignation générale. Pourtant, Hunac avait autre chose à ajouter.

— Une femme est venue me voir au marché, cette après-midi, poursuivit-il, une servante itza appartenant à la maison du gouverneur. Elle m'a dit que la princesse Ixaquil avait eu vent de nos mésaventures. Indignée par le comportement du milicien qui a frappé et volé mon père, la princesse nous a fait remettre ceci, avec tous ses regrets.

Tous les regards se posèrent en même temps sur la bague d'or fin sertie d'un énorme diamant qu'Hunac venait de poser au centre de la natte. Tiha s'empara de l'objet et le soumit aussitôt à l'examen attentif de son œil de connaisseur.

— Une pure merveille ! s'exclama-t-il après avoir scruté toutes les facettes de la pierre. Cela vaut amplement la somme que m'a escroquée cette brute de Kabak.

— Alors, cela change tout ! jeta Pandemit.

— Non point, affirma maître Chuen. Cette pierre ne permettra pas à la blessure de Tiha Cahuich de guérir plus vite, pas plus qu'elle n'empêchera que des événements semblables se produisent encore. Maintenons nos intentions et demandons tout de même une audience au gouverneur pour lui faire part des craintes que nous inspire l'union de sa fille avec un Itza. Je suggère en outre que nous fassions parvenir un message et un présent à la princesse Ixaquil afin de la remercier de son geste généreux.

— Je ne pense pas qu'un cadeau à la princesse Ixaquil suffise à faire progresser notre cause, rétorqua Colhua sur un ton sceptique. Mais étant donné les circonstances, il n'y a sans doute rien de mieux à entreprendre en ce moment.

— Alors, dans ce cas, mes amis, je déclare notre entretien terminé et je vous invite, en cette veille des ayebs, à partager avec moi un dernier repas, fit Han Chuen.

Tout le monde opina, trop heureux de profiter de la bonne table de maître Chuen avant d'entreprendre les jeûnes, mortifications et prières qu'exigeaient les cinq ayebs.

– Dis donc, mon garçon, je note que tu as mis des vêtements propres et que tu t'es lavé et brossé les cheveux, cela me surprend un peu de toi, fit Tiha en examinant Hunac.

– C'est... c'est qu'il a fait rudement chaud au marché, aujourd'hui. J'ai eu envie de me rafraîchir un peu avant de vous retrouver.

– Ne serait-ce pas plutôt pour plaire à ta future épouse? reprit Tiha en lançant un clin d'œil à son garçon.

Hunac rougit et ne trouva rien à répondre à cette dernière remarque.

– N'oublie pas qu'il n'est pas question que tu fréquentes Touloum pendant la durée des ayebs, poursuivit Tiha Cahuich sur un ton plus sérieux. D'ailleurs, nous n'aurons pas le temps de nous amuser au cours des jours qui viennent. Demain à l'aube, commenceront les activités de purification: le bain de vapeur, les prières collectives et les processions dans les rues de la cité. Ensuite nous irons au temple des quatre Chac pour assister à une cérémonie expiatoire. Plus tard, viendra le temps de la prière individuelle, et la journée s'achèvera par un rituel propritiatoire visant à apaiser les divinités malveillantes....

Impassible, Hunac écoutait son père lui dresser le strict horaire des ayebs, mais ce qu'il entendait vraiment en lui-même, c'était le tumulte qu'engendrait un désir immense conjugué à une honte terrible. Car ce n'était pas par souci pour sa fiancée qu'il s'était si soigneusement lavé, mais plutôt pour se débarrasser des relents de parfums et de boisson épicée qui avaient imprégné son corps et son haleine au cours de son aventure avec Ixaquil. Son trouble s'accentua lorsqu'il vit approcher Touloum, tout sourire.

– Comment s'est passée ta journée? s'enquit la jeune femme. Mais.... comme tu as l'air étrange, mon ami! Aurais-tu par hasard quelque souci en ton cœur?

« Vais-je devoir mentir et encore mentir? », pensa Hunac tout en souriant à sa fiancée. Incapable de lui ouvrir son cœur, il choisit la voie de la dissimulation.

– Oui, tu as raison, Touloum, soupira-t-il. Je m'inquiète des répercussions que pourrait encore avoir cette histoire, et je me demande jusqu'où tout cela nous conduira.

– Ne nous inquiétons pas trop vite, Hunac, reprit la jeune femme en attrapant au vol la main de son fiancé. Ce n'est pas la première fois que mon père se frotte aux dirigeants toltèques. Profitons plutôt des bonnes choses qui nous sont offertes, et pour le reste faisons confiance aux dieux, ils sauront bien résoudre ce conflit pour le mieux.

LA BLANCHE
ET LA BRUNE

La blanche et la brune

« …Ô, bienveillant Chac, toi qui soutiens les quatre coins du monde, toi qui accordes les puissances de la terre à celles des cieux, intercède auprès de notre seigneur Kin afin qu'il daigne nous accorder sa lumièrer pour un autre cycle. » Tel était le souhait que formait en chœur, en ce premier matin des ayebs, la foule des fidèles réunie dans l'enceinte du grand temple de Chac.

Debout entre son père et maître Chuen, Hunac écoutait en lui l'écho de ces paroles tout en s'efforçant de chasser de son esprit les pensées inavouables qui avaient hanté sa nuit et que le bain de purification rituel n'avait pas complètement réussi à effacer. Le célébrant avait offert aux quatre Chac les offrandes que lui avaient apportées les fidèles; la longue cérémonie s'achevait. Tout comme l'avait fait, avant les semailles, chaque paysan dans ses champs, le prêtre avait décapité quelques volatiles dont le sang avait abreuvé un sol affamé d'humidité. Ainsi espérait-on s'attirer la bienveillance d'une des divinités les plus anciennes et les plus vénérées du panthéon maya. Contrairement aux rituels d'inspiration toltèque, la quadruple personnification du dieu de la pluie démontrait ici la puissance et l'omnipotence que lui reconnaissaient tous les autres peuples de l'empire. Certains

n'affirmaient-ils pas que le divinité des eaux terrestres et celle
de la lumière céleste, personnifiées par Kin, le grand Jaguar, ne
formaient à l'origine qu'une seule et même entité créatrice ?

À l'autre extrémité de l'espace cérémoniel se tenait
Touloum, entourée des autres femmes qui psalmodiaient en
cœur des cantiques séculaires au maître des eaux. Observant
scrupuleusement la consigne de son père, Hunac gardait les
yeux tournés vers le prêtre qui se tenait au pied de l'idole au
grand nez de Chac. On lui avait bien assez répété que tout
regard empreint de désir pour sa fiancée suffirait, en ces jours
de mortifications et de pénitence, à provoquer la colère des
dieux. Une faute plus grave pouvait même entraîner tout un
cortège de malheurs : stérilité, maladies nerveuses, folie
même. En fait, cette interdiction, loin de lui déplaire, l'ar-
rangeait plutôt, car il craignait que le clair regard de Touloum ne puisse discerner le trouble qui l'habitait.

Plus tard, tandis que tout le monde quittait en silence la
cour du sanctuaire pour retourner vers sa demeure, Hunac
remarqua une chaise à porteurs surmontée d'une effigie du
Serpent à plumes qui filait vers l'ouest.

— Tiens, mais c'est la chaise de la princesse Ixaquil !
s'étonna à son tour Han Chuen. Je ne reconnais pourtant pas
la livrée habituelle de ses esclaves. Comment peut-elle
s'afficher ainsi en ces jours de recueillement et de repentir ?
Quelle motivation peut bien l'entraîner hors des murs de son
palais ?

À l'évocation d'Ixaquil, le cœur d'Hunac chavira, et une
éruption d'images et d'émotions se produisit en lui avec une
telle violence, une telle impétuosité, qu'il crut en perdre la
tête. Étonné, épouvanté, tout à fait impuissant à le refréner,
il assistait à l'éveil d'un désir sauvage.

— Père, est-ce... est-ce que je peux retourner seul au
temple un moment ? demanda-t-il d'une voix nerveuse. Je
voudrais invoquer encore les dieux afin de leur demander un
mariage aussi heureux que possible.

— Bien sûr, Hunac, va, fit Tiha Cahuich, surpris par la
soudaine piété de son fils. Va, mais ne t'attarde pas trop, car

d'autres sacrifices et de nouvelles offrandes auront lieu cette après-midi dans le sanctuaire privé de la famille Chuen.

– À tout à l'heure alors, reprit le jeune homme en feignant de s'en retourner au temple.

Aussitôt hors de la vue de son père, Hunac s'élança dans la direction qu'avait empruntée le cortège de la princesse. Fendant la foule silencieuse des dévots qui quittait le sanctuaire des quatre Chac, il se mit à la poursuite de la chaise à porteurs qui venait de disparaître derrière les gradins d'un autre temple. Quelques minutes plus tard, à bout de souffle, il se retrouva de l'autre côté de la masse imposante de l'observatoire. Il allait rejoindre le cenote Xtoloc, le puits naturel qui fournissait à la ville une partie de son eau potable, lorsqu'il aperçut enfin la chaise à baldaquin de la princesse qui longeait une terrasse réunissant deux petits sanctuaires où se préparaient de nouveaux sacrifices. Il dévala à toute allure le coteau qui le séparait d'un mur au détour duquel venait de disparaître la chaise. Réussissant enfin à rejoindre le cortège, il remarqua que les porteurs n'étaient pas les habituels esclaves au torse nu et au crâne rasé, mais bien des miliciens itzas. «Pourquoi ces hommes, habituellement chargés du maintien de l'ordre, se prêtaient-ils à une telle besogne ?» se demanda-t-il.

«Je ne peux tout de même pas aborder la princesse en présence de ces Itzas», pensa-t-il en ralentissant son allure. «Et puis que pourrais-je lui dire ?»

«Ô Ixaquil!...» s'exclama-t-il en lui-même. La frustration dévorante, unie au désir qui l'oppressait, fit jaillir des larmes à ses yeux. Serrant les dents, rassemblant tant bien que mal ses esprits, il prit le parti de suivre encore le cortège de la princesse. Qui sait si, plus loin, il n'aurait pas la possibilité de l'approcher et de lui parler.

Sans trop s'en rendre compte, Hunac aboutit dans un secteur résidentiel, coincé entre le nouveau centre-ville et les faubourgs du vieux Chichen. Plusieurs fois désertée et repeuplée, cette section de la ville était maintenant occupée par une population toujours plus nombreuse d'émigrants itzas, auxquels s'ajoutaient tous les défavorisés du pouvoir, principalement d'anciens paysans mayas, chassés de leurs terres par les seigneurs toltèques, dont plusieurs s'étaient convertis, après la conquête, en riches propriétaires terriens. Le jeune homme s'arrêta enfin devant une haute enceinte de pierre percée d'une lourde porte, derrière laquelle venait de disparaître l'équipage d'Ixaquil. De chaque côté de l'entrée se dressait une pierre dont l'extrémité supérieure était peinte en rouge. Cela lui rappela les descriptions qu'il avait déjà entendues sur les cultes phalliques pratiqués par les Itzas

Tandis qu'il réfléchissait à sa situation, sa folie lui apparut si grande qu'il pensa s'enfuir afin de retourner chez maître Chuen, vers le destin tout tracé qui s'ouvrait devant lui. Effrayé par le flot d'émotions qui menaçait de renverser le fragile édifice de sa raison, il ferma les yeux dans l'espoir de saisir un quelconque message des dieux. Mais rien ne vint, pas la moindre manifestation, pas le moindre signe.

C'est alors que la porte s'entrouvrit; ayant juste le temps de se dissimuler, Hunac vit ressortir les miliciens itzas libérés de leur fardeau princier.

« Je dois au moins savoir ce qui se trame ici », pensa-t-il en voyant s'éloigner le groupe de porteurs.

Fort de ce prétexte, Hunac s'approcha lentement du mur. S'assurant que nul ne le voyait, il entreprit l'escalade des moellons recouverts de mousse. Il eut tôt fait de se hisser au sommet de l'enceinte; ne voyant personne du haut de ce perchoir, il examina les lieux. Il découvrit la chaise à porteurs, abandonnée à l'ombre du mur qui délimitait une grande cour autour de laquelle s'élevaient quatre édifices trapus, au style ancien et à la décoration très particulière. Un bruit attira son attention, et ses yeux se tournèrent vers l'un des bâtiments dont les murs exhibaient de petites têtes rondes aux faciès inhabituels.

« La princesse profiterait-elle des ayebs pour célébrer quelque rite étrange du culte itza? Rendrait-elle déjà, en secret, hommage aux dieux barbares de son futur époux? » se demanda-t-il.

Le désir de trouver réponse à ces questions incita Hunac à surmonter ses dernières craintes. Faisant fi de toute prudence, il se laissa choir à l'intérieur de l'enceinte, traversa la cour en toute hâte et s'arrêta sur le seuil de la maison des petites têtes. Une âcre odeur d'encens s'échappait de celle-ci. À travers les volutes de fumée, il crut entendre ce qui ressemblait à des cris étouffés. Tendant l'oreille, il perçut une sorte de grognement sauvage, modulant les accents d'une complainte, qui paraissait surgir du plus profond des temps.

Le cœur battant, tous ses sens aux abois, Hunac risqua un œil à l'intérieur. Ce qu'il vit le stupéfia : étendues sur un grand lit, deux femmes s'abandonnaient sans pudeur à des caresses et à des baisers passionnés. Au milieu des brûleurs d'encens à forme humaine qui crachaient leurs lourds nuages de copal, il reconnut Ixaquil et sa servante Chimec. Devant eux, sur un phallus de pierre rougi de sang, trônait le collier olmèque aux deux serpents entrelacés. Autour du lit se trouvaient des coupes de cristal à demi remplies de cette boisson ambrée qu'il connaissait. Ce qu'il voyait était-il réel, ou bien était-ce la fumée résineuse et âcre de l'encens qui, en s'insinuant dans son esprit, le conduisait au sein d'un rêve impensable ?

La princesse quittait ses vêtements. Hunac retint son soufle. Ses yeux s'écarquillèrent devant la silhouette d'Ixaquil dont les courbes exquises se profilaient sur la pénombre de la chambre. À ses côtés, Chimec s'étira langoureusement et fit signe à la princesse de s'allonger sur le lit. Déposant une main sur le ventre pâle de la Toltèque et l'autre sur son front, l'Itza fredonna une mélopée aux syllabes syncopées. Ixaquil avait fermé les yeux et souriait. Chimec déposa alors sa bouche sur la pointe d'un sein de sa compagne, qui commença à soupirer. Les lèvres de l'Itza s'enhardirent, elles glissèrent partout, mordant, léchant, embrassant tout le corps de la princesse. Elles ne tardèrent pas à trouver le buisson ardent qui gisait entre les cuisses d'Ixaquil et s'enfouirent dans son creux qu'elles attisèrent de leurs ardeurs.

La manière dont elle bougeait, dont elle haletait et murmurait des sons incompréhensibles, tout en Chimec tradui-

sait une sensualité sauvage et à fleur de peau. Hunac aurait
voulu quitter cet endroit, mais quelque chose en lui s'accrochait avidement aux émotions que faisait naître la vue de ces
deux femmes occupées aux rites d'une folle sensualité. Para-
lysé, il vit le corps doré de Chimec glisser sur celui d'Ixaquil.
Entrelacées à l'image des serpents qui couronnaient le phallus de pierre, les deux femmes s'abandonnèrent au plaisir, et
les lèvres de leurs sexes et de leurs bouches intimement liés,
elle s'offrirent en pâture l'une à l'autre. Tandis que les amantes
se tordaient et que leurs halètements et leurs gémissements
éclataient dans le silence, elles accédèrent ensemble à un
autre univers chargé de passion trouble où tentait avidement
de les suivre l'imagination d'Hunac. Après un moment,
Ixaquil se dégagea de la tourmente érotique et tourna en direction du jeune homme un visage transfiguré où ce dernier
put entrevoir une lueur d'extase qui brillait comme un astre
dans la nuit.

Hunac détourna les yeux et faillit s'évanouir de surprise;
derrière lui, immobile et silencieuse, vêtue d'une tunique
couleur de feu, se dressait une femme noire comme la nuit
qui l'observait attentivement.

Cette apparition le projeta hors du rêve où il se com-
plaisait. Évaluant la situation d'un coup d'œil, il réagit avec
la rapidité de l'éclair. S'élançant vers la chaise à porteurs, il
s'en servit comme d'une échelle pour gravir le mur. Du haut
de celui-ci, il jeta un dernier regard à la petite demeure aux
têtes sculptées. Non, il n'avait pas rêvé, ce qu'il avait vu
existait bel et bien, c'était l'expression d'une réalité qu'il
avait jusque-là ignorée. La peur l'empêcha de s'attarder
davantage, et il sauta de l'autre côté du mur où le reçut
brutalement un sol poussiéreux. Légèrement blessé au genou,
il retrouva le chemin qui l'avait mené en cet endroit et s'enfuit en boitant. Tandis qu'il traversait les ruelles quasi
désertes des quartiers populaires, ses pensées l'envahirent de
nouveau: il pensa au collier olmèque et il revit l'amalgame
passionné des corps d'Ixaquil et de Chimec. Il erra, en proie
à ces images folles qu'il ne parvenait pas à contrôler, jusqu'à

ce qu'il débouche sur une esplanade remplie de pèlerins qui assistaient à un rituel d'expiation en l'honneur de Kukulkan. Plusieurs se prélevaient du sang dont ils enduisaient un morceau d'écorce sur lequel était écrite une prière qu'ils offraient ensuite à la divinité toltèque. À en juger par le nombre d'idoles recouvertes du liquide écarlate, d'autres dieux, tels Ixchel et Chac, recevaient aussi leur part du sacrifice.

Le sang en ébullition d'Hunac s'agitait dans ses veines, charriant en elles d'intenses et aveugles émotions. Des larmes de colère, d'envie, de jalousie et de désespoir se mêlèrent sur son visage; en apercevant ses traits, bien des fidèles crurent se trouver devant un cas extrême d'exaltation religieuse.

. . . .

LA VOIX DE
LA PASSION

La voix de la passion

Des jets de vapeur fusaient des pierres chauffées, entassées au centre de la hutte de purification qu'Han Chuen avait fait ériger un peu à l'écart de sa demeure, au milieu d'un bouquet d'arbres centenaires. Ce lieu, affirmait-il, attirait les esprits protecteurs de la nature qui contribuaient, à leur manière, à l'assainissement rituel des corps et des esprits.

— Ça va mieux! Alors, je peux verser encore un peu d'eau sur les pierres ? lança Kopal à l'adresse d'un Tiha Cahuich trempé de sueur.

Sous la pression de la chaleur et de l'humidité, le marchand avait un moment redouté la suffocation. Mais des désagréments mineurs n'allaient pas lui faire renoncer aux avantages curatifs d'un bain de vapeur qui soulageait, il en était convaincu, aussi bien les contusions physiques résultant de ses démêlés avec Kabak que les maux secrets de son âme.

— Tu peux y aller, Kopal, ma vieille carcasse en a vu bien d'autres; ce n'est pas encore aujourd'hui que je vendrai mes os à Ah-Cup-Capac.

Le fils de maître Chuen lança un sourire complice à Hunac. Il trouvait très amusant d'invoquer en cet endroit le dieu des enfers qui, disait-on, arrachait la vie aux humains par l'étranglement et la suffocation. Hunac esquissa lui aussi un sourire; l'intense chaleur qui régnait dans la hutte et l'atmosphère surchargée d'eau l'avaient également oppressé jusqu'à ce qu'il s'y abandonne, et il connaissait enfin une détente qu'il avait en vain cherchée au cours de la nuit. Les jambes repliées sur la poitrine, la tête posée sur les genoux, les yeux mi-clos, il se laissa envahir par les effluves bienfaisants du bain de vapeur et profita de ce moment de relaxation pour essayer de voir plus clair en lui-même. Deux mondes se heurtaient dans son cœur ce matin-là, deux conceptions du bonheur, deux visages: ceux d'Ixaquil et de Touloum. Alors qu'il ne pouvait que reconnaître la juste voie du devoir qu'incarnait sa jeune et jolie fiancée, quelque part en lui couvait un feu dont les crépitements harcelaient son âme, un brasier dont les étincelles menaçaient à tout moment de le consumer comme un fétu.

L'atmosphère enveloppante des lieux finit par calmer aussi son esprit et il se transporta soudain, hors de l'espace et du temps, dans un monde imaginaire où une lune rousse éclairait un paysage de dunes bordées d'une immense étendue d'eau. Tandis qu'il marchait dans le sable, il aperçut au loin la forme d'un jaguar. L'animal s'approcha et prit graduellement l'apparence d'une silhouette féminine en laquelle il reconnut sa mère. Il tendit les bras et allait s'élancer vers elle, mais à peine eut-il fait un pas que des vagues sorties de la nuit commencèrent à lécher les dunes et à les recouvrir. Pris de peur, il courut à perdre haleine afin de rejoindre l'apparition immobile qui semblait l'attendre. Il s'arrêta brusquement, car le visage de sa mère était devenu noir et rouge comme la nuit, pareil à celui de cette femme qui l'avait surpris à l'entrée de la maison des petites têtes. L'eau commença alors à fuser du sable partout autour de lui, et le sol se déroba sous ses pas...

— Comme tu es tranquille, Hunac, reprit Kopal sur un ton malicieux. Je te croyais beaucoup plus loquace. Est-ce la perspective du mariage qui te rend silencieux ?

— Quoi !... Non... bien sûr que non, balbutia Hunac, tiré hors de sa rêverie.

— Allons, avoue que c'est un grand changement dans ta vie, ajouta Kopal.

— Bien sûr, bien sûr, mais en ces jours de sacrifices, le silence est pour moi le chemin de la pénitence.

— Tu m'étonnes encore, Hunac, je ne t'aurais pas cru aussi attaché aux rites, rétorqua Kopal.

— Cela suffit, mon fils, intervint Han Chuen. Laisse donc Hunac agir et penser comme bon lui semble. Pour ma part, je le trouve bien sage, et tu devrais en prendre exemple, toi qui ne songes qu'à jouer au pok-a-tok et à courir les filles.

Kopal esquissa une grimace et se le tint pour dit. Quant à Hunac, la remarque d'Han Chuen eut sur lui l'effet d'une douche froide. Il réalisait soudain la confusion et le délire qui le possédaient depuis quelques jours. Comment le cœur d'une princesse toltèque, de surcroît fiancée à un Itza, pourrait-il jamais appartenir à un simple maya, fils de marchand, lui aussi fiancé à une jeune femme qui avait certainement tout et plus pour le rendre heureux ? Placé devant l'absurdité de cette situation, il crut discerner le juste chemin. Soulagé par cette soudaine prise de conscience, il serra dans sa main droite la perle qui pendait à son cou. Ce gage d'amour et de fidélité entre les doigts, il s'abandonna totalement aux influences bénéfiques du bain de purification.

Le vol d'une hirondelle salua le crépuscule d'un deuxième jour de pénitence. Seul au milieu de la campagne paisible, Hunac promenait ses pensées dans les champs fraîchement retournés. Défrichée, brûlée, travaillée par la main de l'homme, la terre était prête à recevoir les grains de maïs. Son sein les envelopperait bientôt de son manteau d'obscurité, jusqu'à ce qu'arrivent les pluies fécondantes qui feraient lever et croître la plante sacrée. Viendrait ensuite le temps des épis dorés qui prêteraient leur substance aux hommes, lesquels, en reconnaissance de ce don de vie, sacrifieraient aux dieux et les nourriraient à leur tour de leurs prières et de leur sang.

La tombée de la nuit ramena Hunac à sa chambre. Celle-ci était vide, son père devait encore prier ou bien discuter avec maître Chuen et ses amis. Il se dévêtit dans la pénombre tiède; il allait s'étendre sur son lit lorsque son regard rencontra un bout de parchemin posé sur une couverture. Il prit le rectangle de papier entre ses doigts et, s'approchant de la fenêtre afin de profiter de la clarté d'Ixchel, il se mit à déchiffrer, comme le lui avait appris son père, les idéogrammes qui y apparaissaient. Sa bouche s'entrouvrit, ses yeux s'écarquillèrent: il avait entre les mains un message signé d'Ixaquil qui l'enjoignait de la retrouver au plus vite dans ses appartements du grand palais. Tel un vent de tempête, le doute s'engouffra de nouveau dans sa tête et dans son cœur, faisant éclater les nœuds de sa pensée et la membrane de ses purs sentiments. Il demeura un moment dans l'expectative, à sonder l'obscurité qui se refermait sur lui, à la recherche d'une voie, d'un signe qui le guiderait. Était-ce l'influence des ayebs et des dieux obscurs ou plus simplement la montée en lui d'un irrépressible désir qui lui fit enfiler son pagne, quitter sa chambre, et le jeta dans la nuit ? Sans plus réfléchir, sous un ciel clair où couraient quelques nuages égarés, il s'engagea dans le chemin menant à la capitale.

Il atteignit bientôt les faubourgs et arriva rapidement au centre-ville où les temples éclairés par des torches et des braseros attiraient encore quelques pèlerins en mal d'offrandes et de prières. Il jeta un regard à la lune dont la clarté rougeâtre le fascina un moment. Soudain, mû par un ressort invisible, il traversa les places et les esplanades qui le séparaient du palais du gouverneur. Arrivé devant l'édifice, il leva les yeux dans la direction que lui avait montrée Chimec, celle des appartements de la princesse. Là, tout près, l'attendait celle qui l'avait entraîné à l'orée d'un univers magique et imprévisible. Même s'il fuyait encore l'impossible idée de la rejoindre, il sentait bien qu'il ne pourrait plus vivre sans pénétrer plus avant dans cette sphère toute tissée de passion.

Deux hommes seulement montaient la garde au pied de l'édifice. Tandis qu'il se dissimulait pour les observer, l'impact de sentiments contradictoires fit vaciller son esprit et il sentit une formidable pression dans son ventre et dans sa tête. Alors que dans le ciel le masque d'Ixchel jouait à saute-mouton avec les nuages, son cœur se mit à chauffer, puis à brûler, lui arrachant des grimaces et des larmes. Attendant que les gardes soient hors de sa vue, Hunac trompa leur vigilance et entreprit l'escalade du palais. Les éléments décoratifs des gradins lui fournirent les prises nécessaires à son ascension, qui s'avéra plus aisée que prévue. Porté par les ailes du désir, il eut tôt fait d'atteindre le balcon d'Ixaquil. Il s'arrêta derrière la dentelle de pierre d'une balustrade pour souffler un peu et s'assurer qu'il n'avait pas attiré l'attention des gardes ou de quelque passant noctambule. Nul mouvement, nul éclat de voix ne venaient rompre le silence et l'immobilité qu'exigeaient les ayebs. Comme les Mayas, les Itzas et les Toltèques redoutaient les esprits mauvais et les influences néfastes qui cherchaient à s'exprimer en cette sombre période intercyclique. Hunac aurait dû se douter que les forces obscures qui baignaient alors la terre faisaient de lui une proie facile pour les énergies cahotiques qui s'agitaient au fond de son être; mais l'éclat intense de son désir, et peut-être aussi le visage rougeâtre d'Ixchel, l'hypnotisait et l'empêchait de voir aussi loin.

Enjambant la balustrade, il traversa une terrasse bordée de plantes ornementales et, sans plus hésiter, s'engagea dans un étroit portique. À travers la pénombre, il découvrit bientôt une vaste chambre où ne filtrait qu'un rayon lunaire. L'atmosphère parfumée qui y régnait excita ses narines et lui rappela sa première rencontre intime avec la princesse. Il se risqua encore un peu plus, et son regard, s'habituant graduellement à l'obscurité, devina quelques bancs, une petite table chargée d'objets hétéroclites et, plus loin, un grand lit carré sur lequel reposait un corps recouvert d'une couverture. Le cœur battant, Hunac s'approcha jusqu'à ce que ses yeux puissent distinguer clairement le visage d'Ixaquil. Même endormie, émanait d'elle ce magnétisme qui l'attirait inexorablement et auquel il ne pouvait qu'obéir.

«Comment se fait-il qu'elle m'ait fait venir ici et qu'elle dorme ainsi?» pensa-t-il tout en contemplant le corps étendu qu'il devinait nu sous la couverture de coton. «Peut-être feint-elle le sommeil en m'attendant, ou bien a-t-elle cru finalement que je ne serais pas assez fou pour venir la retrouver ici?»

Après un dernier moment d'hésitation, il osa quitter ses vêtements et, risquant le tout pour le tout, se glissa subrepticement sous la couverture, aux côtés de la princesse. Au contact du jeune homme, celle-ci émit un faible soupir et se retourna, lui présentant son dos. Hunac contempla quelques instants la nuque et les épaules d'Ixaquil; enfin, n'y tenant plus, il appuya délicatement son corps frémissant contre celui de la jeune femme. La douceur de cette peau contre la sienne, la chaleur et la tendresse de ce ventre, de ces cuisses sur lesquelles il s'enhardissait jusqu'à y promener ses doigts fiévreux, l'excitèrent au plus haut point. Ces gestes engendraient chez lui un sentiment si intense qu'il lui semblait vivre pour la première fois. Faisant glisser ses mains sur le ventre de la jeune femme, il posa tout doucement ses paumes sur deux seins ronds et fermes qu'il commença à caresser comme les choses les plus fragiles, les plus précieuses. Faisant jouer ses doigts sur les aréoles qui les couronnaient, il sentit deux boutons de chair se dresser. Ixaquil bougea encore, émit quelques sons et… entrouvrit les yeux. Après un moment de perplexité, à se demander si elle rêvait, elle tourna vers Hunac un regard stupéfait.

– Toi!… Tu… tu es fou! Que fais-tu ici à cette heure de la nuit? Comment es-tu entré? lança-t-elle en repoussant Hunac et en tirant la couverture afin de masquer sa nudité.

– Mais… je… je n'ai fait que répondre à ton appel; je suis venu te retrouver comme tu me l'as demandé! objecta le jeune homme.

Sur le visage faiblement éclairé de la princesse, la colère avait cédé la place à la surprise. Vibrant de désir, tous les sens en éveil, Hunac crut entendre le silence recouvrir deux cœurs en attente. Ne pouvant se contenir plus longtemps, il se pencha sur Ixaquil, l'enveloppa doucement de ses bras et posa tendrement sa joue contre la sienne. Elle le laissa faire. Hunac prit cela pour un signe d'abandon, et ses caresses se firent plus pressantes, plus passionnées. Doucement assaillie de toutes parts, couverte de baisers, la Toltèque sentit bientôt contre sa cuisse la pression du désir brûlant d'Hunac. Le soif immense de l'autre fut encore une fois plus forte que toute raison, et elle succomba à son tour à l'appel inexorable des sexes.

– Hunac... Hunac! Tu es fou, tu es fou! gémit-elle en se serrant un peu plus contre lui.

– Je suis fou de toi, princesse. Plus que tout au monde, je te veux!

– Oui, Hunac! Oui! Moi aussi je te désire! répondit Ixaquil en s'abandonnant totalement aux manipulations de son amant.

Les mains d'Hunac partirent alors à l'exploration des montagnes, des plaines et des crevasses du nouveau monde qui s'offrait à lui. Sa bouche, comme un animal affamé d'amour, glissait, suçait, mordillait délicatement tout le corps d'Ixaquil.

– Viens, Hunac! Entre en moi, soupira la princesse en écartant ses jambes et en offrant à la vue du jeune homme son sexe entrouvert comme une bouche humide.

L'âme embrasée, le corps frémissant d'envie, Hunac obtempéra à ce commandement sans se faire prier. Les deux amants entamèrent alors le plat de résistance d'un merveilleux festin d'amour. Transfigurée par une excitation de plus en plus intense, Ixaquil haletait, et à chaque nouvel assaut de son partenaire, sa poitrine laissait fuser une longue plainte. Malgré le feu qui le possédait, Hunac restait à l'écoute de son amante; guettant les signes de son plaisir, jouissant de sa jouissance, il répondait à tous les besoins de ses sens.

Restant en surface ou s'enfonçant profondément en elle, doucement, puis rapidement, il allait et venait entre ses hanches. D'instinct, afin de mieux s'accorder à sa partenaire, il ralentissait parfois le rythme de ses poussées et l'accélérait ensuite jusqu'à la frénésie. Leur union dura et dura; les amants se fondirent dans leur passion et ils entrèrent progressivement dans l'intemporalité propre à l'extase la plus élevée.

Mus par une irrépressible fièvre, emportés par le souffle immense de leurs ardeurs, les deux corps enlacés commencèrent à se balancer et à rouler en tous sens. Glissant sur le tapis, heurtant les murs pour retrouver ensuite le confort du lit, le couple fut soulevé par une nouvelle montée de désir, entraîné par un courant puissant qui l'amena rapidement au pinacle du plaisir.

Tandis qu'Hunac mettait tout son cœur à satisfaire la princesse, les cris et les gémissements de celle-ci s'amplifièrent et montèrent en un long crescendo à travers la nuit silencieuse. Comme un coup de tonnerre d'une indicible puissance, l'orgasme éclata et les deux amants jouirent simultanément. C'est à ce moment qu'Ixaquil lança un cri comme jamais Hunac n'en avait entendu de pareil; un cri rauque, profond, venu du fond des âges; un cri qui relâchait les tensions enfouies depuis longtemps dans le cœur et le corps de la princesse toltèque. Les larmes aux yeux, cette dernière s'agrippa à Hunac comme si elle avait voulu unir pour toujours son corps et son âme à ceux de son amant.

– Je t'aime!... Je t'aime!... Je t'aime!... ne cessait, pendant ce temps, de répéter Hunac.

– Moi aussi, je t'aime! fit Ixaquil en promenant des lèvres avides sur le visage du jeune homme.

Un bruit de pas fit sursauter le couple. Avant même qu'ils puissent réagir, un personnage armé d'une torche apparut dans la chambre.

– Je t'avais déjà mise en garde contre tes élans de sensualité, ma fille, mais cette fois tu dépasses toutes les bornes! jeta le gouverneur Chac-Xib-Chac sur un ton qui en disait long sur son courroux. As-tu déjà oublié tes fiançailles avec Jolom! Je t'ai toujours laissée libre d'agir à ta guise, mais cette fois tu as enfreint toute moralité. Est-ce la fréquentation des dieux itzas qui t'a rendue si impudique ?

Paralysée par la peur, Ixaquil voyait avec appréhension la fureur s'emparer de son père. Elle savait depuis longtemps discerner chez ce dernier la fausse colère de la vraie, et cette fois, le doute n'était pas possible.

— Toi, l'homme, sort vite de ce lit et mets tes vêtements ! cracha le gouverneur en fixant sa torche à un support.

Le cœur battant à tout rompre, une sueur froide mouillant son visage, Hunac s'exécuta tant bien que mal.

— Par Kukulkan, un jeune Maya ! Rien de trop bas pour toi, ma fille ! s'exclama Chac-Xib-Chac en désignant Hunac. Comment peux-tu frayer avec cette race d'esclaves, espèce de dévergondée ?

Ne pouvant plus se contenir, le gouverneur attrapa sa fille par le bras et la frappa violemment au visage. Le cri de douleur d'Ixaquil sortit Hunac de la stupeur qu'avait provoquée l'arrivée impromptue de Chac-Xib-Chac. Sans réfléchir, il se précipita sur le gouverneur et d'un geste vigoureux lui arracha sa fille des mains. Rouge de rage et de fureur, Chac-Xib-Chac porta la main au couteau d'obsidienne qui pendait à sa ceinture. Devant cette menace, Hunac rassembla toutes ses forces et se jeta sur son agresseur. Déséquilibré par le choc, ce dernier tomba et sa tête alla heurter un mur.

— Vite, Ixaquil ! Fuyons ! lança Hunac en saisissant la main de la princesse dont le visage exprimait la plus totale confusion.

— C'est la première fois... c'est la première fois qu'il me bat ainsi, balbutia la princesse en éclatant en sanglots.

— Mets cela et suis-moi ! dit Hunac en lançant à Ixaquil une courte tunique brodée de fils d'or.

— Il bouge..., il va se lever ! cria la princesse.

— Par ici ! s'exclama Hunac en entraînant Ixaquil vers le balcon.

Après s'être assuré que personne ne les y attendait, les amants dégringolèrent les marches du palais et se retrou-

vèrent sur l'esplanade entourant l'édifice. Les fuyards traversèrent à toute allure les faubourgs déserts et aboutirent au
milieu de champs inondés par la clarté rougeâtre d'Ixchel.
« Où aller ? Qui pourrait bien nous aider en ces funestes
ayebs ? » se demandait Hunac.

Au loin se dessinait la ligne sombre de la forêt : masse
confuse de végétaux en mal d'humidité, abritant les animaux
et les esprits de toutes sortes. Dans l'espoir confus d'y trouver
un refuge, le couple se remit en marche. Tandis qu'ils fuyaient
main dans la main, Hunac sentit poindre en lui l'aiguillon du
remords. Encore une fois, il avait l'impression de vivre un
rêve, où la terreur de l'inconnu se mêlait au bonheur de
sentir Ixaquil à ses côtés.

À travers les champs déserts et les méandres de leur conscience, le visage ovale de la déesse les accompagnait vers
leur destination incertaine. Plus loin, tout au fond de leurs
huttes, les paysans dormaient ou priaient. Pas l'un d'eux
n'aurait eu l'idée de sortir de chez lui en cette nuit grosse de
toutes les malédictions, de tous les malheurs.

HISTOIRE
DE KUKULKAN

Histoire de Kukulkan

À l'aube d'un troisième ayeb, le chant des oiseaux et les piqûres des fourmis éveillèrent les deux amants blottis au fond d'une cavité creusée à la base du tronc d'un gigantesque ceiba. Après avoir longtemps sangloté comme une enfant, Ixaquil avait pu trouver le sommeil, mais Hunac, incapable de fermer l'œil, s'était engagé dans une indescriptible nuit peuplée d'angoisses et d'allégresse.

Kin se fraya un chemin à travers les branches et les feuillages ternis par les ardeurs de la saison sèche et, après quelques tâtonnements, parvint à darder ses rayons dans leur refuge. La lumière et la chaleur incitèrent Hunac à se mettre debout; il étira son corps engourdi et se dressa sur ses jambes afin de regarder autour de lui.

— Attends-moi ici, je vais essayer de trouver quelque chose à manger, dit-il tout en baisant les mains d'Ixaquil.

Le jeune homme tourna un moment autour de l'arbre en examinant les environs et disparut derrière un bouquet d'agaves. Occupée à une toilette sommaire, Ixaquil le vit bientôt revenir avec une demi-douzaine d'œufs de cailles au creux des mains. La princesse considéra cette trouvaille avec une moue de dégoût, mais la faim et l'exemple d'Hunac aidant, elle daigna finalement gober quelques œufs.

— J'ai soif maintenant! soupira-t-elle en se tournant vers son compagnon.

— Alors suis-moi. J'ai repéré un petit puits pas très loin d'ici, et à ses côtés, il y a une cabane qui m'a semblé abandonnée. Nous pourrions peut-être nous y installer quelques jours, le temps de décider quelle direction nous prendrons pour fuir le pays.

— Fuir le pays! Mais où veux-tu aller, Hunac? Que va-t-il nous arriver? s'inquiéta la princesse.

— Je ne sais pas, soupira Hunac, mal à l'aise. Il n'est pas question en tout cas de retourner à Chichen pour affronter la colère de ton père et le jugement de ma famille

— Mon père va tout faire pour nous retrouver. Nous ne pourrons pas lui échapper bien longtemps, objecta Ixaquil.

— Les armées de ton père ne sont pas partout, répliqua Hunac. Je connais des lieux isolés, aux confins de l'empire, où ses hommes ne pourront pas nous trouver. Sur les hauts plateaux, par exemple, où vivent les Zapotèques, ses ennemis; ou à Cozumel, ou sur une île plus lointaine encore. Ne comprends-tu pas, Ixaquil, que j'ai tout sacrifié pour toi, tout: mon nom, ma fiancée, mon avenir, ma vie peut-être?

Touchée par la franchise et l'émotion de son compagnon, la Toltèque baissa les yeux. Songeant à l'intensité amoureuse de leur dernière nuit, elle considéra Hunac d'un œil plus compréhensif et, se rapprochant de lui, elle prit sa tête entre ses mains et déposa ses lèvres sur les siennes.

— Ne te fais pas tant de soucis, Hunac. Restons encore quelques jours ici, ensuite je retournerai seule à Chichen. Je trouverai bien le moyen d'amadouer mon père. Il me pardonnera comme il l'a toujours fait; et puis il n'est pas dans l'intérêt de notre famille que cet incident s'ébruite. Je lui dirai que c'est moi qui t'ai attiré dans ma chambre... pour satisfaire un caprice...

— Mais c'est bien ainsi que les choses se sont passées! s'exclama Hunac.

— Qu'est-ce que tu racontes! rétorqua Ixaquil. Jamais je n'aurais fait une chose pareille, surtout à la veille de mes fiançailles avec Jolom. C'est toi qui as eu l'incroyable audace de te glisser dans mes appartements et dans mon lit.

— Mais le message… le message que j'ai trouvé dans ma chambre ! Je ne sais comment tu t'y es prise pour me l'envoyer, mais c'est bien toi qui l'as écrit n'est-ce pas ? interrogea Hunac.

— Quel message, de quoi veux-tu parler ? Tu rêves, mon ami, je ne t'ai jamais envoyé de message !

Hunac soupira, leva les yeux vers le ciel et renonça, du moins pour l'instant, à comprendre ce qui s'était réellement produit la veille. Passant aux choses pratiques, il conduisit Ixaquil jusqu'à la hutte qu'il avait repérée plus tôt.

— Tu as vu les outils et les vêtements qui se trouvent à l'intérieur : cette hutte est sûrement occupée, déclara la princesse.

— Je crois comprendre, fit Hunac. Ses occupants ont dû gagner les bois pour la durée des ayebs afin de faire des sacrifices aux dieux. Avec un peu de chance, nous devrions y être tranquilles quelques jours encore.

— Tu as eu une bonne idée. Nous serons bien mieux ici que dans le creux de cet arbre rempli de fourmis.

La journée s'écoula, partagée entre la crainte, l'espoir et… l'amour. Le soir venu, Hunac avait transformé la cabane en havre de paix. Après avoir gratté le sol, il y avait étendu une épaisse couche de feuilles sèches. Lorsque l'obscurité commença à se manifester, il alluma un feu qu'il avait mis beaucoup de temps à préparer. Le bois sec crépita et des flammes ne tardèrent pas à sautiller. Tendrement enlacés, les amants regardaient la lueur des étoiles se mêler à la mouvance des flammes. Tout en contemplant la danse du feu, Hunac songea encore à la blancheur inhabituelle du corps d'Ixaquil ; n'avait-il pas, malgré sa frayeur, remarqué avec étonnement les poils qui couvraient le menton et les joues du gouverneur Chac-Xib-Chac lorsque celui-ci les avait surpris ? Il se décida finalement à poser à la princesse la question qui lui brûlait les lèvres.

— Ixaquil, d'où vient donc cette pâleur de ta peau et de tes cheveux ? Es-tu vraiment, comme certains l'affirment, la descendante de Kukulkan, le Serpent à plumes ?

— Oui, Hunac, dans mes veines coule le sang de l'homme-dieu des Toltèques.

— Alors… tu… tu es une déesse ?

La princesse considéra son compagnon avec un étrange sourire et tourna son regard vers les mèches de feu qui striaient la nuit.

— Non, Hunac, je ne suis pas vraiment une déesse. En fait, c'est une longue histoire, mais si tu y tiens vraiment, je veux bien te la raconter.

— Je t'écoute, princesse, j'aimerais tant connaître le secret du Serpent à plumes.

— Lorsque j'eus atteint l'âge pubère, commença Ixaquil, mon père me mena auprès de l'Hapay Kan, le grand prêtre de Kukulkan. Celui-ci me conduisit dans une maison de connaissance où étaient conservés les livres sacrés et les annales des Toltèques. Parmi ceux-ci, se trouvait un rouleau de manuscrit manifestement très ancien, couvert de signes qui m'étaient totalement inconnus. Pendant plusieurs mois, guidée par le prêtre, j'appris à interpréter et à mémoriser les glyphes qui racontaient l'histoire de mon peuple; un épisode important relatait le périple maritime puis terrestre de mon ancêtre Kukulkan. Écoute bien, Hunac, écoute la fabuleuse histoire du Serpent à plumes… Il y a plus de deux cents ans, sur une île lointaine et froide, naquit celui qui allait devenir pour ses proches, et plus tard pour les tribus toltèques des hauts plateaux, un guide et un messie. Sur cette terre nordique, affranchi de toute contrainte, vivait un peuple fort et courageux de navigateurs à la peau blanche et aux cheveux d'or. Originaire d'un continent oriental, leur race avait exploré puis colonisé la côte ouest de ce Groenland que leur avaient accordé leurs dieux Thor et Odin. D'abord tempéré, le climat de l'île ne cessa, au fil des ans, de se refroidir. Au bout de deux siècles d'occupation, la détérioration du temps avait rendu presque impossible la culture des céréales qui permettaient d'élever les bêtes qui fournissaient à leur tour aux colons leurs vêtements et leur nourriture. Les chefs de clans se réunirent et durent se rendre à l'évidence : la survie

de la colonie était sérieusement menacée, les dieux semblaient avoir abandonné l'île entre les mains du vent et du
froid, des ennemis contre lesquels on ne pouvait rien. Après
d'âpres discussions, la mort dans l'âme, ils décidèrent d'abandonner leur île. Ils partiraient vers l'occident, vers une autre
terre que leurs pères avaient explorée plus de deux siècles
auparavant; un continent lointain que les marchands de bois
savaient encore rejoindre au prix d'un long et dangereux
voyage. À bord de grandes pirogues surmontées de têtes de
serpents célestes, ils partirent vers le soleil couchant. Après
deux semaines d'une pénible navigation sur une mer capri-
cieuse, ils arrivèrent en vue d'une terre glacée et rocailleuse
où ne prospéraient que quelques espèces animales adaptées
au froid. Ce territoire, ceux qui les avaient précédés l'avaient
désigné « Helluland » : le pays des pierres plates. Poursuivant
leur voyage, ils arrivèrent devant une côte découpée de baies
et recouverte d'immenses forêts; au large de celles-ci, sur de
hauts fonds sablonneux, grouillaient des bancs énormes de
poissons. Ils reconnurent la description du « Markland » : le
pays du bois. Ils s'arrêtèrent dans une crique afin de réparer
leurs navires, amasser des provisions et évaluer leur situation.
Fatigués du voyage, désireux de se fixer au plus vite, certains
suggérèrent de s'établir à demeure au milieu de ces immen-
sités inhabitées et riches en ressources de toutes sortes. Ils
imaginaient déjà les grandes et belles maisons que leur per-
mettraient de construire les arbres abondants; et puis la
nourriture ne risquait pas de faire défaut, car en plus de la
faune des eaux, une autre, tout aussi variée, emplissait les
forêts et le ciel de ce nouveau monde. C'est ici qu'entre vraiment en scène mon ancêtre, poursuivit Ixaquil les yeux
toujours perdu au creux du feu. Il s'appelait Thordold, il était
né au nord de la grande île, dans un village appelé Thulé.
Son arrière-grand-père, Leif Eriksson, avait été l'un des
premiers à explorer le nouveau continent. Thordold avait,
quelques années plus tôt, renié les dieux de sa race pour se
convertir, comme bien d'autres, à une religion nouvelle
amenée dans l'île verte par des missionnaires et des prêtres à

robe brune, venus du vieux continent. Animé par la foi en un dieu unique dont l'incarnation humaine avait promis, quelque mille ans auparavant, une vie meilleure en un paradis lointain, il s'efforça de convaincre les exilés de le suivre plus au sud. Là, affirmait-il, au milieu de l'éternel été, devait se trouver la terre promise pour son peuple, une contrée où régneraient félicité et bonheur perpétuels; un royaume terrestre où s'épanouiraient pleinement l'essence magique de l'amour. Certains le traitèrent d'illuminé et décidèrent de s'établir au creux d'une anse peu profonde, protégée par d'énormes rochers. Mais d'autres, attirés par les promesses de la nouvelle religion, acceptèrent de le suivre. C'est ainsi qu'une douzaine de familles se séparèrent du groupe initial. Laissant derrière eux amis et parents, ils retrouvèrent leurs navires et mirent les voiles vers le sud, en quête du royaume mythique où les conduisaient leurs aspirations. Durant plus d'un mois, ils voguèrent sur des eaux de plus en plus chaudes. Habitués aux froids extrêmes, leurs corps éprouvaient la douceur du climat comme l'annonce de cette contrée baignée par le soleil de l'amour où promettait de les conduire Thordold. Mais, au fil des semaines, leur foi en leur guide commença à vaciller. Un soir, alors qu'ils campaient sur un bout de terre, plusieurs parlèrent de se fixer en cet accueillant « Vinland » comme ils l'appelaient. Devant le nombre de défections, Thordold dut se résoudre à mettre son projet en veilleuse. Leur séjour s'étira, l'organisation de la petite colonie allait bon train lorsque se manifestèrent les Skraellings, les indigènes de ce nouveau monde. De fréquents et sanglants incidents éclatèrent bientôt entre les deux groupes. À la grande satisfaction de Thordold, ces conflits incessants convainquirent ses compagnons de reprendre la mer et de pousser leur exploration encore plus loin, bien au-delà des contrées qu'avaient jadis visitées leurs pères. Leurs vaisseaux mirent deux semaines pour doubler une péninsule qui se terminait par un chapelet d'îles sablonneuses. Ils débouchèrent alors dans une nouvelle mer aux eaux encore plus chaudes; ce qui sembla confirmer l'intuition de Thordold. Leur quête d'eau douce et de nourritures fraîches les obligeait fréquemment à aborder des terres, la plupart du temps désertes. Dans certains de ces ports d'accueil, ils firent connaissance avec des Skraellings amicaux. À l'occasion d'une halte sur une des îles abordées au hasard du voyage, on parla encore de s'établir. Thordold décrivit alors les visions toujours plus nettes qui nourrissaient sa foi en un paradis terrestre où les humains retrouveraient leur pureté et leur conscience originelles. Lassés de ce voyage dont ils ne voyaient toujours pas la fin, quelques-uns n'hésitèrent pas à mettre en doute les prétendues visions de leur guide. Une dispute éclata et, fatigués de cette errance, plusieurs décidèrent de se fixer sur l'île. Les autres, quatre ou cinq familles seulement, demeurèrent fidèles à Thordold et reprirent la mer sur deux vaisseaux. Après une autre semaine de navigation, les embarcations longèrent une côte sablonneuse bordée de palmiers et de cocotiers. Les jours passèrent, on était à la veille d'une importante fête religieuse : le millième anniversaire de la naissance terrestre de leur dieu appelé Christ. Ce jour-là, une nouvelle vision s'empara de Thordold et lui annonça la proximité de la terre promise. Au crépuscule du jour commémoratif de l'incarnation de Christ, l'index de Thordold désigna un point précis de la côte et les navires allèrent aussitôt s'échouer dans le sable blanc d'une grande baie entourée de jungles et surmontée de crêtes montagneuses noyées de brumes. Une première exploration confirma le choix du guide; l'endroit était apparemment désert et la nourriture abondante, c'était bien l'endroit idéal pour l'établissement d'une colonie vouée aux préceptes spirituels du dieu unique. Les mois passèrent, la vision de Thordold semblait enfin prendre réalité : la petite communauté connaissait la paix et l'abondance. De vastes habitations avaient été construites ainsi qu'un quai où venaient s'amarrer les navires au retour de la pêche ou d'expéditions de chasse. Plusieurs enfants avaient déjà vu le jour dans la nouvelle colonie et Thordold les avait aussitôt consacrés filles et fils d'un monde lumineux, exempts de la tache originelle qui avait souillé l'espèce tout entière lorsque les premières créatures humaines, placées dans le premier paradis, eurent désobéi aux lois de leur créateur. C'est à ce moment qu'apparurent les Skraellings locaux. Dabord méfiants, ils demeurèrent à distance afin d'examiner les nouvelles installations, mais ils ne tardèrent pas à se risquer plus près afin de faire connaissance avec ces étrangers barbus, à la peau blanche et aux cheveux dorés. Les colons se préparèrent au pire, mais contre toute attente, les premiers contacts furent amicaux. Avec le temps, les deux groupes ethniques, pourtant si différents, s'habituèrent l'un à l'autre et les échanges s'intensifièrent. On apprit à se comprendre et à s'estimer mutuellement. Finalement, mis en confiance, Thordold accepta l'invitation d'un chef de village. En compagnie de quelques hommes armés de haches et d'épées de métal, il suivit un guide qui le mena, par delà des montagnes, jusqu'à une vallée fertile où se trouvait une importante agglomération. Une dizaine d'hommes l'accueillirent avec beaucoup d'égards et le conduisirent devant les doyens de la communauté. À la manière dont il fut reçu par les indigènes, le chef nordique comprit qu'on le considérait comme un personnage très important. À force de palabres, il finit par apprendre que son apparence physique l'assimilait à un avatar du Serpent à plumes, le dieu blanc Quetzalcoatl qui, de nombreux cycles auparavant, avait apporté aux hommes de ces contrées la connaissance de l'agriculture, de l'architecture, de l'astronomie et de bien d'autres choses encore. Mais c'est seulement au cours des mois qui suivirent que Thordold réalisa pleinement toutes les implications et toutes les possibilités que lui procurait sa ressemblance avec le dieu barbu des Skraellings. Ces derniers étaient en effet sous le joug des sanguinaires Toltèques dont l'orgueilleuse capitale s'élevait sur un plateau montagneux à plus de huit jours de marche à l'intérieur des terres. Convaincus de se trouver devant une réincarnation du Serpent à plumes, les chefs indigènes demandèrent à Thordold de les libérer de l'asservissement des Toltèques qui, à chaque nouvelle lune, exigeaient d'eux des victimes toujours plus nombreuses pour les sacrifices humains à Tezcatlipoca, leur terrible dieu buveur de sang. Avant de prendre une décision aussi lourde de conséquences, Thordold réfléchit longuement. Encore une fois, une transe divine vint mettre un terme à ses incertitudes et répondre à ses interrogations : il comprit que la foi du dieu unique devait s'étendre à tous les peuples skraellings. Le paradis terrestre qu'il avait offert à ses compagnons devait être ouvert à tous. Fort de cette nouvelle mission, Thordold accepta la proposition et rassembla aussitôt une armée d'indigènes qui, sous son commandement, se porta à l'assaut de la capitale toltèque. À mesure qu'ils s'approchaient de leur but, ses troupes s'enflaient de nouveaux guerriers, bien déterminés, grâce à l'aide du dieu blanc, à abattre leurs oppresseurs. Lorsqu'ils contemplèrent la multitude armée que conduisait un noyau d'hommes blancs, les chefs toltèques, terrorisés, car convaincus eux aussi de se trouver en présence de Quetzalcoatl et de sa suite, remirent sans discuter le pouvoir suprême entre les mains de Thordold et l'intronisèrent sur-le-champ grand prêtre de Tezcatlipoca. Après avoir rebaptisé la capitale toltèque, Tula, en souvenir de Thulé, son village d'origine, Thordold s'attaqua à la réforme religieuse à laquelle il tenait tant et commença par un geste symbolique : l'abolition des sacrifices humains. Désormais, ceux-ci seraient remplacés par des offrandes de fleurs, d'encens et à la rigueur d'animaux consacrés. À l'écoute des aspirations des tribus skraellings qui voyaient en lui un personnage divin, et comprenant que son autorité dépendait de sa capacité d'assumer ce rôle, il se présenta comme un avatar de Quetzalcoatl et son culte personnel éclipsa rapidement celui de Tezcatlipoca. Par soucis de sécurité, il concentra tout le pouvoir militaire entre ses mains et celles de ses compagnons et plaça les ordres de guerriers d'élite Jaguars et Aigles au service de la foi nouvelle. Les casernes devinrent alors des centres initiatiques où une nouvelle caste de dirigeants accomplissaient le rituel quotidien à Christ, devenu un autre nom du Serpent à plumes auquel s'identifiait Thordold. Mais les choses ne

tardèrent pas à se gâter. Au bout de quelques années, la
jalousie et le pouvoir encore très grands des prêtres de
Tezcatlipoca se manifestèrent au grand jour. Des troubles
éclatèrent, bientôt suivis de combats meurtriers auxquels
répondirent des représailles terribles. Jugeant la situation
grave, assailli de pressentiments funestes, Thordold
rassembla ses fidèles autour de lui et, jouant encore une fois
de son aura d'incarnation divine, il les convainquit de le
suivre dans son exil. Abandonnant Tula aux mains de
Tezcatlipoca et de ses adorateurs, il entraîna son peuple élu
dans une interminable errance à travers les hautes terres,
entre les chaînes de montagnes et les volcans endormis.
Après des années de pérégrinations, Thordold s'établit dans
la cité de Cholula où il se livra à l'étude des textes sacrés
skraellings et des significations occultes du calendrier rituel
de deux cent soixante jours: le Tzolkin. Ces recherches lui
permirent de mieux cerner la figure mythique de Quetzalcoatl qui ne pouvait être, à ses yeux, qu'un autre homme
blanc venu par mer, comme lui-même, mais des siècles, sinon
des millénaires plus tôt. Vingt années s'écoulèrent avant que
Thordold retrouve son esprit conquérant et tourne son
regard vers le plat pays du Yucatan. La fragilité politique des
cités qui parsemaient cette immense plaine et la supériorité
des forces toltèques le convainquirent d'agir promptement.
S'alliant aux Itzas des côtes du golfe, il s'empara, les uns
après les autres, de tous les grands centres de la péninsule.
Armés de simple lances, les combattants mayas ne purent
résister bien longtemps aux guerriers Aigles et Jaguars,
équipés de longs javelots et d'un redoutable propulseur.
Après avoir soumis toutes les régions du Yucatan, Thordold
entra à Chichen, la ville gardienne du grand puits sacré des
Mayas. Devant ce gouffre impressionnant, le conquérant fut
saisi d'un frisson sacré qui le remit en contact avec les
vieilles croyances des hommes du nord. Car, bien loin sur
leur continent d'origine, ses ancêtres païens avaient, depuis
l'aube des temps, adoré de pareils puits, y précipitant même,
à l'occasion, des femmes et des enfants consacrés aux

divinités nordiques. L'âge n'avait affaibli en rien l'idéal religieux de Thordold et une nouvelle illumination l'incita à établir la capitale de son empire auprès du gouffre sacré. Après avoir réuni les ambassadeurs des cités conquises au pied d'une pyramide construite entre les deux principaux points d'eau de la ville, il monta jusqu'au sanctuaire qui la surmontait et, prenant place sur un trône en forme de jaguar, il se sacra lui-même dieu vivant. Pour commémorer cet événement, il fit entreprendre la construction d'une nouvelle pyramide dont la masse engloberait celle de l'ancien temple, originellement dédié au dieu de la pluie. Afin d'intégrer les populations conquises à son culte, il eut recours au syncrétisme religieux en associant le dieu de la pluie aux rituels toltèques et en renforçant l'identification du dieu solaire maya au Jaguar céleste des peuples des hauts plateaux. Thordold s'identifia alors au Jaguar céleste et au feu nouveau, et les dernières années de son règne virent l'apparition de nouveaux types de rituels qui annonçaient un retour en force des sacrifices humains. À l'instigation du dieu vivant, les profondeurs du puits sacré reçurent bientôt les corps de jeunes vierges consacrées à Chac-Tlaloc. Les ordres guerriers toltèques n'eurent aucune peine à s'adapter au nouveau courant religieux. Au cours des rituels tenus dans le secret de leurs temples, ils troquèrent sans difficulté les offrandes de galettes de maïs et d'alcool de balche contre le sang chaud et la chair fraîche d'êtres humains. À l'âge de cinquante-deux ans, ayant parcouru un cycle complet de vie, Thordold jugea qu'il avait accompli pour le mieux son œuvre messianique. Dans le but d'assurer le pouvoir à sa descendance, il décida d'imprégner la mémoire de son peuple de la marque indélébile de son pouvoir divin. Il fit donc dresser un gigantesque bûcher au centre de la capitale, et se jeta dans cette manifestation du feu vivant, se présentant ainsi en offrande à sa propre divinité solaire. La tradition affirme que son cœur rejoignit la planète Vénus, car c'est là, au-delà du temps et de l'espace, que réside en permanence l'esprit de Quetzalcoatl...

Le feu auprès duquel se tenait le couple n'émettait plus que quelques lueurs. Suspendu aux lèvres de la princesse,

Hunac avait, pendant quelques instants, oublié sa propre réalité.

— Quelle histoire, et quel destin fantastique. C'est... c'est à peine croyable !

— Fantastique mais vrai, mon ami, reprit Ixaquil. Crois-moi, Hunac, il existe des êtres qui trouvent en eux la force de modeler leur destinée et, avec elle, celle de millions d'êtres humains.

« Et moi, serai-je assez fort pour t'entraîner, belle Ixaquil ? », pensa Hunac en contemplant les lueurs du feu qui dansaient dans les yeux de la princesse.

— J'ai le goût de ta chaleur... Prends-moi contre toi, chuchota Ixaquil.

Hunac ouvrit les bras afin d'accueillir la jeune femme. Aussitôt monta en lui le désir de la posséder, de la pénétrer au plus profond de son être. Sous le regard d'Ixchel, ils s'unirent de nouveaux. Se liant par tous leurs sens et toutes les cellules de leurs corps, ils communièrent au mystère des sexes. Comme un astre brûlant dans le firmament, leur amour consumait toutes leurs peurs, toutes leurs craintes. Sans se soucier des dieux ni des hommes, fondus dans l'amalgame de leurs chairs, ils s'engagèrent ensemble dans cette quatrième nuit des ayebs.

LE SONGE
DE TOULOUM

Le songe de Touloum

Tandis que, du sommet du ciel, Kin étalait son pouvoir, les feuilles et les branches mortes craquaient sous les pas d'Ixaquil et d'Hunac.

— J'ai la gorge sèche, et je suis lasse de cette promenade, retournons à la cabane et à son puits, soupira la princesse.

— Comme tu veux, Ixaquil, soupira Hunac. Mais... j'entends quelqu'un qui vient. Vite... cachons-nous.

Le couple eut juste le temps de se dissimuler derrière un gros buisson d'épineux, d'où ils virent s'approcher deux paysans qui discutaient.

— Je te le dis, mon ami, la situation est catastrophique. L'assassinat du gouverneur Chac-Xib-Chac et l'enlèvement de sa fille laissent présager d'autres grands malheurs !

— Et tout cela en plein cœur des ayebs, ajouta l'autre. Cela montre bien le peu d'estime qu'ont nos dieux ancestraux à l'égard des Toltèques.

— Et on ne sait toujours pas qui a pu commettre une telle abomination !

— Tu as entendu comme moi ce qu'a affirmé le porte-parole du grand conseil, reprit le premier. Il y a une piste, on aurait même découvert de sérieux indices. La rumeur court que le ou les coupables sont déjà entre les mains de Jolom.

S'il y en a un qui doit fulminer et en même temps se réjouir, c'est bien lui. Il paraîtrait que…

Les propos des paysans se fondirent progressivement dans le bruissement de la forêt. Bouche bée, les yeux fixant le vide, Ixaquil s'était raidie comme une tige sèche…

– Non… non! Ce n'est pas possible! Ce n'est pas possible! Dis-moi que je rêve!

Lui aussi complètement abasourdi par la nouvelle, Hunac vit la princesse ramener ses bras contre son corps et vaciller comme une feuille morte. Croyant qu'elle était sur le point de défaillir, il allait se porter à son secours lorsqu'elle tourna vers lui un visage blême, déformé par la colère et l'horreur. Alors, un cri, une sorte de longue plainte, s'évada de ses lèvres.

– Je t'en prie, supplia Hunac; les paysans ne sont pas loin, ils pourraient nous entendre!

Mais Ixaquil se moquait bien des paysans. Les jambes coupées par la nouvelle de la mort de son père, elle pleurait et gémissait en martelant le sol de ses poings. Hunac tenta de la consoler, mais elle refusa obstinément qu'il la touche. Une éternité sembla s'écouler avant que la jeune femme sorte de son état de prostration et qu'ils puissent revenir sur leurs pas.

La nuit suivante n'en fut pas une d'amour et de tendresse, et la princesse exigea d'être seule à l'intérieur de la hutte. Hunac obtempéra à ce commandement sans discuter. Les yeux hagards, atterré par la mort de Chac-Xib-Chac, incapable de saisir le sens de cette tragédie, il alla s'affaisser sous un arbre. Les yeux perdus dans les étoiles, son esprit errant se remémora son empoignade avec le gouverneur, et il revit plusieurs fois le geste fatal qui avait envoyé ce dernier heurter un mur et rouler sur le plancher.

«Le choc l'a donc tué», se dit-il. «Pas sur le coup pourtant», car il se rappelait bien avoir vu le seigneur toltèque faire mine de se relever après sa chute.

«Un meurtrier, voilà ce que je suis devenu! Mon compte est bon!» se lamenta-t-il.

Son père, sa belle-famille, Touloum, qu'allaient-ils penser de lui? Quelles terribles représailles les menaçaient s'il ne se

remettait pas au plus tôt entre les mains des autorités toltèques afin d'expier son double crime ? La tête et le cœur
d'Hunac s'embrasèrent, et les flammes semblèrent gagner
toutes choses autour de lui. Les heures blanches qui défi-
lèrent, avec leur cortège de peurs, l'entraînèrent irrésistiblement vers un état proche de la démence. Finalement, un
peu avant l'aube, ses yeux se fermèrent d'eux-mêmes, et il
eut droit à un court moment de sommeil et d'oubli.

Il rouvrit les yeux quelques heures plus tard, au moment
précis où Kin allait apparaître dans toute sa splendeur au-dessus
de la cime des arbres. Mal à l'aise, rongé d'appréhensions et
totalement insensible aux charmes matinaux de la nature, il se
dirigea vers la hutte. Il entrouvrit la porte. Comme il s'y
attendait, elle était vide; Ixaquil avait profité de la nuit pour
s'enfuir, pour le quitter lui, le misérable meurtrier de son père.

Accroupi à l'ombre d'un bosquet, Hunac regardait une
grosse araignée rouge et or tisser sa toile entre deux branches.
Au centre de celle-ci, un papillon argenté se débattait déjà.
Il ne put faire autrement que de s'identifier à cet insecte; ne
sentait-il pas, comme ce dernier, se resserrer les mailles de
son destin ? Il retint son souffle, l'araignée venait d'enfoncer
son dard dans l'abdomen du papillon. Lui ne voyait pas encore celui ou ceux qui auraient sa peau, mais déjà l'aiguillon
de la culpabilité dardait sa chair et paralysait sa volonté.

Un sursaut de conscience lié à une vive inquiétude l'incitèrent à retourner chez maître Chuen; mais les désagréments
qui à coup sûr l'attendaient là-bas lui firent renoncer à ce
projet. L'envie de fuir encore plus loin, vers une autre ville,
une autre région, hors de l'empire même, s'imposa à lui. Mais
ce n'était là qu'une pensée parmi bien d'autres.

«Je mérite cent fois la mort pour ce crime. Je n'ai vraiment d'autre choix que de me rendre», se répétait-il constamment. Mais, dans le plus profond de son être, l'instinct de
vie qui montait encore la garde lui faisait rejeter cette idée.
Le cœur oppressé, l'esprit assiégé par les pressentiments les

plus sinistres, il erra dans la forêt jusqu'au crépuscule. Enfin,
n'y tenant plus, il choisit de retourner chez maître Chuen
afin d'avouer sa faute. Après s'être orienté, il prit la direction
de Chichen et arriva bientôt en vue de la capitale
qu'illuminaient les brasiers en l'honneur du feu nouveau.
Une crainte le traversa: peut-être la princesse l'avait-elle
dénoncé; alors les autorités connaissaient son identité et
possédaient son signalement. Afin de minimiser les risques
d'être reconnu, il décida de contourner la capitale.

La banlieue de la grande cité était déserte, et du centre-
ville ne lui parvenait aucun bruit, aucune rumeur. Craignant
une réaction violente des seigneurs toltèques, les citadins
apeurés se terraient dans leurs demeures. Redoublant de
prudence, Hunac décida d'attendre le couvert de la nuit avant
de franchir les champs qui le séparaient encore de son but.

« Les ayebs jouent-ils pour moi ou contre moi ? » se
demanda-t-il en parcourant à grandes enjambées un sol
soigneusement retourné qui n'attendait que les premières
pluies pour recevoir la semence de Yum Kaax, le dieu du
maïs. En effet, pas un paysan n'aurait osé arpenter ainsi ses
labours en ces jours réputés néfastes à toutes productions
végétales, animales et humaines. Les enfants nés ces jours-là
ne portaient-ils pas le surnom de « malchanceux » ou encore
de « bons à rien » ? Quant à Hunac, il aurait bien accepté
celui de « maudit » ou de « damné ». Possédé par les influences occultes qui se nourrissaient de la substance
ténébreuse des ayebs, il était devenu l'agent inconscient des
forces chaotiques qui couvaient en eux.

C'est seulement dans la pénombre de la nuit, et sous l'œil
déclinant d'Ixchel, qu'il aperçut enfin les silhouettes des
ceibas qui s'élevaient autour de la demeure d'Han Chuen.
Au moment où il allait enjamber les jardins du commerçant,
le vent charria vers lui une âcre odeur de cendres et de bois
calciné. Rempli d'appréhension, il arriva devant les débris
fumants de ce qui avait été les entrepôts de maître Chuen.
Plus rien ne subsistait des constructions et de leur contenu
qu'une braise mourante. Ses yeux fous cherchèrent la grande

demeure de son futur beau-père et ne devinèrent au loin qu'un autre amas de ruines calcinées. Il s'interrogeait sur la cause du sinistre lorsqu'il vit une ombre accroupie sur les débris de la maison. Il voulut fuir, quitter à jamais ce lieu marqué par la colère des dieux ou des hommes, mais un pressentiment l'en empêcha. En dépit de ses craintes, il se rapprocha et reconnut la silhouette de sa fiancée.

– Touloum! s'écria-t-il en oubliant toute prudence. Touloum, c'est bien toi? reprit-il en s'élançant vers la jeune femme.

Le teint pâle, les traits creusés par la souffrance et la peine, la jeune femme lui parut méconnaissable.

– Hunac... toi ici! s'exclama Touloum en se précipitant dans les bras de son fiancé. Pourquoi? Pourquoi? répéta-t-elle en tremblant et en pleurant.

– C'est vrai, je suis coupable! Je suis coupable! répéta Hunac en serrant les dents et en éclatant aussi en larmes.

– Mon père, ma mère, mes sœurs! Regarde, leurs corps sont là, au milieu de ces décombres, déclara la jeune femme d'une voix secouée de sanglots.

– Quoi! Mais... mais comment est-ce possible? marmonna Hunac, complètement effondré.

– Hier, pendant la prière du soir, les guerriers Aigles ont encerclé la maison et ils ont arrêté tout le monde. Puis des miliciens itzas sont intervenus à leur tour. Sans que les Toltèques fassent quoi que ce soit pour les en empêcher, ils ont enfermé mes parents et mes deux sœurs à l'intérieur de la maison et ils y ont mis le feu. À la vue de cette scène... j'ai... j'ai cru devenir folle. Ensuite... les guerriers nous ont réunis, mon frère, moi, ainsi que les amis et serviteurs de mon père qui se trouvaient encore ici, et ils nous ont entraînés de force jusqu'à Chichen.

– Et mon père? Qu'est devenu Tiha? s'exclama Hunac.

– Ton père... soupira Touloum. Dès notre arrivée en ville, il fut désigné du doigt par l'Itza Kabak et on le conduisit, sans autre forme de procès, jusqu'à la plate-forme des Jaguars où il fut attaché au poteau sacrificiel. Devant les pèlerins et de nombreux curieux, on peignit un cercle bleu autour de son cœur au centre duquel vinrent se ficher une gerbe de javelots toltèques. Folle de douleur et de peur, je pensais subir à mon tour le même sort; mais après nous avoir permis de regarder une dernière fois le corps exsangue de ton père, on nous amena vers le palais du gouverneur. Là se trouvaient rassemblés les grands seigneurs toltèques de Chichen, des chilams des différents cultes et l'Itza Jolom. Le grand prêtre de Kukulkan lut l'acte d'accusation et prononça une sentence de mort contre toi et contre tous ceux qui avaient pris part au complot ayant conduit à l'assassinat de Chac-Xib-Chac et à l'enlèvement de sa fille Ixaquil. En fait, la sentence s'avérait déjà en partie exécutée, et à part ta personne, il ne restait plus aux juges qu'à décider quel type de mort nous emporterait, Kopal et moi. Jolom proposa que mon frère soit sacrifié sur l'autel du temple des guerriers, lors d'une cérémonie en l'honneur du Serpent à plumes. Le grand prêtre de Kukulkan suggéra plutôt qu'on laisse à Kopal l'occasion de participer au grand jeu rituel de pok-a-tok qui devait se tenir aussitôt les ayebs terminés. Son sort ou, pour être plus précis, le type de mort qui l'enverrait dans l'au-delà, dépendrait de sa victoire ou de sa défaite. D'un commun accord, le conseil acquiesça à cette suggestion et mon frère n'eut d'autre choix que d'accepter.

— Mais toi-même, Touloum, comment se fait-il que tu sois ici ce soir, et seule ? As-tu pu, par quelque miracle, échapper à la colère des Toltèques ? interrogea Hunac.

— Non, Hunac, on n'échappe pas à son destin, déclara la jeune femme. Étant donné mon sexe et mon âge, on me laissa choisir entre l'exécution immédiate sur le tzompantli ou, si j'étais encore vierge, la noyade dans le puits sacré. Vu la vénération de ma famille pour le dieu de la pluie, j'ai choisi sans hésitation la seconde option; être avalée par la bouche de Chac me semble en effet bien moins terrible qu'être sacrifiée sur la plate-forme des crânes. Après m'avoir mise en présence d'une prêtresse toltèque qui releva ma jupe afin de s'assurer de ma virginité, je fus confiée à un grand prêtre d'Uxmal nommé Kabal-Xiu. En tant que serviteur de Chac, et en remplacement du grand prêtre Ha Zinteyut, l'ami de mon père qui avait été jeté dans une geôle toltèque, c'est lui qui allait se charger de me préparer au sacrifice suprême. Avant de le suivre, j'implorai le conseil de me laisser revenir ici pour donner à mes parents une sépulture sommaire. En tant qu'offrande vivante au dieu de la pluie, j'avais droit à quelque considération, telle une certaine liberté de mouvement. Les seigneurs toltèques acquiescèrent donc à mon souhait, mais craignant que j'en profite pour m'enfuir, ils me firent jurer de revenir avant l'aube, sinon tous les amis de mon père seraient torturés avant d'être exécutés.

— Je... je n'arrive pas à comprendre qu'il n'y ait avec toi aucun guerrier, n'a-t-on pas pensé que je pourrais revenir ici? s'étonna Hunac.

— Je ne sais pas, fit Touloum, mais en cette dernière soirée des ayebs, les Toltèques ont décrété un couvre-feu général et une nuit de prières où toute la communauté s'unira pour exprimer aux dieux sa soif de vengeance à l'égard d'Hunac Cahuich, qui ne saurait échapper longtemps au châtiment que lui réservent les dieux irrités et les hommes en colère.

— Touloum, je t'en prie, dis-moi que ce n'est pas vrai! Dis-moi que je rêve et que je vais me réveiller!

— Non, ce n'est pas un rêve, Hunac. Ton aventure avec Ixaquil fut bien réelle, tout comme sont réels les ossements noircis qui reposent sous ces décombres.

— Alors, c'est.. c'est un cauchemar ou un sortilège! s'exclama Hunac de plus en plus affolé.

— Un sortilège, peut-être, qui sait? soupira Touloum. Écoute-moi, Hunac, il faut que tu partes. Tu dois fuir Chichen; fuir vers l'ouest, vers les montagnes vertes, déclara la jeune femme tout en traçant un cercle de pierre sur la sépulture improvisée de ses parents.

— Laisse-moi t'aider! fit Hunac en se penchant.

— Non, ne touche pas à cela! Oublies-tu que c'est à cause de toi que nous en sommes là? Tes mains sont impures, elles ne peuvent toucher l'endroit où reposeront ceux qui sont morts à cause de toi.

— Viens avec moi, Touloum. Tu n'as pas à payer pour mon crime, tu es innocente ! objecta Hunac.

— C'est impossible, l'honneur me l'interdit. Oublies-tu que j'ai donné ma parole et que plusieurs vies en dépendent ? Tous les chilams et les devins s'accordent pour dire que le meurtre du gouverneur annonce une période de troubles et d'instablité. Se référant à la disparition inexplicable des grenouilles et des salamandres, certains prévoient même une grande sécheresse. C'est pourquoi de nombreux sacrifices humains seront offerts aux dieux au cours des prochaines semaines afin de témoigner dans l'au-delà en faveur des vivants et d'inciter les divinités à la mansuétude et au pardon. C'est aussi la raison pour laquelle je vais être avalée par la bouche de Chac.

— Mais, Touloum, tu n'es pas une vestale de Chac, ni une vierge consacrée depuis ta naissance; tu es une prisonnière, contrainte d'expier un crime avec lequel tu n'as rien à voir.

— Nous sommes tous coupables, rétorqua Touloum en levant vers lui des yeux mouillés de larmes. Malgré les apparences, il n'y a rien de séparé dans cet univers où nous vivons, toi et moi; ce que tu as fait, je l'ai fait, tous les habitants de Chichen l'ont fait.

— Je... je ne comprends pas, balbutia Hunac.

— Tu comprendras un jour, j'en suis certaine, murmura Touloum.

— Des jours, il m'en reste sans doute bien peu à vivre, soupira Hunac en observant sa fiancée qui déposait deux récipients remplis d'eau et une gerbe de fleurs sur la tombe commune de sa famille.

— Tôt ou tard tu comprendras, Hunac, reprit la jeune femme. J'aurais été heureuse de te suivre partout, dans ton exil, dans ton enfer même. Si je choisis la mort dans le puits sacré, ce n'est pas seulement à cause des otages. Il y a autre chose de très significatif à mes yeux: j'ai eu un songe la nuit de ta disparition. J'avançais seule à travers des milpas inondés de soleil. Un vent de douceur courbait les plants de maïs presque arrivés à maturité. Les épis dorés s'étalaient sous les blanches nuées gonflées d'humidité qui partageaient avec Kin l'étendue des cieux. Mais le vent de douceur devint bientôt un vent de colère qui chassa les nuages, assécha le sol et tarit les puits. Les plants de maïs séchèrent sur pied et s'effritèrent. Je vis alors des hommes, des femmes et des enfants maigres et apeurés qui disputaient aux corbeaux quelques épis mangés par les vers. Partout où se tournait mon regard, il ne percevait plus que misère et violence. Alors, comme si quelqu'un m'appelait de l'intérieur de mon cœur, j'entendis mon nom: « Touloum… Touloum, regarde là-haut! » fit la voix. Je levai les yeux vers le ciel gavé de chaleur et de lumière, et j'aperçus une sphère de lumière qui flottait. J'éprouvai une fascination intense à la vue des couleurs merveilleuses que dégageait cette étonnante manifestation. Tandis que la chose descendait vers moi, un visage sembla naître d'un arc-en-ciel, et je reconnus le masque éblouissant du dieu Chac. Ses grandes dents, apparemment prêtes à me dévorer, me firent reculer de peur, et son nez allongé devint soudain l'expression d'un discours qui s'échappait de sa tête. « Sois sans crainte, Touloum, j'ai besoin de toi, et tu viendras bientôt vers moi, compris-je. Ton sacrifice tracera la voie à celui qui apaisera la soif du monde et rendra à la terre l'humidité qui permet à la semence de résister aux rayons de Kin. Il fera s'épanouir les fruits et les légumes de toutes sortes, et par lui les ventres des mères seront à nouveau lourds de promesses ». En même temps que j'entendais ces paroles, je pouvais contempler des champs prospères, des villages ordonnés et des familles heureuses. Finalement, je vis les hommes et les femmes rejeter les offrandes humaines qui ne font qu'attiser la haine et la violence et sacrifier dignement aux dieux de leurs ancêtres.

Touloum s'était tue. Bouleversé, Hunac fixait intensément le visage de la jeune femme. Jamais il n'avait rencontré tant de foi, tant de sincérité. Alors que lui-même voyait le monde s'effondrer autour de lui, à cause de lui, alors que son esprit menaçait de se perdre dans un sombre et effrayant chaos, sa fiancée paraissait nimbée d'une force paisible et lumineuse. Il devina les espaces immenses qui les séparaient et qui interdisaient toute rencontre, toute réelle communion.

– Ce n'est pas tout, continua Touloum en posant ses mains sur les épaules d'Hunac. Avant de me quitter, Chac me désigna une direction lointaine, mon regard vola comme un oiseau et j'aperçus de vertes collines, puis de hautes montagnes. Je vis un homme, la peau tachetée comme celle d'un jaguar, qui marchait à travers la jungle, son visage m'était caché, mais je devinai immédiatement qu'il s'agissait de toi. À la lisière de montagnes couvertes de jungles, je distinguai un temple et, à l'intérieur de celui-ci, le dieu Chac t'attendait. Lorsque mes yeux se sont ouverts, je suis sortie; l'aube s'annonçait, et en elle tout respirait la douceur et le calme. Un peu plus tard, un serviteur remarqua ton absence. Le cœur rempli de funestes pressentiments, je me rendis au sanctuaire de ma famille pour y brûler un peu d'encens de copal. À la fin de la matinée, une vingtaine de guerriers Aigles, le visage peint en rouge et armés jusqu'aux dents, firent irruption dans notre domaine. Mon père n'eut pas le temps de se défendre ni même de placer un mot, déjà on le faisait prisonnier avec tous ceux qui étaient en sa compagnie.

La suite, Hunac la connaissait trop bien. La rapidité d'intervention des guerriers toltèques prouvait cependant qu'on le savait coupable avant même qu'Ixaquil l'eût abandonné au cœur de la forêt. Peut-être avait-il laissé des traces ou des indices dans la chambre de la princesse, mais cela importait peu maintenant. Un vent de désespoir se mit à souffler en lui, soulevant tout sur son passage. Ainsi, les dieux avaient permis pareille infamie, ils avaient consenti à cette folle passion, à cette aventure qui aboutissait à la mort de son père, de maître Chuen, de sa fiancée et de combien d'autres encore.

Touloum perçut la détresse mêlée de frayeur qui obscurcissait le regard et durcissait les traits d'Hunac. Lui ouvrant les bras, elle le reçut contre son sein et accueillit dans le silence de longues montées de larmes qui vinrent mouiller son visage et sa poitrine. Le jeune homme finit par s'apaiser et tourna vers sa fiancée des yeux rougis par les pleurs. Une sorte de refus, d'immense colère, cherchait maintenant à sourdre en lui. Non, il ne les laisserait pas amener Touloum vers le puits du sacrifice ; il combattrait jusqu'à la mort s'il le fallait, et jetterait entre les crocs d'Ah Puch le plus grand nombre possible de Toltèques et d'Itzas.

— Je vois la haine et la violence briller dans tes yeux, Hunac. Repousse ces sentiments, ne les laisse pas t'envahir. Écoute-moi : si tu m'aimes, quitte Chichen au plus vite. Va vers le nord-ouest. Trouve les vertes collines et plonge ton corps dans la rivière tranquille qui y serpente. Remonte son cours jusqu'à sa source, là réside le dieu des eaux, le seul qui puisse encore t'aider. Ce ne sont pas la vengeance et la violence qui te rendront la paix de l'âme, Hunac, mais bien une lente et difficile descente en toi-même. Après ce qui vient de se passer, je suis persuadée que la voix de Chac est ton unique chance de salut.

Le dieu Chac, au masque si extravagant, n'avait jamais occupé beaucoup de place dans les pensées d'Hunac. Même si une effigie de cette ancienne divinité encombrait l'autel familial, Xaman-Ek avait toujours été le dieu privilégié de son père, qui l'avait, depuis son enfance, encouragé à rechercher les faveurs de ce dernier en l'incitant régulièrement à lui présenter quelques offrandes.

« Mais que me veut donc le dieu de la pluie ? » se demanda Hunac. « Pourquoi ne me condamne-t-il pas tout de suite ? Pourquoi ne me laisse-t-il pas payer de ma vie un crime de toute façon inexpiable ? »

— C'est la communauté tout entière qui porte la responsabilité de ton geste, c'est pourquoi seuls les dieux pourront t'absoudre, reprit Touloum d'une voix vibrante.

— Je... je ne comprends plus... Je ne sais plus. Plus rien n'a de sens, balbutia Hunac.

— Pars ! Pars tout de suite avant qu'il ne soit trop tard ! implora Touloum.

Hunac se redressa, prit le visage de sa fiancée entre ses mains et y déposa un dernier baiser ainsi que quelques larmes. Puis, le cœur éclaté, il disparut dans la nuit.

LE PUITS
DU SACRIFICE

Le puits du sacrifice

— Ah, te voilà enfin, petite fleur. Je commençais à m'inquiéter, fit Kabal-Xiu en voyant apparaître Touloum à l'entrée d'une annexe d'un temple de Chac où il avait pris l'habitude de demeurer au cours de ses fréquents séjours dans la capitale.

— Ma tâche fut plus longue que je ne le pensais, déclara la jeune femme dont la robe blanche était déchirée et maculée de suie.

— Tu as donc pu donner une sépulture honorable à tes parents ? s'enquit le prêtre.

— Honorable est un grand mot, mais j'ai pu prier sur leurs tombes et leur offrir l'eau consacrée afin que leurs âmes puissent s'y purifier. J'ai aussi retrouvé ces objets à l'emplacement du sanctuaire privé de la maison, répondit la jeune femme en exhibant deux statuettes de jade ayant appartenu à sa grand-mère ainsi qu'une amulette d'argent à l'effigie de Chac qui se transmettait de père en fils chez les Chuen.

— Rien d'autre ? demanda le prêtre. Pas de bijoux, pas de documents ?

— Non, rien de tout cela. Les soldats ont pillé la maison avant d'y mettre le feu.

— Quelle barbarie ! lâcha le prêtre en serrant les dents. Quand je pense que ta famille était l'une des plus anciennes et des plus respectables de la capitale. Je n'arrive toujours pas à croire qu'Han Chuen, un homme si tolérant, si pacifique, ait pu tremper dans un complot aussi stupide, et qui ne profite finalement qu'aux Itzas.

Silencieuse, comme étrangère à toutes préoccupations terrestres, Touloum regardait le prêtre s'offusquer de la manière expéditive dont avait été balayée sa famille. Coupables ou non, ses parents avaient bel et bien été massacrés, et son fiancé avait été condamné pour un crime aux répercussions encore imprévisibles. Quel intérêt pouvait-elle encore porter aux événements de ce monde, elle dont le corps reposerait bientôt sous les eaux glauques et la vase du puits sacré ? Si les hommes étaient devenus fous et aveugles, pensait-elle, les dieux sauraient bien discerner la vérité du mensonge et rétablir la justice, si telle était toutefois leur volonté. Ainsi, même si elle savait son père innocent, c'est de bonne grâce qu'elle se soumettait à son destin.

— Le sacrifice aura lieu demain matin, soupira le prêtre. Que puis-je encore te dire ? Tâche de profiter au mieux de ton dernier jour. Si tu le désires, tu pourras me rejoindre tout à l'heure dans mon sanctuaire afin de prier les dieux d'accueillir les âmes de tes parents de l'autre côté de la vie, par delà les portes du Metnal, afin qu'ils les conduisent vers les splendeurs du Belontiku. Demain, je te réveillerai très tôt pour te conduire jusqu'au bain de vapeur où l'on procédera aux purifications rituelles de ton corps afin de le rendre agréable au dieu des eaux.

— Profiter de la dernière journée de ma vie ! Me lever tôt ! Je ne vois pas comment je pourrais trouver la paix et le sommeil en de telles circonstances, lança Touloum en levant vers le prêtre des yeux rougis par les larmes que sa peine et sa détresse avaient distillées tout au long de la nuit. Non, j'aimerais mieux passer le temps qu'il me reste à vivre assise sous un arbre au milieu des fleurs magnifiques de ton jardin.

— C'est bon, qu'il soit fait selon ton désir, mais avant, accompagne-moi un moment jusqu'au sanctuaire de Chac, proposa le prêtre.

Touloum suivit donc l'Ah Kin dans la cour, jusqu'au pied d'une petite construction surmontée d'un masque du dieu au nez crochu. Le prêtre prépara une pâte de copal et alluma lui-même les brûleurs d'encens flanquant les quatre côtés d'un autel de pierre. Recueillie, la jeune femme répéta les invocations rituelles au dieu des eaux scandées par Kabal-Xiu et, peu à peu, sa conscience s'éleva, comme les fumées odorantes de copal, vers un ciel clair où elle évoluait sans contrainte.

Bien avant l'aube, Kabal-Xiu rejoignit Touloum au jardin et la conduisit jusqu'à l'entrée du bain de vapeur où il la confia à quatre jeunes femmes vêtues de tuniques turquoise. Les vestales de Chac l'accompagnèrent le long d'un corridor circulaire éclairé de flambeaux, jusqu'à la rotonde obscure du bain de purification. Elle pénétra seule à l'intérieur de la pièce et s'étendit sur l'un des bancs disposés autour d'un âtre rempli de pierres chauffées à blanc. La chaleur et l'humidité allaient bientôt chasser toutes ses impuretés et rendre son corps et son âme plus attrayants pour la divinité qui résidait tout au fond du puits sacré.

À sa sortie du bain, deux vestales asséchèrent son corps à l'aide de grandes serviettes, tandis qu'une autre tressait soigneusement ses longs cheveux noirs. La quatrième s'approcha à son tour et versa sur l'épiderme de la condamnée quelques gouttes d'extraits de fleurs dégageant un parfum exquis. Cela fait, on la revêtit d'une tunique de coton blanche, serrée à la taille par une cordelette jaune, symbolisant qu'elle appartenait désormais non pas à la terre et au monde des hommes, mais aux vastes espaces de l'après-vie.

Les vestales firent ensuite sortir Touloum du bain de vapeur et la conduisirent dans une pièce adjacente où l'attendait Kabal-Xiu. Revêtu de ses vêtements sacerdotaux, le prêtre récita de nouvelles prières à la divinité des eaux jusqu'à ce que la lumière de Kin vienne colorer le ciel. Pendant ces instants magiques se formait, comme une douce vapeur née du souffle de Chac, une rosée rafraîchissante qui réjouissait toutes choses et fournissait aux plantes le peu d'humidité qui leur permettrait de survivre jusqu'à la proche saison des pluies. Kabal-Xiu tourna son regard vers Touloum; celle-ci comprit que le moment d'aller à l'extérieur était venu: les vierges étaient toujours précipitées dans le puits sacré entre les premières lueurs du jour et la prise de possession du ciel par Kin.

Toujours encadrée par les quatre vestales et précédée de Kabal-Xiu qui tenait à la main droite le traditionnel bâton au sommet duquel était sculpté un masque de Chac, Touloum s'engagea dans le chemin menant au puits du sacrifice. Malgré l'heure matinale, la foule se massait tout le long de la route conduisant à la bouche du dieu de la pluie. Étant l'un des rares événements à saveur religieuse vénéré par toutes les ethnies cohabitant à Chichen, les spectaculaires sacrifices à Chac, ou Tlaloc comme l'appelaient les Itzas et les Toltèques, étaient toujours très populaires et l'on accourait souvent en famille pour assister à la cérémonie. C'est ainsi que des grappes toujours plus nombreuses et bruyantes de curieux suivirent la jeune vierge jusqu'au puits sacré. Au cours de la route, on s'échangeait les dernières informations concernant le fameux complot tramé par Han Chuen et ses comparses mayas. On dénigrait partout ses instigateurs, et tous souhaitaient que le meurtrier du gouverneur, l'infâme Hunac Cahuich, soit retrouvé au plus vite, car on craignait les effets de sa faute sur le début de la saison des pluies. Et l'on n'avait peut-être pas tort, puisque l'eau du ciel se faisait attendre; on avait dû remettre à plus tard l'enfouissement des graines de maïs, car le sol se révélait, malgré l'irrigation, trop pauvre en humidité pour libérer l'énergie germinatrice des semences.

Avec Kabal-Xiu à sa tête, le cortège cérémoniel s'engagea sur le Sac-Bé, la voie sacrée qui séparait le temple de Kukulkan du gouffre sacré. Malgré la tension qui s'exerçait sur elle, Touloum avançait d'un pas léger. Contemplant ces milliers de visages qui la regardaient, elle en remarqua plusieurs qui exprimaient la colère, d'autres la peine, et d'autres encore qui, les yeux tournés vers le ciel, imploraient en sa faveur les bonnes grâces de Chac. C'est alors que jaillit une volée d'invectives :

– C'est la fille du traître ! lança la voix haineuse d'une femme.

– C'est aussi la fiancée de l'assassin ! clama une autre voix.

À leur accent guttural, Kabal-Xiu reconnut la vindicte des Itzas et n'y prêta pas attention outre mesure. Mais un peu plus loin, le prêtre crut bon d'arrêter le cortège afin de réconforter Touloum et d'éponger les larmes qui roulaient sur ses joues.

Les accusations et les insultes finirent par se calmer et la procession put reprendre son cours. Tout le long de la voie sacrée, de jeunes revendeurs offraient à la foule une panoplie complète de petits objets rituels: rouleaux de prières, amulettes d'onyx ou de terre cuite colorées de cuivre et d'émaux. Après leur bénédiction par un prêtre, ces objets iraient, pour la plupart, rejoindre la victime sacrificielle au fond du cenote.

Le régime des pluies étant régulier depuis plusieurs années, on en était venu à considérer comme acquise la bonne volonté de Chac, et il y avait fort longtemps qu'on lui avait sacrifié un être humain. Seuls les plus vieux se souvenaient encore de ces terribles sécheresses pendant lesquelles le gouverneur d'alors, le père de Chac-Xib-Chac, avait ordonné toute une série d'immolations à Chac et à Kukulkan. Tout en voulant démontrer la soumission des humains envers leurs maîtres divins, ces sacrifices visaient à leur rappeler leurs promesses et leurs obligations envers la nature et les êtres terrestres.

Tout en marchant, Kabal-Xiu se rappela cette époque où, jeune novice, il était venu expressément d'Uxmal afin d'assister à ces cérémonies. Son père, un Ah-Kin lui aussi, avait alors accompagné un groupe de vierges et de jeunes enfants jusqu'à la bouche affamée du dieu. En ce temps-là, tout comme aujourd'hui, Kabal était persuadé que Chac, dans sa bonté et sa justice, n'exigeait nulle souffrance et nulle mort en échange de ses ondes vivifiantes. Mais comme toujours, les Toltèques firent valoir que le sang et la chair des humains plaisaient plus que tout aux puissances célestes. De plus, le peuple, dans son désespoir, les avait réclamés, et les seigneurs toltèques, dont l'ancêtre Kukulkan avait lui-même introduit cette pratique rituelle à Chichen, les lui avaient aussitôt accordés, convaincus eux aussi que Chac apprécierait ce don de vie et en serait reconnaissant.

Même s'il savait que cette sinistre opinion était encore largement répandue dans la population de la capitale, Kabal-Xiu conduisait le cortège avec la certitude qu'il menait à la mort un être innocent qui ne méritait nullement une fin si tragique. Mais en tant qu'Ah Kin et ambassadeur d'Uxmal, une cité également contrôlée par les Toltèques, il devait se taire et obéir aux maîtres de l'empire sous peine de perdre le peu de pouvoir que le clergé maya conservait encore au Yucatan.

Le cortège déboucha enfin sur le périmètre sacré qui encerclait la bouche du puits. La foule massée aux abords du cenote faisait penser à des lèvres mouvantes psalmodiant sans cesse les invocations à Chac. Le cortège sacrificiel s'arrêta devant le petit temple de pierres érigé sur le bord du puits. Devant Touloum, se découpait le portail séparant le monde des vivants de celui, intemporel et impalpable, des esprits et des dieux.

L'Ah Kin pénétra le premier dans le temple, suivi de la vierge consacrée. À l'intérieur, sur une table de pierre, se trouvaient les instruments du sacrifice: une corde solide et un anneau de pierre sur lequel étaient inscrits le motif de la mise à mort ainsi que les supplications des humains à la divinité des eaux. À l'aide de la corde, le prêtre relia la taille de la jeune femme au lourd anneau de pierre qui l'entraînerait bientôt vers les abysses. Cela fait, ils gravirent ensemble les marches menant à la terrasse et atteignirent la passerelle de bois qu'on faisait emprunter aux victimes afin qu'ils puissent sauter dans le gouffre sans risquer de heurter sa paroi rocheuse.

– Tiens, bois, cela t'aidera et te fera du bien ! fit Kabal-Xiu en présentant à la jeune femme une coupe remplie d'un âcre liquide euphorisant qu'on avait l'habitude d'offrir aux sacrifiés.

– Non, je n'en ai pas besoin, je veux voir la mort en face ! répondit Touloum.

Le prêtre n'insista pas davantage et se tournant vers l'extérieur, il prononça une dernière et solennelle invocation à l'intention du dieu de la pluie.

– Ô, grand Chac. Toi qui étends ta puissance dans les quatre directions du monde. Toi qui fais germer la semence et lui permet de croître. Toi qui en donnant à la terre l'eau vivifiante nourris tous les êtres. Tu es le sang qui coule en l'homme ainsi que le lait qui le nourrit. L'arc-en-ciel est ton étendard; les nuages, tes serviteurs empressés; et le puits sacré, ta demeure parmi tes fidèles adorateurs. Ouvre ta bouche, Chac, et accueille cette vierge qui t'a été désignée.

Pendant que l'Ah Kin s'adressait ainsi à la divinité tutélaire, Touloum, l'anneau de pierre entre les mains, s'avança pas à pas sur la passerelle. Parvenue à son extrémité, elle contempla les eaux sombres du puits qui, vingt mètres plus bas, scintillaient sous le soleil. Son cœur se mit à battre très fort et elle commença à trembler de tous ses membres. Une sourde terreur cherchait à s'emparer de son être, une peur viscérale qui s'attaquait à ses convictions et sapait sa détermination. Elle regretta de ne pas avoir accepté la boisson d'oubli, car un réflexe de survie l'effleurait, et elle aurait voulu repousser au loin son destin. Elle allait se retourner et revenir sur ses pas lorsqu'elle aperçut, flottant sur les eaux, le masque calme et souriant de Chac. Fascinée par le regard étrangement moqueur de la divinité, elle reprit courage et fit un autre pas vers l'extrémité de la passerelle. Portant une main à son cou, elle la referma sur le petit coquillage rouge qui y était lié, le gage d'amour éternel d'Hunac, le seul objet personnel qui l'accompagnerait à travers la bouche de Chac jusque de l'autre côté de la vie.

Lorsqu'elle se jeta dans le vide, un petit cri jaillit de sa bouche, qui se répercuta en écho sur les parois du puits. Son corps tournoya deux fois avant de toucher l'eau à la verticale et de soulever une gerbe d'écume. Entraînée par l'anneau de pierre, elle s'enfonça rapidement sous les eaux, sans esquisser le moindre geste pour freiner sa chute. Tandis que le cenote l'avalait, ses pupilles perçurent un pâle rayon de Kin qui réussissait à percer les ténèbres du gouffre sacré. Elle eut le sentiment que le trait de lumière lui indiquait la voie des profondeurs. En même temps qu'elle sentait la mort s'approcher, une explosion de souvenirs éclata au cœur de sa conscience. Des sentiments, des émotions, des joies et des peurs depuis longtemps oubliés passèrent en elle comme un coup de vent puissant. Le beau, le laid, le bien, le mal, tout se fondit en une seule et intense lumière qui s'éteignit rapidement pour faire place à une obscurité et à un silence infinis. Touloum comprit que la vie l'avait quittée. Pourtant, malgré la perte de son corps, sa conscience d'être demeurait intacte. Laissant derrière elle les illusions des plans intermédiaires de l'au-delà où l'esprit du défunt projette ses peurs et ses désirs, la jeune femme au cœur pur franchit rapidement le tunnel étroit du Metnal. C'est alors qu'apparurent les premières lueurs du Belontiku: le pays lumineux de l'après-vie...

Pendant ce temps, à l'air libre, l'assistance profitait de ce sacrifice pour s'attirer personnellement les bonnes grâces de Chac. Ici et là, on tuait rituellement des statuettes consacrées en les brisant et on tordait des assiettes de métaux précieux, qu'on lançait ensuite vers les profondeurs. Ailleurs, c'était des amulettes, des boulettes d'encens ou des parchemins couverts de prières qu'on jetait à bout de bras. Tout cela disparaissait sous les eaux dormantes du cenote et allait rejoindre, sous la vase du fond, les os des dizaines de victimes que les seigneurs toltèques avaient déjà vouées à Tlaloc-Chac pour l'apaiser.

– Cette jeune femme était digne de paraître devant le dieu de la pluie, elle s'est offerte sans résistance et elle doit déjà se trouver aux côtés de Tlaloc, lança une femme toltèque entourée d'une ribambelle d'enfants encore impressionnés par le cérémonial de cette mise à mort.

— En tout cas, ce n'est pas encore aujourd'hui que quelqu'un survivra au sacrifice pour nous apporter un message des dieux, déclara un autre spectateur tout en fouillant du regard les profondeurs du puits.

POK-A-TOK

Pok-a-tok

Les ayebs à peine terminés, la dépouille de Chac-Xib-Chac fut incinérée sur la plate-forme de Vénus. À l'angle formé par la pyramide de Kukulkan et le temple des guerriers, au milieu d'une place noire de monde, un gigantesque brasier emporta vers le ciel les cendres du gouverneur, tout comme l'avaient été, deux siècles plus tôt, celles de son grand ancêtre blanc. Trois bas-reliefs sculptés sur le pourtour de la plate-forme rappelaient d'ailleurs cet événement: celui du Jaguar-Serpent-Oiseau, représentation symbolique de la triple unité cosmique; le glyphe de cinquante-deux ans, suggérant le cycle de vie de Kukulkan; et enfin, un glyphe numérique illustrant la période exacte de rotation de Vénus autour du Soleil, planète vers laquelle s'était envolée, après sa mort, l'âme du serpent à plumes.

Entre temps, le présumé complot maya, comme on se plaisait à l'appeler, en plus d'avoir porté atteinte à la sécurité de l'État, avait poussé la caste dirigeante toltèque à s'assurer l'appui des populations itzas disséminées dans les diverses régions de l'empire. Effaré par ce crime d'une extrême gravité, et qui tombait en pleine transition de cycle, le conseil des grandes familles toltèques avait annoncé la nomination de Jolom à titre de gouverneur intérimaire de l'empire. Ce dernier ne se voyait pourtant confier que les charges administratives et guerrières; l'ensemble des attributions religieuses, telle la haute prêtrise de Kukulkan, jusque-là de la compétence du gouverneur-roi, était dévolue à Xa-Chit-Tecan, un cousin du défunt gouverneur.

Le conseil toltèque intronisa promptement Jolom à la haute charge qu'il occuperait jusqu'à la majorité du jeune Tiak Kan, le fils unique de Chac-Xib-Chac. Aussitôt terminée la période de deuil décrétée par les autorités religieuses, le seigneur itza pourrait devenir l'époux d'Ixaquil au cours d'une brève cérémonie tenue dans le temple qui coiffait la pyramide de Kukulkan. Afin d'effacer la souillure engendrée par le crime d'Hunac, on convint également d'une série de sacrifices qui se succéderaient jusqu'à ce que soit capturé et puni le principal responsable du complot. Ainsi, le pok-a-tok, le grand jeu rituel de balle, allait ouvrir dans quelques jours la voie du nouveau cycle et tracer la route que suivraient les astres et les planètes d'un nouveau ciel.

Même écrasés de soleil, les abords du grand jeu de balle s'emplissaient d'une foule mouvante et bariolée. L'air sec bruissait d'une multitude de cris et de commentaires. Flanqués de gardes royaux, Jolom et Ixaquil, en costume d'apparat, venaient d'apparaître sur le seuil du petit temple des Jaguars érigé au sommet d'une des enceintes du jeu. S'avançant sous le portique soutenu par deux colonnes ayant la forme de serpents emplumés et qui dominait le quadrilatère sacré, le couple reçut les hommages des officiers des ordres militaires, des délégations écclésiastiques des principaux cultes de l'empire ainsi que des ambassadeurs des villes confédérées d'Uxmal, de Mayapan, d'Itzamal, de Dzibilchatun et de bien d'autres. Cette tâche accomplie, les fiancés se tournèrent vers la foule et, d'un même geste de la main, dessinèrent le signal d'ouverture du rituel.

Une double file de joueurs firent leur apparition sur l'immense terrain divisé en quatre rectangles égaux, peints des

quatre couleurs rituelles: le rouge, le noir, le jaune et le blanc.
L'allure encore plus hautaine que d'habitude, Jolom regarda
s'approcher la première équipe dont les sept joueurs
comptaient parmi les meilleurs de l'ethnie toltèque. L'autre
équipe, un peu en retrait, était composée uniquement de
Mayas, amis de Kopal Chuen, ou sympathiques à la mémoire
de son père; d'ailleurs, ceux-ci s'attiraient déjà les huées et les
quolibets d'une foule agressive. Debout au milieu de ses
compagnons, Kopal sentait confusément que ce jeu n'était
qu'une mise en scène orchestrée par Jolom et ses amis
toltèques afin de mettre en relief l'opposition entre la lumière
et l'obscurité, le bien et le mal, et par extension entre l'Itza et
le Maya. Encore dépassé par les événements tragiques qui
s'étaient succédé à une vitesse accélérée, le fils de maître
Chuen n'en finissait plus, depuis son arrestation, de s'interroger sur le rôle de son père dans cette présumée histoire de
complot devant conduire au renversement de la dynastie
toltèque et à la formation d'un gouvernement maya. Après
avoir goûté pendant quelques jours au cachot du palais, il se
retrouvait enfin à l'air libre, mais sous un soleil de plomb, et
tenu d'affronter une équipe redoutable de joueurs surentraînés
qui bénéficiaient en outre de l'appui inconditionnel de la
foule. En plus des miliciens itzas dont les grands casques à
plumes rouges étaient partout visibles, il nota le nombre élevé
de guerriers Aigles et Jaguars sur les lieux. Il constata avec
amertume que la plupart des spectateurs mayas, par habitude
ou par peur, prenaient le parti du prétendu camp de la
lumière, celui illustrant la suprématie des tribus alliées Itzas-
Toltèques.

Kopal profita de son passage près du temple des Jaguars
pour décocher un regard plein de mépris à Jolom revêtu d'un
somptueux costume, extraordinairement coloré, qui l'assimilait à quelque divinité descendue du ciel ou, plus proba-
blement, pensa le jeune Maya, sortie tout droit des enfers.

Mais voilà qu'un groupe de prêtres s'apprêtait à entrer
dans le périmètre sacré. Regagnant sa place de capitaine,
Kopal retrouva ses six coéquipiers et regarda s'approcher les

quatre chilams masqués à l'image de Chac et vêtus chacun d'une couleur rituelle. Ils arpentèrent le terrain en balançant devant eux leurs encensoirs et formèrent ensuite un carré en se plaçant au centre de leurs aires respectives. La procession de chilams ne faisait cependant que précéder le grand prêtre de Kukulkan qui venait de faire son apparition à l'entrée d'un petit sanctuaire érigé à l'extrémité sud du terrain de jeu. Un grand vase de jade entre les mains, Xa-Chit-Tecan se tint un moment immobile sous le grand panneau sculpté représentant l'homme Oiseau-Serpent. Puis il descendit l'escalier décoré d'un bas-relief représentant un arbre jaillissant de la tête d'un monstre terrestre, traversa à son tour le terrain et s'arrêta à la jonction des quatre couleurs symboliques. Devant une foule recueillie, le grand prêtre enfonça ses doigts dans le vase et en sortit une lourde sphère de caoutchouc, dégoulinante d'eau, qu'il éleva vers le ciel afin de la consacrer à Kin. Par ce geste sacramentel, la simple boule de latex se transmutait en un nouveau soleil, en une parcelle de l'âme éternelle et infinie de Kukulkan. Le Hapay Kan posa ensuite la balle sur le sol et reproduisit les gestes hérités de son grand ancêtre blanc; il trempa sa main droite dans le vase rempli d'eau puisée dans le puits sacré et bénit la foule en aspergeant abondamment les quatre directions du terrain. D'une seule voix, l'assistance entonna alors un hymne à la gloire du Serpent à plumes.

Détournant les yeux de ce rituel d'inspiration toltèque, Kopal Chuen jeta un regard sur ses adversaires. Ceux-ci affichaient de larges sourires sous leurs casques garnis de longues plumes de quetzal rouges et orange et paraissaient en pleine forme. Le nez et les oreilles piqués de boucles et d'anneaux d'or, les pieds chaussés de sandales de cuir, chacun portait un costume aux couleurs uniques et au symbolisme particulier. Tout comme chez les joueurs mayas, leur équipement se complétait des habituels gants et tabliers de cuir, de brassards et genouillères rembourrées de coton et de demi-casques à mentonnière. Lorsqu'elle était projetée avec force, la sphère de latex pouvait en effet se révéler très dangereuse, et on avait souvent vu des joueurs grièvement blessés par l'impact d'une balle trop rapide. Kopal remarqua aussi que les joueurs itzas-toltèques mastiquaient ces fameuses feuilles séchées dont il avait entendu parler; censées donner force et endurance, elles poussaient, disait-on, dans un lointain pays montagneux. Leur importation et leur usage étaient réservés aux ordres guerriers qui s'en servaient lors des rituels tenus dans le secret de leurs temples, ou encore à des fins guer- rières, car elles fournissaient, disait-on, courage et vigueur sur les champs de batailles.

Le Hapay Kan, ou «serpent suceur», n'avait cependant pas terminé son rituel d'ouverture. Jugeant sans doute que le meurtre de Chac-Xib-Chac et les conditions cycliques récla- maient un geste plus éclatant, il s'empara du stylet sculpté à l'image d'un serpent qui pendait continuellement à son cou et l'enfonça prestement dans son bras gauche. Aspirant alors quelques jets de sang, il recracha le précieux liquide dans le vase de jade vidé de son eau et y trempa la balle de latex. La scène d'autosacrifice du grand prêtre provoqua une vague d'émulation chez la foule déjà excitée par la perspective d'un match exceptionnel. Ici et là, des Itzas, des Toltèques et même des Mayas se prélevaient du sang, lequel, recueilli dans des vases, aboutissait entre les mains de prêtres subal- ternes. Ce don précieux servit a asperger les deux murs du jeu, ainsi que les quatre zones du terrain sacré, afin que tout le cosmos soit investi des propriétés vitales et magiques du liquide dont les dieux avaient empli le corps des humains.

Ainsi, à travers les deux équipes, s'affronteraient les grandes forces de la nature, les êtres surnaturels et les dieux dispensateurs de la vie et de la mort. Immobiles sur le sol rougi, les joueurs des deux camps complétaient leurs prières et leurs invocations aux forces invisibles avec l'aide desquelles chacun comptait remporter la victoire. Jugeant le moment venu, le Hapay Kan s'empara de la balle teintée de sang et la lança bien haut dans le ciel. À partir de ce mo- ment, elle ne devait plus toucher le sol, le terrain de pok-a- tok n'appartenait plus qu'aux joueurs et aux dieux.

Un Toltèque reçut la balle le premier et d'un adroit coup de hanche la passa aussitôt à un coéquipier. Comme les mains et les pieds des joueurs ne pouvaient toucher la sphère consacrée sous peine de sacrilège, c'est au moyen de coups de coudes et de coups de genoux que des passes nombreuses et rapides envoyèrent la balle bien près de l'un des deux anneaux de pierre à travers lequel elle devait passer pour qu'il y ait but. Sans que l'équipe conduite par Kopal ait pu s'emparer une seule fois de la balle, un joueur adverse tenta à nouveau le difficile exploit de marquer un point. Sous les cris et les acclamations de la foule, un puissant coup de tête propulsa la sphère vers l'anneau, qu'elle manqua de justesse. Récupérée par Kopal, celle-ci passa enfin entre les mains de l'équipe maya qui, après un moment de flottement, déploya toute son énergie et tout son savoir-faire. Un coéquipier du jeune Chuen se préparait à viser l'anneau étroit, lorsqu'un violent coup d'épaule le projeta face contre terre. La balle allait-elle tomber, toucher le sol et illustrer ainsi la faillite des hommes à maintenir l'équilibre des forces naturelles et surnaturelles? Non, car Kopal intervint à temps et, d'un fort coup de genou, renvoya la balle haut vers le ciel. Après avoir retenu son souffle, la foule explosa en manifestations bruyantes de plaisir.

La partie continua de plus belle; c'était une merveille de voir évoluer les deux équipes qui, malgré leurs forces inégales, présentaient une performance de premier ordre. Pendant de longues minutes, la sphère monta et retomba, roula et virevolta dans le ciel, fascinant hommes et dieux. Pourtant, le temps passait sans qu'aucune des équipes réussisse à marquer le but victorieux. Le jeu se fit alors plus brutal, plus impitoyable. Deux joueurs mayas avaient déjà été retirés, l'un avec une épaule démise, l'autre souffrant d'une fracture de la jambe.

Tout en essayant de ne pas perdre la balle des yeux, Kopal sentait s'accumuler la tension et l'agressivité chez l'autre équipe. Il évitait autant que possible de se trouver coincé entre les joueurs adverses qui, frustrés de ne pas avoir encore compté, l'avaient à quelques reprises violemment pris à partie. La foule, de plus en plus excitée, en redemandait et l'équipe maya, malgré son adresse et sa détermination, faisait les frais de cette soif de violence.

La balle se retrouva de nouveau sous le contrôle des Toltèques, dont l'énergie apparemment sans limite contrastait avec les signes évidents de fatigue que manifestaient certains joueurs de l'équipe maya. Un jeu de passe d'une extrême vélocité propulsa alors la sphère vers le cercle de pierre qu'elle traversa aisément. Une immense clameur salua le premier point du jeu rituel; les Toltèques menaient un à zéro.

Le jeu rapide se poursuivit sans interruption jusqu'à ce qu'un coup de tête projette à nouveau la balle vers le ciel. Bousculant un Toltèque qui se préparait à la recevoir, un Maya intercepta la sphère et l'envoya en direction de Kopal. Ce dernier, bien placé pour compter, propulsa, d'un coup de genou, la balle à travers l'anneau sacré qui symbolisait aussi bien la transition entre deux cycles temporels que le passage entre le monde terrestre et le monde céleste. Ce nouveau but souleva la foule et arracha à Jolom une grimace de désappointement.

La partie allait-elle se terminer sur une égalité des points? Non, il n'en était pas question, et du haut du temple où il présidait le match, le Hapay Kan fit signe aux joueurs de pousuivre le jeu; il devait y avoir un gagnant, les dieux et les hommes l'exigeaient.

Exténués, Kopal et ses amis avaient de plus en plus de mal à suivre le rythme de leurs adversaires. Le jeune homme se doutait bien du rapport existant entre la mastication des feuilles séchées et l'absence de fatigue qu'il constatait chez les Toltèques. Une pensée de haine envers Jolom, l'assassin de ses parents, lui procura un sursaut d'énergie. Voyant la balle venir vers lui, il allait bondir pour la saisir lorsqu'un solide coup d'épaule le projeta par terre. Un autre joueur maya fut intercepté et connut un sort identique. La balle passa donc entre les mains des Toltèques qui tentèrent plusieurs fois, vainement, de marquer leur deuxième but. Mais Kopal n'avait pas dit son dernier mot. Rassemblant tout son courage et toutes ses forces, il fonça à la poursuite de la balle qu'il parvint à arracher à l'adversaire. Après l'avoir lancée vers un de ses coéquipiers, il se faufila entre les joueurs ennemis et s'arrêta près de l'anneau où il vit bientôt la sphère revenir vers lui. D'un coup de tête précis, il l'envoya rouler dans le ciel. Un silence admiratif accompagna le passage de la balle dans l'anneau. Le coup était parfait, inattendu. Stupéfiée par tant d'habileté, la foule se déchaîna en cris et en applaudissements. Estimant le moment favorable, le grand prêtre de Kukulkan fit battre le tambour qui saluait la fin de la partie.

Trempés de sueur, lorsque ce n'était pas de sang, les joueurs des deux équipes se rassemblèrent autour de leurs chefs respectifs. Au même moment, un prêtre toltèque amena au centre du terrain une hache de cuivre à double tranchant. Jolom esquissa un geste à l'intention du capitaine de l'équipe toltèque, celui-ci se saisit alors de la lourde hache et se dirigea résolument vers Kopal. Résigné, ce dernier s'était agenouillé et attendait, impassible, la récompense de sa victoire: une mort rapide et honorable qui l'enverrait directement au neuvième ciel, celui des héros tombés au combat, ou sacrifiés volontairement aux divinités célestes. La lame s'éleva bien haut, étincela un moment sous le soleil et trancha d'un coup sec la tête du jeune Maya, qui roula sur le sol. Un prêtre la ramassa par les cheveux et, la tenant au bout de son bras, l'exhiba à la vue de la foule. Tandis que certains ravalaient leurs larmes, étouffaient leur colère et leur indignation, la majorité des spectateurs, les bras levés vers le ciel, manifestaient leur joie et leur satisfaction devant le verdict final du jeu. Quant aux dieux, nul ne pouvait douter de leur plaisir et de leur contentement devant le spectacle rituel, haut en couleur et en violence, qui venait d'être célébré entre les deux murailles parallèles du pok-a-tok.

LA PISTE
DU JAGUAR

La piste du Jaguar

Plusieurs jours s'étaient écoulés depuis sa fuite de Chichen, la cité maudite qui avait anéanti toutes ses attentes, dévasté toutes ses illusions. Animé par il ne savait plus quel espoir ou quelle folie, il se dirigeait confusément vers le sud-ouest, vers les montagnes vertes de la vision de Touloum. Suivant l'orbe de Kin, le jour, et la lumière de Xaman-Ek, la nuit, évitant villes et villages, il empruntait autant que possible les chemins secondaires et les sentiers tracés par les paysans à travers champs et forêts. Il n'osait s'aventurer que la nuit, et encore avec beaucoup de précaution, sur les grandes routes pavées par lesquelles transitaient les caravanes des marchands et les cohortes de guerriers et de miliciens assurant la sécurité de l'empire.

Il lui fallut du temps avant de prendre conscience d'une impression de brûlure au visage. Perdu en lui-même, il n'avait tout d'abord guère prêté attention à ce phénomène bien superficiel en comparaison du brasier qui le consumait, dégageant d'âcres fumées et de noires scories qui suffoquaient son esprit et obscurcissaient son âme.

Comme sorti de nulle part, sale, en loques et le visage atteint d'une infection qui gagnait chaque jour du terrain, il inclinait certes à la pitié. Ses yeux hagards, tournés vers une immensité douloureuse située à la frontière de la vie et de la mort, rejoignaient le cœur de certains qui, se conformant au principe sacré recommandant de porter assistance aux mendiants, infirmes et pauvres d'esprit, lui accordaient quelque maigre pitance.

Déséquilibré, fou peut-être, et certainement oublié des dieux, c'est bien ainsi qu'apparaissait Hunac à ceux qui acceptaient de l'approcher. Tels ces paysans d'un village isolé, qu'il avait aidés à incendier tout un pan de jungle en échange de quelques galettes de maïs. Le travail des flammes accompli, lorsque était venu le temps de demander pardon à la forêt du dommage nécessaire qui lui avait été infligé afin de nourrir des familles toujours plus nombreuses, les paysans, craignant peut-être que la présence d'Hunac contamine le sol d'influences malsaines, lui avaient signifié de s'éloigner au plus vite.

Les jours et les semaines passaient. Comme s'il se fuyait lui-même, Hunac marchait sans trêve. Laissant derrière lui les villes de Yaxuna et de Labna, il se dirigea vers le sud-ouest, vers la province d'Etza, au-delà de laquelle se trouvait la région des montagnes vertes. La pression constante qui s'exerçait au creux de sa poitrine ne lui permettait aucune paix. Le jour comme la nuit, son esprit se perdait en remords, en idées fixes, en images obsessionnelles qui ne lui laissaient aucun répit. Ses songes et ses cauchemars altéraient une réalité qu'au fond de lui-même il refusait de toutes ses forces. Ces deux mondes s'interpénétraient et donnaient naissance à un magma qui l'absorbait entièrement.

Il lui fallut quatre lunes pour traverser l'immense plaine yucatèque. Or, un jour vint où, affamé, exténué, à bout de tout, il rencontra une rivière qui serpentait au creux d'un vallon. Tandis qu'il suivait ses berges parsemées de traces de cerfs et de pécaris, il réalisa que ce cours d'eau marquait la limite du plat pays. Empruntant, en guise de pont, un tronc mort qui enjambait la rivière, il aborda une contrée vallonnée, à la végétation plus dense et plus sauvage, qui annonçait la proximité des montagnes vertes.

Plus tard, alors que son visage le démangeait plus que de coutume, il s'arrêta près d'un étang entouré d'arbres immenses aux troncs verdâtres. Se penchant au-dessus du point d'eau afin de s'y abreuver, il trouva le reflet de son visage. Ce qu'il put voir lui arracha un cri de stupeur; il contemplait enfin ce que ses doigts lui révélaient depuis plusieurs jours déjà : sa peau, envahie par une infection, se desséchait, s'écaillait. Nouvelle malédiction des dieux ou autopunition infligée par sa propre culpabilité, Hunac ne savait plus, il n'en pouvait plus. Rempli de dégoût pour lui-même, il lança vers le ciel un hurlement de peine et de rage.

« L'horreur n'a donc pas de limite ! » se dit-il. « Pourquoi les dieux m'accablent-ils de ce mal ? Un monstre, un cadavre vivant, voilà ce que tu deviens, Hunac ! »

Des vagues d'agressivité montèrent en lui, produisant des images de chaos et de destructions qui investirent son esprit. Il se prit à rêver de maladies décimant hommes et bêtes, de pluies de feu réduisant toutes choses en cendres, de déluge emportant vers un même néant les cités des hommes et les temples des dieux.

– Ah, dieux bien-aimés, dieux maudits, je vous en prie, délivrez-moi de cette vie et de cette chair ! lança-t-il en plantant ses ongles dans son visage, comme s'il avait voulu se débarrasser d'un masque et le jeter au loin.

Incapable d'arracher cette chair qui le brûlait, criant, geignant, il se jeta contre le tronc d'un arbre qu'il martela de ses poings. Puis ses oreilles sondèrent la nuit, ses yeux fixèrent une obscurité qui dissolvait toute forme. Il erra longtemps dans les dédales tourmentés de sa conscience avant de trouver un semblant de fuite dans le sommeil.

Il avançait sur une terre aride dont la surface toute fendillée criait sa soif de pluie. Le sol poussiéreux craquait et s'effritait sous ses pas. Aussi loin que portait son regard, il ne percevait nul mouvement, nulle vie, seulement une surface plate et un ciel vide de nuage. La terre parut soudain se déchirer et deux ombres naquirent de ses entrailles. Il reconnut la forme d'un jaguar et, à ses côtés, la silhouette de la femme noire de la maison des petites têtes. Effrayé par cette double apparition, il s'apprêtait à tourner les talons et à s'enfuir à toutes jambes lorsqu'un vent desséchant déferla sur lui. Au même instant une vibration se produisit sous ses pieds et se transforma rapidement en secousses qui menacèrent de le renverser. Tandis que des jets d'eau jaillissaient du sol, des gouttes de sang perlèrent sur sa figure. La pression s'amplifia jusqu'à ce que la surface de la terre se déchire et que son visage se craquelle...

Le soufle court, le cœur comprimé, Hunac ouvrit les yeux. Enveloppé par les ténèbres, il se demanda un moment où il se trouvait. L'air frais et les odeurs de la jungle qui entraient en lui achevèrent de dissiper les brumes de son sommeil. Ah oui, le jaguar, la sécheresse, son visage: il sortait d'un rêve décevant pour retomber dans le cauchemar de sa vie.

« Pourquoi ne pas en finir ! » pensa-t-il. « Tant qu'à pourrir vivant, autant mourir tout de suite ! »

Paradoxalement, ces pensées sinistres distillaient en lui leur propre antidote. La crainte de la mort et du sort inconnu qu'elle lui réservait, se révéla, somme toute, plus forte que l'horreur de vivre. Se remettant debout, il chercha son guide nocturne, Xaman-Ek, dont la position dans le ciel étoilé lui indiquerait le nord. L'évocation du dieu des marchands suscita en lui l'image de son père. Il vit son front plat et ridé, ses joues aux pommettes saillantes, sa bouche ouverte en un large sourire. Mais lorsque les lèvres de Tiha Cahuich se déformèrent soudainement en un terrible rictus, la peur s'empara de lui. Le cœur lourd, la tête en feu, il se mit à errer à travers la nuit et finit par trouver un sentier qu'il suivit jusqu'à l'aube.

Après une longue nuit, Kin repoussa encore une fois les ténèbres et reprit possession du ciel. Plus tard, alors qu'il parcourait de nouveau des contrées habitées et cultivées, Hunac s'arrêta un moment pour se reposer à l'ombre d'un arbre. C'est alors qu'il vit s'approcher une jeune femme, qui le considéra avec méfiance et curiosité. Hirsute, sale, les yeux cernés par le manque de sommeil, son apparence avait de quoi rebuter n'importe qui. Écoutant son cœur, la femme fouilla dans un panier posé sur son épaule et en retira une galette de maïs, qu'elle lui offrit accompagnée d'un sourire. D'un geste brusque, Hunac arracha la nourriture des mains de la femme, qui recula en jetant sur lui un regard craintif.

— Pourquoi me fixes-tu ainsi ? grogna-t-il. Tu n'as jamais vu un damné ? Eh bien, profites-en, regarde-moi bien !

— Jamais je n'ai vu un visage marqué comme le tien. On dirait qu'une sorte de feu brûle à l'intérieur de toi. Serais-tu la proie d'une malédiction ? Quelle faute as-tu commise pour mériter un sort pareil?

— Qu'est-ce que ça peut bien te faire ! rétorqua Hunac sur un ton de mépris. Mêle-toi donc plutôt de tes affaires, et laisse-moi tranquille !

Lorsque la femme eut tourné les talons, il se leva pour poursuivre sa route, avec sur ses épaules le fardeau de sa peine et le poids de son remords.

Trois jours passèrent encore, soixante-douze heures indescriptibles où les impressions oniriques et les sensations réelles du fugitif se mêlaient au point de ne plus se distinguer les unes des autres. Trois longues journées à traverser des champs fraîchement ensemencés et à gravir les collines de plus en plus hautes qui annonçaient la proximité des montagnes vertes.

Une après-midi, son errance le mena près d'un village. Tenaillé par la faim, il osa s'en approcher afin de quémander un peu de nourriture. Ses habitants, des paysans superstitieux, effrayés par l'aspect de son visage, virent en lui une entité malfaisante qu'ils s'empressèrent de chasser à coups de pierres. Atteint d'un projectile dans le dos, poursuivi par une meute de chiens plus menaçants que dangereux, il trouva refuge dans une forêt toute proche. Abandonné des dieux, chassé par les hommes, il se fraya un chemin dans la jungle jusqu'à ce que, complètement égaré, il sente à nouveau monter en lui cette agressivité dévorante qui crispait ses muscles et durcissait les traits de sa figure jusqu'à en faire un masque d'horreur.

De tout son cœur et de toutes ses forces, il se mit à maudire la vie et le cortège de maux qui s'accrochait à lui comme une peste. Souhaitant la destruction de toutes choses, la fin de toute réalité, il s'enfonça encore davantage dans la végétation qui emplissait l'espace autour de lui. À bout de souffle, complètement égaré, il parvint à une petite clairière. Levant les bras au ciel, il tourna son visage ruisselant de larmes vers Kin qui, bien loin de lui, paraissait le fixer de son œil unique et éclatant.

– Ahhh ! Seigneur Kin, brûle-moi ! consume-moi ! Je ne puis porter plus loin le fardeau de ma vie ! implora-t-il.

Se contentant de rayonner de lumière et de chaleur, le Jaguar céleste demeurait imperturbable. Ses chauds effluves traversaient Hunac comme si son corps n'eût été qu'une nuée légère, qu'un rêve diaphane. Déçu par le silence de Kin, le jeune homme continua d'errer au milieu d'une nature muette et hostile. Enfin, à bout de forces, et pourtant habité d'une tension extrême, il se jeta sur le sol humide de la forêt. Une formidable pression naquit alors dans son ventre, boule en fusion au creux de ses entrailles. Remplis de douleur, ses membres se raidirent et ses doigts s'enfoncèrent dans le sol meuble. Il enfouissait son visage dans la mousse lorsqu'une impression le saisit; il se sentit soudain comme un nouveau-né étalé sur le ventre de sa mère. Des mots d'imploration trouvèrent le chemin de sa bouche: « Ô terre qui me porte ! ô mère immense ! Aide-moi, je t'en prie ! Aide-moi à vivre ou à mourir ! » balbutia-t-il. Dans les instants qui suivirent cette prière, son corps devint la proie d'incoercibles tremblements. Son ventre était devenu un volcan, et l'incandescence qui couvait en lui se frayait un chemin vers l'extérieur en renversant tout sur son passage. Faisant fondre ses dernières résistances, la boule de feu monta dans son thorax,

puis dans sa gorge. Le corps secoué de spasmes, le visage
tordu et la bouche remplie d'écume, Hunac ne pouvait que
s'abandonner au cataclysme qui se déchaînait en lui. Poussé
par l'énergie destructrice accumulée depuis des mois
d'errance, un cri éclata dans l'air comme un coup de
tonnerre.

Plus tard, lorsque l'orage intérieur se fut apaisé et que les
sombres nuées se furent dissipées, il demeura encore longtemps étendu sur le ventre de la terre. Perdu dans sa grandeur, relié à sa puissance, il finit par revenir à lui-même. Ses
yeux lavés par les larmes s'entrouvrirent et perçurent la
lumière de Kin qui rayonnait en vagues de couleurs chatoyantes. Il se redressa pour mieux contempler la nature qui
s'offrait à lui. Autant il l'avait trouvée sombre et impé-
nétrable auparavant, autant elle lui paraissait maintenant
étonnamment belle et vivante. Subjugué par le souffle
magique qui émanait de chaque chose, il perçut la résonance
des formes, des sons, des odeurs, des teintes admirables qui
tissaient autour de lui l'expression complexe de la vie. Le
cerveau encore pantelant, ébloui par tant de sensations, il
marcha jusqu'à un arbre qui lançait partout ses branches
noueuses. Il s'assit contre le tronc et sentit de subtiles émotions qui dansaient en lui. Au cœur de ce calme qui suivait
la tempête, quelque chose d'inattendu se manifesta encore; à
travers la lumière de Kin qui s'infiltrait jusqu'à lui, Hunac
reconnut la présence muette et réconfortante de son père.
Illusion ou réalité, le jeune homme laissa le silence répondre
à cette question. Ses impressions s'affinèrent et il sentit
autour de lui toute la lignée de ses ancêtres, ayant vécu au
cours de siècles sans nombre, l'entourer et lui insuffler force
et chaleur.

Il demeura longtemps au creux de ce silence peuplé de
présences invisibles. Une impulsion le remit sur ses jambes et
il reprit son cheminement vers ce qu'il sentait être sa voie,
son sentier au milieu de ses marécages intérieurs, peuplés de
fantômes et de cauchemars. Tel un gigantesque animal, la
jungle avala son corps et l'entraîna dans son ventre de

verdure. Les intestins lignés et les exhalaisons puissantes de la forêt digéraient l'esprit de l'homme errant, dissociaient ses pensées, ne laissaient derrière eux que l'essence de son être.

LA CITÉ
OUBLIÉE

La cité oubliée

Il remontait depuis deux jours le cours d'une autre rivière qui descendait sans doute des montagnes vertes. Tout en cheminant, il parvenait à se procurer une maigre pitance: fruits sauvages, mollusques, petits poissons qu'il attrapait à l'aide de ses mains et qu'il transportait dans son pagne en guise de filet. Deux vastes journées remplies de silence; deux soleils durant lesquels son cœur, purgé de la violence et de l'agressivité qu'il avait éprouvées, dérivait au gré de sentiments et de pensées contradictoires. Parfois, comme l'aurait fait un enfant, il s'arrêtait pour s'émerveiller des formes et des couleurs qui foisonnaient autour de lui; ou encore, il s'assoyait à l'ombre d'un arbre pour écouter le chant des oiseaux et essayer de déchiffrer les cris des animaux qui rôdaient sous le couvert de la jungle. Sa sensibilité exacerbée devinait, cachés derrière cette nature enchanteresse, les indices de beautés plus sublimes; au-delà du vaste théâtre de la réalité sensible, elle appréhendait des harmonies d'un autre monde, plus vrai, plus admirable encore.

La desquamation de son visage le préoccupait moins, et c'était déjà un soulagement. Il continuait à porter tout le poids de sa malédiction, mais avec un peu plus de courage et un peu moins de peine. Ne recherchant plus le commerce des hommes, il se réconfortait en ressentant encore auprès de lui la calme présence de son père et de ses ancêtres.

Des étendues cultivées apparurent au détour de la rivière qui serpentait au creux des collines. Éprouvant soudain une grande fatigue, il s'approcha d'un arbre et s'étendit entre les plis de son tronc. La matinée était torride, et l'humidité qui s'exhalait du sol de cette contrée le faisait transpirer presque autant que le bain de vapeur de maître Chuen. Plus loin, au sommet d'une colline, s'élevaient quelques huttes de paysans autour desquelles s'ébattaient des bandes de dindons. Éclatant dans l'air, l'aboiement d'un chien parvint à ses oreilles. L'animal l'avait-il senti? Il n'eut pas le loisir de répondre à cette interrogation car il perçut une présence derrière lui. Avant même qu'il puisse songer à s'enfuir, des enfants surgirent autour de lui. La crainte qu'il avait manifestée les fit s'esclaffer; mais leurs rires firent place à la stupeur lorsqu'ils détaillèrent cet étrange personnage, sale et déguenillé.

— Qui es-tu? Que fais-tu là? lança le plus grand des enfants, un garçon à la peau cuivrée et au regard vif.

— Je.. je suis un... pèlerin, marmonna Hunac.

— Un pèlerin! Qu'est-ce que c'est, un pèlerin? rétorqua une fillette tout en sourire.

La bouche d'Hunac esquissa elle aussi un sourire; les yeux de son cœur éprouvaient la simplicité tranquille qui émanait de ces enfants et il ressentit pour la première fois le besoin de parler, de se confier. Mais il se retint, il craignait d'en dire trop; il redoutait que ses paroles n'éveillent la suspicion des enfants et peut-être celle de leurs parents qui avaient peut-être entendu parler des événements de Chichen.

— Moi, je pense que tu es tout simplement perdu, reprit le garçon.

— Perdu...! C'est possible, répondit Hunac en regardant le ciel.

— Qu'est-ce que tu as au visage? demanda une petite fille chétive aux longs cheveux d'ébène qui n'avait cessé de l'observer.

– C'est... c'est une maladie, une infection de la peau et peut-être de l'âme, grogna Hunac tout en faisant mine de se lever pour poursuivre sa route.

– Attends, pèlerin; ne pars pas si vite ! fit l'aîné en le retenant par le bras. Nous avons quelque chose pour toi. Reste ici un moment, ce ne sera pas long.

Hunac vit le garçon glisser quelques mots à l'oreille de ses compagnons et toute la bande s'éparpilla aussitôt dans les champs.

– Ne bouge pas, pèlerin, nous revenons ! lança encore le garçon avant de disparaître derrière une colline.

Hunac se retrouva seul. Obsédé par la crainte que les enfants n'alertent leurs parents de la présence d'un indésirable sur leurs terres, il voulut fuir, mais la lassitude l'en empêcha, et peut-être aussi cette sorte de lumière que les enfants, sans le savoir, lui tendaient comme un cadeau de vie et qui avait réussi à percer le mur de sa solitude. Il s'apaisa un peu et décida de rester là afin d'attendre la suite des événements.

Les enfants revinrent comme promis. La fillette aux cheveux d'ébène s'approcha avec quelque chose au creux des mains qu'elle lui tendit. Sa curiosité piquée, il s'approcha et ses yeux découvrirent un gros champignon beige et brun.

– Prends, pèlerin; c'est un kisos, il est pour toi ! déclara l'aîné des garçons. Mon grand-père affirme que ces fruits de la terre sont la chair même des dieux, que celui qui en mange peut, s'il le désire vraiment, entrer en contact avec les esprits du monde céleste. Peut-être celui-ci t'aidera-t-il à retrouver ton chemin.

Hunac prit le kisos entre ses doigts et l'examina plus attentivement. Gros et lourd d'humidité, son chapeau brun doré dessinait un cercle parfait; et sa chair, à l'endroit où on l'avait arrachée du sol, se colorait d'un bleu intense. Il avait déjà entendu parler de ces végétaux dont l'usage rituel se perdait dans la nuit des temps, il savait que certains chilams les utilisaient encore pour prophétiser ou simplement demander conseil aux dieux. Tenait-il l'un de ceux-ci au creux de sa main ou bien ne s'agissait-il que d'une plaisanterie imaginée par les enfants dans le but de le ridiculiser ?

– Nous devons te laisser maintenant, sinon nos parents vont s'inquièter, fit le garçon.

– Adieu, pèlerin ! lança en riant la fillette à la chevelure noire qui rappelait celle de Touloum.

Hunac esquissa un geste de remerciement et regarda les enfants s'éloigner en gambadant et en riant à travers les champs. « Quelle joie, quelle tendre insouciance habite en eux », pensa-t-il. « Pourquoi, après tout, ne pas accepter ce présent qu'ils m'ont fait. ».

Portant le kisos à sa bouche, il mastiqua longuement la chair spongieuse dont la saveur âcre évoquait la terre humide dont il était issu. Il alla ensuite s'asseoir et attendit patiemment que quelque chose se passe : une apparition surnaturelle ou, pour le moins, une révélation intérieure. Mais à part des gargouillis dans son estomac, le kisos semblait n'avoir aucun effet sur lui. Il laissa échapper un soupir de déception et décida de reprendre sa route. Il retourna près de la rivière et continua à remonter son cours paisible qui, espérait-il, le conduirait jusqu'aux montagnes vertes.

Les crocs de feu du Jaguar céleste ne relâchaient pas leur étreinte ; afin d'échapper à leur morsure, il marchait autant que possible sous la protection que lui offrait le feuillage des arbres qui bordaient la rivière.

Il traversait à grandes enjambées la toison d'un sous-bois en se disant encore une fois que les enfants s'étaient payé sa tête lorsqu'un bruit attira son attention ; un son inhabituel dans le plat pays du Yucatan : la chanson de l'eau sautillant sur les rochers. Profitant d'une perspective dégagée, il s'arrêta pour contempler la rivière dont le cours tout en méandres s'enfonçait au cœur d'une forêt dont les hautes frondaisons lui dissimulaient encore les cascades. Telle une voûte mouvante de verdure, les arbres balançaient leurs branches au-dessus de l'onde limpide ; quelques rayons de Kin doraient les cailloux et les coquillages coniques qui jonchaient le lit de la rivière.

Subjugué par le charme qui émanait de ce lieu, Hunac oublia la cascade et s'accroupit sur un monticule de terre afin de contempler plus à son aise le tableau idyllique qui s'offrait à ses sens. Tandis qu'une brise sifflait à son oreille, une onde de paix le gagna; il accueillit avec quelques larmes ce sentiment qu'il pensait, comme son innocence, perdu à jamais. Il demeura longtemps immobile, des minutes, des heures peut-être, à regarder passer l'onde. Plus loin, en aval, là où disparaissait la rivière, les ceibas et les acajous agitaient inlassablement leurs lianes et leurs feuillages qui ondulaient comme autant de mains agiles l'invitant à abandonner ses craintes et à pénétrer dans l'eau claire.

Une nouveau conflit se manifesta en lui: d'un côté, une grande inertie, une sorte de mort qui le paralysait sur la berge, et de l'autre, un appel irraisonné qui l'incitait à se dévêtir et à se glisser dans la rivière. Ces deux tendances s'opposèrent jusqu'à ce que l'une d'elles, plus inconsciente, mais plus impérieuse, l'emporte enfin.

Il pénétra doucement dans l'eau. Tandis qu'il déposait ses pieds sur un tapis de coquillages, des myriades de petits poissons argentés se jetèrent sur lui, ouvrant bien grandes leurs gueules minuscules dans l'espoir de mieux avaler cette proie gigantesque, trop coriace pour eux. Sans se soucier du chatouillement occasionné par ces morsures, Hunac avança jusqu'au centre de la rivière. Le niveau de l'eau atteignait sa taille lorsqu'une impulsion le porta à s'abandonner au caprice de l'onde. À plat ventre, jambes et bras étendus, il se laissa couler comme une pierre au fond de la rivière. Ses yeux ouverts purent admirer les touches de soleil qui dansaient sur les écailles des poissons qui continuaient à le harceler. Il demeura un moment immobile au sein de cet autre élément, se laissant aller à la fluidité vivifiante de l'eau. Enfin, à bout de souffle, sa tête en quête d'air émergea au soleil.

Comme si une partie de son fardeau avait été emportée par le courant, il se sentait revivre. Il rejoignit lentement la berge et s'étendit sur un lit de pierres polies. Sa main droite partit à la recherche du seul objet qu'il possédait encore, la perle blanche qui pendait à son cou, souvenir de ses fiançailles ratées et d'une existence qui lui avait échappé, qui avait coulé entre ses doigts comme du sable fin. La contemplation de la perle éveilla ses remords qui recommencèrent à rôder autour de lui, telles des bêtes sauvages prêtes à le déchiqueter et à le dévorer. Comme si ce n'était pas assez, les visages des êtres aimés et disparus surgirent du néant et tracèrent autour de lui une danse macabre que rien ne semblait pouvoir arrêter.

Avec une vigueur renouvelée, la peur et la crainte s'infiltraient dans les interstices de sa conscience. Tremblant, redoutant toutes choses, et d'abord le gouffre qui s'ouvrait en lui-même, il se redressa. Son esprit aux aguets perçut une sorte de gargouillis. Non loin de lui, de faibles remous agitaient la rivière. Ses yeux fouillèrent la surface tranquille de l'eau qui se déchira brusquement pour laisser paraître la tête puis le buste d'une étrange créature. Pensant rêver, Hunac se frotta les yeux, mais l'être à la forme humaine demeurait là, avec son crâne verdâtre et chauve, sa peau écailleuse, ses mains légèrement palmées et, surtout, ses deux grands yeux globuleux comme ceux d'un batracien.

« Ça y est, cette fois je suis réellement fou ! » pensa-t-il en observant l'extraordinaire apparition qui se dressait au milieu de la rivière. Sans se soucier de sa présence, celle-ci lui tourna le dos et entreprit de remonter la rivière.

Pétrifié, n'en croyant pas ses yeux, le jeune homme vit disparaître la créature au détour d'un méandre du cours d'eau. Son esprit surexcité se demandait si cet être à la peau verte et aux mains palmées n'était pas le dieu Chac lui-même, nu et sans son masque, ou bien, l'un de ses serviteurs. Ses adorateurs n'affirmaient-ils pas que les crapauds, les salamandres et les grenouilles lui adressaient, en guise d'hommage, les inflexions subtiles de leur chant ? Songeant à la vision de Touloum, il se remémora le message du dieu de la pluie. Rêve ou réalité ? Cette apparition ne pouvait être qu'un signe, un appel l'incitant à aller plus loin encore. Pourquoi ? Vers quoi ? Hunac l'ignorait toujours, mais tout mouvement lui sembla tout à coup préférable à l'inertie, ce terrain si propice à l'émergence de la peur et de la folie.

Il remonta la rivière jusqu'à une première chute. Il escalada quelques rochers et découvrit une enfilade de bassins creusés dans la roche, que de nombreuses petites cascades venaient alimenter en chantant. Le spectacle était féerique; jamais encore les sens d'Hunac n'avaient été à l'écoute d'une nature si vibrante de mouvements, d'odeurs et de couleurs. Les formes des rochers recouverts d'une croûte de sédiments calcaires évoquaient des animaux fantastiques, recroquevillés et occupés à observer les mouvements du fugitif. Les arbres, les arbustes, les plantes de toutes sortes semblaient les imiter en déployant une infinité de tiges, de nœuds, d'excroissances, dont la taille et la forme rappelaient des conformations animales ou végétales. C'était comme si la nature entière, libérée d'une vision humaine figée et restrictive, redevenait vivante, se mouvait et respirait comme un organisme unique, frémissant par tous les pores, tous les membres de son formidable corps composite.

Dans l'espoir de retrouver la créature aquatique, il se hissa au sommet des cascades. À travers une végétation exubérante, lui apparurent soudain de nouvelles et surprenantes formes minérales dans lesquelles il reconnut les ruines d'un édifice. « Rêve ou réalité ? » se demanda-t-il de nouveau. S'approchant d'un tertre à demi effondré, il en gravit la pente et arriva devant un petit temple aérien et bien proportionné. Sa forme et son style lui rappelèrent les anciennes constructions qu'il avait pu admirer dans les vieilles cités de l'empire. Mais ces volumes harmonieux, ces frises raffinées, ces parois de stuc peintes de fresques étonnantes, et ces bas-reliefs magnifiquement sculptés n'avaient nulle part leur égal. Tandis qu'il interrogeait du bout des doigts les pierres endormies sous leur linceul de verdure, un souvenir effleura son esprit: il vit le visage de sa mère et l'éclat particulier de ses yeux alors qu'elle lui parlait des traditions anciennes de sa race concernant ce qu'elle appelait les cités perdues. « Quelque part, sous le couvert des jungles, dorment les palais et les temples des anciens. Perdus pour longtemps, pour toujours peut-être, les secrets des prêtres et des sages d'alors. Oubliée l'œuvre des architectes et des artistes qui firent de ces lieux des terrains d'entente privilégiés entre les dieux et les humains. » Du haut de ses sept ans, sa mémoire avait recueilli ces paroles énigmatiques. Après la mort de sa mère, survenue quelques mois plus tard, son père, exception faite de quelques allusions sur le caractère antique de certaines pièces d'orfèvrerie, n'avait plus abordé ce sujet, si peu rentable à ses yeux. Pourtant, il se souvenait d'avoir remarqué que même à Chichen, des édifices manifestement très anciens côtoyaient ceux de style toltèque.

Le chant inlassable des cascades toutes proches attira encore son attention. Kin avait fini d'escalader le ciel et sa course commençait à péricliter. Cette observation rappela à Hunac les exigences de la nuit et l'incita à atteindre le sommet des chutes afin d'obtenir une vue d'ensemble de la région. Tout en grimpant sur les rochers, il pensa à cet être fantastique qui l'avait précédé. Il devait à tout prix retrouver sa trace s'il voulait arriver jusqu'à Chac. Seul le dieu des pluies, croyait-il, pourrait donner un sens à cette fuite interminable à travers les espaces extérieurs et intérieurs qui l'avaient conduit de la chambre d'Ixaquil jusqu'au sommet de ces cascades.

Mobilisant toutes ses forces, il poursuivit son ascension. Les pierres patinées par l'eau et le temps incitaient à la prudence. Arrivé en haut, son regard put embrasser une vaste perspective. À ses pieds s'étendaient les collines qui déroulaient leurs vertes ondulations à perte de vue. Derrière lui, s'offrait un tout autre panorama fait de montagnes et de contreforts rocheux; les Chiapas, recouvertes de leur lourde toison végétale, initiaient le fugitif à leur grandeur et à leur sauvage beauté.

Il examinait les alentours dans l'espoir de retrouver l'être amphibie lorsque de nouvelles ruines lui apparurent. Parmi celles-ci, il remarqua une tour qui émergeait d'une masse

confuse de végétaux. Encouragé par cette nouvelle découverte, il continua d'avancer et parvint devant un ensemble d'édifices emmaillotés de verdure. Escaladant des
marches à demi dévorées par la forêt, il retrouva les sanctuaires oubliés et pénétra dans les temples endormis. À
l'intérieur de l'un d'eux, des têtes sculptées sur un mur
attirèrent son attention. Elles présentaient des visages au
front fuyant et à l'arête du nez proéminente.

« Voilà donc l'origine des traditions esthétiques qui se
perpétuent encore dans certaines régions de l'empire »,
pensa-t-il en songeant au profil de son père qui avait attiré à
ce dernier bien des regards moqueurs.

De retour à l'extérieur, il continua d'arpenter ces ruines
d'un grand centre, manifestement dédié à des activités
intellectuelles et religieuses. Il repéra la tour qu'il avait vue
plus tôt et se dirigea vers elle. Il s'aperçut que cette dernière
n'était que la partie visible d'un vaste réseau de bâtiments. Il
gravit des escaliers et emprunta des corridors qui le menèrent
à des chambres sombres et humides où des odeurs de moi-
sissure se mêlaient à de subtiles fragrances. Traversant une
pièce remplie de décombres, il franchit une porte surmontée
du glyphe du Jaguar céleste et se retrouva dans une cour intérieure qu'encerclaient des bâtiments percés de nombreuses
portes. Après avoir arpenté d'autres chambres et un nouveau
patio, il parvint à la base de la tour. S'aidant d'une liane qui
pendait le long de sa paroi, il se hissa jusqu'au premier étage,
où un rapide examen des lieux lui fit découvrir un escalier
dissimulé dans les piliers de l'édifice. Il monta lentement les
marches usées par les siècles. À chaque palier, ses yeux
embrassaient de nouvelles perspectives et devinaient d'autres
bâtiments qui émergeaient çà et là de l'océan de verdure.
« Quelle vue fantastique ! c'était certainement un point d'observation », songea-t-il en haletant. Au dernier étage, entre
les quatre piliers de la tour, se dressait une table monolithique
sur laquelle reposait un disque de pierre brisé en deux, gravé
de signes et de chiffres mystérieux. Hunac examina les points
et les lignes qui faisaient une ronde sans fin à la surface de

l'objet. Il reconnut une figuration circulaire du Tzolkin, le très ancien calendrier sacré de deux cent soixante jours.

« Cette tour devait également servir à l'observation des astres et des dieux », pensa-t-il en examinant le calendrier rituel, dont la relation avec le calendrier solaire de trois cent soixante-cinq jours engendrait le cycle de cinquante-deux ans.

Délaissant le disque, son regard se porta vers l'extérieur afin d'obtenir une vue d'ensemble du site. Tout autour de lui, excepté du côté de la rivière, s'élevaient des monticules supportant des édifices aux fresques et aux frises fantastiques. À sa gauche, une construction écrasait toutes les autres par sa masse; une immense pyramide rectangulaire dont la face visible présentait un escalier monumental menant à un sanctuaire qui se détachait de la jungle comme une fleur de pierre délicatement sculptée. Plus loin vers l'est, s'offrait toujours la magnifique perspective des collines qui ondulaient jusqu'à la grande plaine du Yucatan.

Rempli d'une curiosité mêlée d'appréhension, Hunac contempla les vestiges. La révélation de cet univers perdu soulevait en lui une nuée de questions. Pourquoi avait-on élevé, au beau milieu de cette jungle inhospitalière, une aussi belle cité? Qui avait vécu là? Et qu'étaient devenus ses habitants? « Une malédiction a dû s'abattre sur le peuple qui vivait là», pensa-t-il. « Mais quel rapport peut bien exister entre ces ruines, la créature à la peau verdâtre et la vision de Touloum?» se demanda-t-il. La découverte de ce lieu avait-elle quelque chose à voir avec l'expiation de son crime ou bien n'était-ce qu'un hasard, un répit que lui accordait son impitoyable destin?

Kin disparaissait derrière la crête des montagnes. Hunac sentit la fatigue et les privations de la journée; il se mit en quête d'un refuge qui le protégerait des bêtes et surtout qui le cacherait des esprits nocturnes qui devaient habiter cette forêt et hanter ces ruines. La tour semblait lui offrir l'abri idéal, mais la faim le tenaillait. Il la quitta donc pour retourner à la rivière où il espérait capturer quelques poissons qu'il se contenterait d'avaler crus. C'est alors qu'il remarqua un sentier qui longeait le cours d'eau. Il s'approcha et découvrit des empreintes de pieds nus dans le sol humide. « Des gens habitent près d'ici ! », s'étonna-t-il.

La peur revint à la charge, traînant avec elle d'obscures émotions qui attisaient sa paranoïa latente. Il parvint à refouler les terreurs qui cherchaient à l'agripper et décida de suivre le sentier qui escaladait une berge de plus en plus abrupte. Au bout d'un moment, alors qu'il surplombait la rivière d'une bonne vingtaine de mètres, d'autres ruines lui apparurent. C'était sans aucun doute un temple, car la pente qu'il venait de gravir, il s'en rendait soudain compte, n'était pas autre chose que les restes défigurés par le temps d'une gigantesque pyramide qu'avait fini par soumettre une végétation conquérante. Le sanctuaire supérieur, une petite construction rectangulaire percée d'une seule ouverture, lui offrait un nouveau mystère et de nouvelles interrogations. Malgré la pénombre qui s'installait, il se glissa à l'intérieur et devina, plus qu'il ne le vit, un petit escalier qu'il n'hésita pas à descendre. Il se retrouva dans une salle obscure où régnait une forte odeur de moisi et de décomposition. « Il n'y a rien d'intéressant ici », pensa-t-il.

Tandis qu'il tâtonnait à la recherche des marches qui le ramèneraient à la lumière, sa tête heurta violemment un linteau de pierre, et des myriades d'étoiles éclatèrent dans sa tête. Il perdit l'équilibre et alla rouler sur le plancher humide du temple. Tenant entre ses mains son front meurtri, il parvint à se relever et à sortir de l'édifice. Un bruit insolite, une sorte de crépitement, le fit alors sursauter. Tournant ses yeux vers la source de ce bruit, il vit une bulle de lumière irisée de toutes les couleurs de l'arc-en-ciel qui dérivait juste au-dessus de lui.

– Qu'est-ce encore ! s'exclama-t-il.

La terreur le saisit, pourtant liée à une inexplicable attirance pour cette manifestation en marge du réel. La sphère, dont les délicates couleurs se disposaient autour d'un centre ovoïde, continua d'évoluer en silence dans les airs et

disparut finalement derrière la frange des arbres. La curiosité
étant plus forte que la peur, Hunac se précipita vers l'endroit
où s'était posée la chose, gravissant le sentier abrupte.
Qu'allait-il trouver derrière le rideau de verdure : un dieu
paisible qui le réconforterait, un dieu terrible qui pronon-
cerait enfin sa condamnation éternelle, ou bien quelque
chose d'autre qui l'attirait inexorablement ?

La pente du sentier était de plus en plus raide. Le pied
impatient d'Hunac se posa sur un rocher instable qui se
détacha sous son poids, dévala la pente et roula jusque dans
la rivière. Déséquilibré à son tour, il perdit pied et emprunta
le même chemin. Tous ses efforts pour s'agripper afin de
ralentir sa chute ne servirent qu'à provoquer un éboulement.
Violemment projeté au milieu de la rivière, il fut bientôt
rejoint par une volée de débris arrachés à la pente rocailleuse. Sous le choc, un voile rouge s'abattit devant ses yeux
et il perdit connaissance.

Lorsqu'il revint à lui, ce fut pour entendre une voix
douce à l'accent inaccoutumé : « Pauvre garçon, dans quel
état tu es ! »

Ses yeux s'entrouvrirent et rencontrèrent le visage d'une
femme penchée sur lui. Ni jeune ni vieille, ni belle ni laide,
elle lui fit penser à quelque personnage énigmatique sorti
tout droit d'une légende. Encore sous le choc, Hunac ne
parvenait pas à cerner la réalité de cette nouvelle apparition.

– Allez, mon fils, il faut te relever ; tu ne vas tout de
même pas rester là à tremper toute la nuit, fit la femme en
l'aidant à se redresser.

La chaleur de cette voix entra en lui comme un souffle
d'espoir et de vie. Tandis qu'il s'efforçait de se relever, ses
yeux croisèrent ceux de sa bienfaitrice. Jamais il n'avait vu
un regard émettre autant de compréhension et... d'amour.
Toutes ses craintes, toutes ses sombres pensées l'abandonnèrent et il éprouva un sentiment de quiétude et de paix.
Aidé par des bras secourables, Hunac se traîna hors de l'eau
et parvint, tant bien que mal, à atteindre une proche clairière au centre de laquelle s'élevait une hutte solitaire. Les

souffrances occasionnées par ses multiples blessures, ajoutées aux privations qu'il supportait depuis des semaines, eurent alors raison de ses dernières forces; un frisson glacial parcourut son échine et il perdit de nouveau connaissance.

OREILLANA

Oreillana

Il se réveilla dans un douloureux espace intérieur avec un martèlement qui lui battait les tempes. Lorsqu'il entrouvrit les yeux, il vit qu'il reposait sur une natte posée au milieu d'une hutte simplement meublée d'un grand coffre de bois et d'une étagère. Un faisceau de lumière s'infiltrant entre les troncs de maïs qui formaient les murs de l'habitation frappa alors ses pupilles et l'aveugla. En geignant, il parvint à bouger un bras et à glisser sa main sur sa poitrine endolorie, jusqu'à sa tête qu'il découvrit entourée d'un bandage. Ses doigts se promenèrent sur son visage; il s'aperçut qu'on avait étendu sur sa peau une sorte de crème qui atténuait le feu qui la dévorait.

– Où suis-je ? soupira-t-il en s'efforçant de s'asseoir.

Une cuisante douleur au thorax l'obligea à renoncer à cette tentative. Son corps perclus refusait en partie de lui obéir, mais son esprit, encore alerte, se rappela la créature née des eaux, les ruines, la bulle tissée de couleurs et sa chute dans la rivière.

Une ombre vint modifier la luminosité ambiante: quelqu'un s'était arrêté devant la porte. À travers son embrasure, il reconnut la silhouette de sa bienfaitrice. Ses oreilles perçurent des craquements de branches mortes et le crépitement d'un feu qu'on allume. Puis, lui parvinrent le bruit du pilon écrasant les grains pour en faire de la farine et celui de l'eau qu'on y ajoutait pour confectionner la pâte de maïs. Rassuré par ces sons habituels, son esprit s'apaisa et son corps se détendit un peu.

Plus tard, lorsqu'elle entra dans la hutte, la femme se pencha vers Hunac et examina ses blessures. Ensuite, d'un œil tranquille, elle contempla longuement le jeune homme. Hunac se sentit de nouveau pénétré par ce regard plein de sympathie et de chaleur que n'obscurcissaient aucun jugement, aucune interrogation.

— Ce n'est pas tous les jours que je trouve un animal comme toi, lança-t-elle. Et en quel piteux état; c'est bien triste, en vérité. Enfin, on va voir ce qu'on peut faire pour toi, mon garçon. Sais-tu que tu es resté inconscient plus de deux jours ? Tu dois être affamé ! Que dirais-tu d'un bol d'atole ?

Hunac tendit ses narines vers le récipient qu'on lui présentait et les laissa s'emplir de l'arôme de la bouillie de maïs diluée d'eau et mêlée de miel qu'on offrait volontiers aux malades et aux très jeunes enfants. Il hocha affirmativement la tête, mais une nouvelle tentative pour se lever se solda par une grimace; ce simple mouvement avait provoqué en lui une douleur insoutenable.

— Ho! doucement; ne te lève pas si vite. Prends mon bras et assois-toi, conseilla la femme. À part une belle collection d'égratignures, quelques côtes cassées et une vilaine coupure qui te barre le front, tu n'as rien de vraiment sérieux; tu t'en remettras.

— Merci, merci ! balbutia Hunac, en parvenant, après bien des difficultés, à adopter la position assise.

—Ton corps est abîmé, mon garçon; mais je vois en toi quelque chose de plus grave, une blessure bien plus profonde, bien plus douloureuse, déclara la femme en portant vers les lèvres d'Hunac une pleine cuillerée de bouillie sucrée. Ton esprit s'y perd et y trouve un enfer et des tourments à sa propre mesure, continua-t-elle tout en le nourrissant bouchée après bouchée. Mais assez parlé pour l'instant, repose-toi encore jusqu'au soir, j'aurai alors, si tu en as envie, une nourriture plus consistante à t'offrir.

Hunac regarda celle qui lui avait sans doute sauvé la vie se glisser hors de la hutte. Trop faible pour ressasser encore sa peine et sa culpabilité, c'est en songeant à elle qu'il finit par se rendormir.

À son second réveil, l'odeur du poisson cuit sur la braise l'accueillit. Dehors, le jour déclinait, et, à travers le découpage de la porte, une portion de lune pointait déjà ses cornes rousses dans le ciel. La maîtresse des lieux réapparut, avec cette fois entre les mains une assiette pleine de petits poissons rôtis. La vue d'un pareil festin et la faim qui le dévorait donnèrent à Hunac la force de se redresser. Le dos appuyé contre le mur, il put enfin, de ses propres mains, porter à sa bouche la providentielle et savoureuse nourriture.

— Comment t'appelles-tu ? finit-il par demander entre deux bouchées.

— Tu veux savoir mon nom ! Ça n'a pas vraiment d'importance, tu sais. Personne ne m'a appelée par mon nom depuis si longtemps que je l'ai peut-être même oublié et remplacé par un autre. Mais toi, appelle-moi comme tu voudras. Tiens, pourquoi pas Oreillana ! suggéra-t-elle en soulevant d'une main sa chevelure noire striée de gris, révélant ainsi à Hunac des oreilles aux lobes remarquablement allongés.

— Oreillana ! s'étonna Hunac en balançant la tête. Quel drôle de nom, et surtout quelles drôles d'oreilles !

— Et toi, quel est ton nom ? demanda la femme en laissant retomber ses cheveux sur sa nuque.

— Je m'appelle Hunac Cahuich, fils de Tiha Cahuich. Je suis né à Mayapan, mais j'ai beaucoup voyagé, répondit-il tout en déchirant de ses dents la chair fumante d'un poisson.

Mais à mesure qu'Hunac calmait la faim de son ventre, une faim plus grande commençait à le tenailler : une curiosité extrême pour cette femme solitaire et pourtant si sympathique, dont la présence dans cette jungle lui paraissait aussi surprenante que celle des bâtiments et des temples dont il avait découvert les ruines quelques jours auparavant.

– Tu vis donc seule ici, au cœur d'une forêt où tous craignent de s'aventurer, en un lieu où, dit-on, résident les esprits des végétaux, des animaux et des cours d'eau ?

– C'est une compagnie que j'apprécie fort, répondit Oreillana. Les dangers et les périls de la forêt ne sont rien à côté de ceux qu'occasionne le commerce avec les humains. Mais je te comprends, et tu dois bien te demander ce qui a conduit une vieille femme comme moi à préférer la compagnie des arbres à celle de ses semblables, et la voix de la rivière à celle des prêtres et des marchands.

– Est-ce une malédiction, ou est-ce le dieu de la pluie qui, tout comme moi, t'a conduite jusqu'ici? interrogea Hunac.

– Une malédiction! Certes non, reprit Oreillana en souriant. Quant à Chac, c'est possible; mais c'est peut-être, plus simplement, un choix. Après que les razzias des tribus mexicas m'ont enlevé mari et enfants, brisée par le chagrin, aspirant à la solitude et à la paix, je suis venue m'installer ici, en ce lieu privilégié où vivent encore, protégées par la jungle, les images du passé.

– Les images du passé! s'exclama Hunac. Veux-tu dire que tu connais l'origine et les mystères de la cité morte qui repose près d'ici ?

– Connaître les mystères du passé, c'est vite dit; mais la fréquentation de ces ruines et le déchiffrement des inscriptions qui décorent les parois de leurs temples m'ont appris bien des choses concernant ceux qui ont jadis construit et habité cette ville, qui fut, en son temps, un centre culturel et un sanctuaire d'une magnificence insurpassée. Mais finalement, c'est la solitude et la contemplation de la nature qui ont été mes guides et qui m'ont fait appréhender certains aspects des choses que d'aucuns appelleraient des mystères.

– J'aimerais bien, moi aussi, connaître les secrets de ces ruines, déclara Hunac.

– Des secrets… Crois-moi, mon garçon, mieux vaut souvent l'ignorance que la connaissance. Ces secrets, si c'est là ton destin, tu les connaîtras dans la mesure où tu les découvriras en toi-même.

Cette réponse ambiguë ne découragea cependant pas Hunac qui revint à la charge.

— J'ai moi aussi côtoyé le surnaturel avant d'aboutir ici, poursuivit le jeune homme. J'ai vu l'autre jour, dans la rivière, en bas des cascades, une créature qui avait le corps d'un homme, mais dont la physionomie faisait penser à celle d'une grenouille. Je l'ai suivi, et c'est ainsi que je suis arrivé jusqu'ici; sans lui, je n'aurais sans doute pas eu le courage ni la curiosité d'escalader les chutes. Peut-être ai-je vu le dieu Chac lui-même, sans son masque; peut-être réside-t-il quelque part dans un de ces temples en ruine. Tu dois le savoir, toi qui vis ici depuis des années.

— Le dieu de la pluie! Dans ces ruines! reprit Oreillana. Pourquoi pas. Ce qui est certain par ailleurs, c'est qu'il vit dans chaque goutte d'eau qui tombe du ciel pour abreuver la terre et former les rivières. Regarde, il est ici même, dans l'air saturé d'humidité qui nous enveloppe. Quant à la créature à la peau verte que tu m'as décrite, ce pourrait être, en effet, l'un des servants de Chac qui aurait pris l'apparence d'un amphibien, mais il se peut aussi que tu aies été mis en présence d'un double de toi-même que tu ne reconnais pas encore.

Hunac n'arriva pas très bien à saisir les paroles d'Oreillana à propos de ce double de lui-même, pas plus d'ailleurs que celles concernant les rapports de Chac avec chacune des particules d'eau qui, avait-il cru comprendre, était censée le composer. Par contre, ses observations sur le présumé serviteur de Chac lui parurent digne d'intérêt, car elles tendaient à prouver qu'il n'avait pas été la proie d'une hallucination.

— Je... j'aimerais bien que tu me parles encore du dieu de la pluie et de ses serviteurs, fit-il, un éclat de curiosité brillant au fond des yeux.

— À quoi bon, mon ami, soupira Oreillana. Tu as déjà trouvé de bien meilleurs maîtres que moi, et tu t'achemines peut-être, sans t'en apercevoir, vers des vérités beaucoup plus importantes que toutes celles contenues dans ces vieilles pierres.

Hunac interrogea de nouveau du regard son interlocutrice. Il n'arrivait toujours pas à comprendre le sens de ce qu'elle venait de lui dire. Quels étaient ces « maîtres » et ces « vérités » ? Il avait beau sonder sa conscience, il ne trouvait rien en lui qui puisse correspondre à ces mots.

– La créature ! lança-t-il soudain. Tu ne l'aurais pas vue, par hasard ? Je suis persuadé qu'elle vit dans les environs, dans une grotte ou une ruine près des cascades. J'essaierai de la retrouver puis je lui demanderai de me conduire jusqu'à Chac. À moins que je ne mange encore un peu de cette chair des dieux; peut-être, cette fois-ci, me permettrait-il de rencontrer la divinité des eaux en face.

– Il est possible que les kisos te mettent en contact avec la divinité, mais ce ne peut être qu'avec celle qui est en toi, déclara Oreillana. C'était d'ailleurs à cette fin que l'utilisaient les anciens sages ainsi que les devins qui habitaient les ruines toutes proches. Les champignons peuvent certainement ouvrir ton cœur et ton esprit, mais quelques heures plus tard, ils risquent de se refermer, et tu te retrouveras encore prisonnier à l'intérieur de toi-même, plus confus, plus démuni qu'avant.

– Au point où j'en suis, je me moque des dangers. Crois-moi, je suis prêt à tout pour rencontrer le dieu de la pluie et entendre sa voix.

– Le dieu de la pluie, le dieu de la pluie ! Mais regarde-toi, Hunac ! reprit Oreillana. Regarde ton visage, le mal qui te ronge est un produit de la culpabilité; il est si profond qu'il a déjà dévoré tous les points de repère, tous les sens que tu espérais donner à ta vie. Une pression si forte s'exerce sur ton âme qu'elle risque à tout moment de faire éclater ton identité et de te plonger dans la folie. Avec ce que tu portes en toi, c'est déjà un miracle que tu sois arrivé jusqu'ici. Plus sûrement que n'importe quel discours, n'importe quelle révélation sur le dieu Chac et sur les êtres qui l'assistent, c'est la souffrance née de la culpabilité qui te poussera à te dépasser, à aller plus loin en toi, à puiser dans les profondeurs de ton être la force et le courage de vivre. Alors, peut-être te retrouveras-tu au bout de ta route, au-delà de toi-même, libre enfin.

Les dernières paroles d'Oreillana trouvèrent un écho dans le cœur meurtri d'Hunac. Qui était donc cette femme étrange qui, après l'avoir sauvé, lui prodiguait plus de soins et d'attention qu'il n'en avait reçus depuis bien longtemps, en fait, depuis la mort de sa mère ? Mieux que son père, mieux que lui-même, elle semblait lire en son cœur comme dans un livre ouvert. Il baissa les yeux et pinça les lèvres; pouvait-elle également percevoir son crime, ses remords et ses errements ? Non, sûrement pas, car elle l'aurait certainement laissé mourir là, au milieu de la rivière.

— Dis-moi, Hunac, cette perle accrochée à ton cou: tu es fiancé ? interrogea Oreillana.

— Euh… oui, ou plutôt pas vraiment, grommela-t-il tout en attrapant du bout des doigts un autre poisson qu'il porta prestement à sa bouche.

Oreillana sentit le trouble du jeune homme et elle n'insista pas.

Plus tard, alors que s'annonçait le crépuscule, Oreillana aida Hunac à se lever et le conduisit à l'extérieur de la hutte. Ils s'installèrent près d'un feu qui palpitait au centre d'une petite clairière et qui projetait autour de lui des parcelles de sa clarté et de sa chaleur. Ils demeurèrent longtemps côte à côte, silencieux, à écouter le bruit de la rivière, les cris des animaux nocturnes, à contempler la danse échevelée des flammes dans la nuit. En haut, au-dessus du petit monde d'Oreillana, des myriades d'étoiles disputaient au feu son éclat et sa beauté. C'est alors que, tout naturellement, et parce qu'un immense besoin l'y poussait, le jeune homme entreprit de raconter son histoire. Ne masquant rien, il parla longtemps d'une voix chargée d'émotion. Ses paroles trouvèrent une oreille attentive, Oreillana l'écouta jusqu'à la fin, sans dire un mot, sans qu'aucune expression de son visage trahisse l'indignation ou la désapprobation que redoutait Hunac.

Son récit achevé, une marée d'émotion le submergea et un flot de larmes inonda son visage, ravivant l'infection qui y sévissait. Il sentit la main d'Oreillana se poser sur son épaule. Se tournant vers elle, il rencontra de nouveau ce regard intense qui possédait le mystérieux pouvoir de faire fondre les peurs et les horreurs qui ravageaient son âme. Il sombra corps et âme au fond de ces yeux qui chassaient loin de lui tous les démons, tous les fantômes, tous les mauvais esprits qui s'acharnaient à découper son cœur pour mieux le dévorer.

Son être s'accorda alors avec la respiration profonde de la nuit et, sans même s'en rendre compte, il se retrouva dans les bras d'Oreillana. Elle le tint longtemps contre sa poitrine, jusqu'à ce que sa douleur s'amenuise, ses pleurs se tarissent et que la paix retrouvée le conduise au seuil du sommeil.

LE MASQUE
DU TEMPS

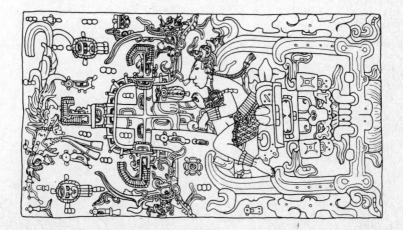

Le masque du temps

Les pores de sa peau dilatés par le souffle humide et tiède de la forêt, les oreilles débordantes de cris d'oiseaux, les narines remplies des parfums d'une végétation exubérante, les jambes bien enfoncées dans la rivière, Hunac tentait de capturer les poissons assez téméraires pour s'approcher de son filet.

« Pardonnez-moi, petits poissons, de vous enlever la vie, mais c'est pour nourrir la mienne », répétait le jeune Maya aux hôtes de la rivière qui quittaient le domaine des eaux pour se retrouver, tout frétillants, dans sa besace.

Quelques semaines en compagnie d'Oreillana l'avaient complètement remis sur pied. L'affection qu'elle lui avait démontrée et les soins qu'elle avait su prodiguer aussi bien à son corps qu'à son âme lui avaient rendu le courage de vivre; mais plus profondément, dans les abîmes de sa conscience, il portait toujours, comme des pierres ardentes sur son cœur, sa honte et sa culpabilité.

Dès le début de sa convalescence, il avait tenu à aider sa bienfaitrice dans ses tâches quotidiennes: les plus simples d'abord, comme l'entretien du feu, la préparation et la cuisson des aliments. Puis, au fur et à mesure que son état s'améliorait, de plus pénibles: corvée d'eau, et surtout réparation du toit dont les palmes avaient souffert des premières ondées de la saison des pluies.

Si Chac habitait quelque part en ce monde terrestre, c'était bien là, pensait Hunac, en ce lieu regorgeant d'humidité, où la terre noire nourrissait une végétation lascive et envahissante.

Un autre poisson vint se jeter entre ses mains. Jugeant le nombre de ses proies suffisant, il regagna la rive et s'enfonça dans le sous-bois où régnait une fraîche pénombre qui le reposa des excès matinaux de Kin. Empruntant un sentier que lui avait fait découvrir Oreillana, ses pas contournèrent une gigantesque fourmilière et il se retrouva bientôt devant le tronc d'un arbre mort autour duquel voltigeait une nuée d'abeilles. Sans se préoccuper des insectes heureusement dépourvus d'aiguillons qui bourdonnaient férocement autour de lui, il glissa un bras à l'intérieur du tronc. Après avoir farfouillé dans ses entrailles, il en arracha une poignée de rayons percés d'alvéoles dégoulinants de miel qu'il enveloppa d'un linge de coton.

Chargé de ce butin, Hunac regagna le campement d'Oreillana. Cette dernière était absente, partie, selon son habitude, pour une randonnée solitaire à travers la jungle. Elle ne reviendrait sans doute pas avant la fin de l'après-midi, pas avant les averses abondantes qui noieraient toutes choses et amplifieraient démesurément le chant de la rivière.

Hunac suspendit son filet rempli de poissons à l'un des quatre poteaux qui soutenaient le toit de palme de la hutte. Avisant ensuite une grande jarre adossée au mur, il y déposa les rayons de miel. Puis, après un moment d'hésitation, il retourna à l'extérieur, traversa la petite plantation de maïs et de fèves qu'entretenait avec soin Oreillana et s'arrêta au pied d'un arbre. Il tendit l'oreille afin de s'assurer que personne ne risquait de le surprendre puis plongea ses mains dans la terre humide. Il eut tôt fait d'en dégager un petit pot de terre cuite au couvercle soigneusement scellé de cire, cette mesure visant à décourager le peuple des fourmis qui n'aurait pas manqué d'être attiré par son contenu.

Il examina longuement le récipient qu'il avait lui-même enterré quelques jours plus tôt. «Le moment est venu de me lancer à la poursuite de Chac», se dit-il. Avec sa vigueur, lui était aussi revenu le désir de comprendre et d'aller plus loin. Il savait bien qu'il ne pourrait demeurer continuellement avec Oreillana. Malgré les soins et l'amour qu'elle lui prodiguait, il sentait toujours en lui la douloureuse morsure de sa faute; et les souffrances intérieures qu'il n'en pouvait plus d'endurer l'incitaient à tenter de nouveau sa chance et à braver l'inconnu.

D'un geste nerveux, il détacha de ses ongles le sceau de cire protecteur, ouvrit le récipient et contempla la demi-douzaine de kisos baignant dans un lit de miel qui les protégeait efficacement de la pourriture. Il les avait trouvés au hasard d'une excursion en aval de la rivière. Il les avait tout de suite identifiés à celui que lui avaient offert les enfants quelques semaines auparavant. Malgré la mise en garde d'Oreillana, il restait toujours attiré par cette chair des dieux qui lui permettrait, espérait-il, d'entrer en contact avec la mystérieuse créature de la rivière. Il avait l'intuition, sinon la certitude, que seule une confrontation avec la divinité des eaux pourrait sceller le sort de son âme, décider de son salut ou de sa condamnation. C'est ainsi que, rempli d'attentes fiévreuses et d'espoirs confus, il mastiqua la chair tendre et sucrée des kisos.

Lorsqu'il eut tout avalé, il retourna vers la rivière. S'il devait rencontrer Chac, ce ne pouvait être que près de ce cours d'eau où il avait aperçu l'un de ses présumés serviteurs. Il atteignit rapidement la berge, marcha un moment dans l'eau et alla s'asseoir sur le dos d'une grosse pierre. Se mettant à l'écoute du bruissement de l'onde, il tenta longuement d'y déchiffrer un message de la divinité, mais en vain.

Après quelques instants, une nouvelle impulsion l'amena à se glisser encore une fois dans l'eau. Immergé jusqu'aux cuisses, il se dirigea vers les ruines. Tandis qu'il marchait au sein d'une atmosphère saturée d'humidité, une étrange sensation s'empara de lui: celle d'être guidé par une main puissante vers un moment décisif de son existence. « Peut-être, après tout, mes épreuves et mes tourments ne sont-ils qu'une préparation en vue de ma rencontre avec le dieu des eaux », se dit-il. Oui, il en était maintenant convaincu, Chac habitait ces ruines d'un autre temps où le conduisaient ses pas.

De grosses gouttes de pluie choisirent ce moment pour commencer à tomber du ciel. C'est à travers celles-ci qu'il aperçut bientôt les formes assoupies des temples qui, semblables à des excroissances osseuses de la terre, perçaient par endroits, l'épiderme végétal de la forêt.

Avisant l'édifice le plus grand et le plus massif, ses yeux coururent le long des dentelles de pierres à demi effondrées et aux couleurs effacées qui ornaient encore son faîte. Cette construction, il ne savait pourquoi, l'attirait davantage que les autres. La pluie se fit plus lourde, plus dense, et l'incita à trouver refuge dans le sanctuaire érigé au sommet de l'imposante pyramide qui échappait encore à l'emprise étouffante de la jungle. Il s'arrêta à mi-hauteur de l'escalier monumental; en même temps que d'incoercibles bâillements, une sourde appréhension étreignait son cœur. « Et si Chac m'attendait vraiment là ! » pensa-t-il avec un frisson. Malgré la pluie qui tombait dru et le détrempait, c'est lentement et avec la plus extrême prudence qu'il gravit les derniers degrés conduisant au sommet du sanctuaire. Après un autre moment d'hésitation, il pénétra sous le portique central du temple. L'une des parois intérieures du bâtiment se couvrait de trois panneaux de pierre portant une longue inscription qu'il tenta en vain de déchiffrer. Ses sens cherchèrent alors fiévreusement un indice visible de la présence de Chac, mais rien ne se manifestait. Après avoir fait plusieurs fois le tour du temple, il dut se résigner; il n'y avait autour de lui que le silence, rien qui puisse répondre à ses attentes, rien qui lui dise quoi faire, quoi penser. Déçu et rassuré à la fois, il se prit à sourire de lui-même et des tours curieux que lui jouait son imagination. Laissant son regard s'enfuir vers l'extérieur, il contempla la jungle qui bruissait sous le poids des innombrables gouttes de pluie qui dansaient et rebondissaient sur son feuillage.

Un grand rire jaillit tout à coup de sa bouche et alla porter son écho jusqu'aux montagnes voisines. Il venait de réaliser la futilité de son désir et de son attente. Il espérait voir Chac, il aurait voulu que le dieu lui apparaisse dans toute sa splendeur, paré de tous ses attributs. Il comprenait soudain que cette représentation d'un être surnaturel n'était en fait qu'une maladroite tentative humaine visant à donner un visage à ce qui n'en avait pas, ou peut-être à ce qui en portait des myriades. Oreillana avait raison, si Chac existait, il était là, entièrement présent dans chacune des particules d'eau qui tombaient de ce ciel délavé. Par les bouches de ses sources et de ses puits, par l'écoulement de ses ruisseaux et de ses rivières, par le chant de la pluie qui réjouissait les cœurs paisibles, il s'entretenait depuis toujours avec les oreilles humbles et attentives capables de l'écouter et de comprendre ses mystères.

Pour la première fois depuis des semaines, Hunac osa penser à la femme qui avait chaviré son cœur et perdu sa raison. Son regard intérieur put contempler la belle Toltèque, entièrement nue, qui s'abandonnait aux caresses de Jolom. Tandis qu'il regardait le couple s'ébattre et se perdre dans les gestes de l'amour, leur plaisir devint son plaisir, leur jouissance sa jouissance; il n'y avait plus de séparation, plus de souffrance, seulement la paix d'être en tous, et d'être partout à la fois.

Le cœur allégé, il quitta l'abri du temple afin d'offrir son corps à la caresse de la pluie. Il avait voulu connaître Chac. Il avait cru trouver sa trace à travers le personnage fantastique aperçu quelques semaines plus tôt dans la rivière. Il avait espéré le découvrir derrière les murs de ce temple en ruine. Il réalisait maintenant que le dieu des eaux était là, partout, frémissant, saturant toutes choses de sa substance et de son énergie. Chac s'apprêtait à retirer son masque, et Hunac verrait enfin son vrai visage, libéré de toute interprétation et de toute convention humaine. Son regard devina d'abord quelque chose qui ressemblait à une obscurité immense et immuable. Au milieu de ce gouffre sans forme se dessina un siphon qui ressemblait à une bouche s'ouvrant lentement pour laisser jaillir un flot intense de lumière. À mesure qu'elle s'éloignait de sa source, celle-ci se fragmentait en ondes chaudes et colorées qui se réassociaient à l'infini pour devenir arbres, montagnes, nuages, pour s'exprimer sous la forme de tous les êtres sensibles, pour prendre toutes les apparences de la réalité. La pluie, les mouvements de l'onde et le flot continu du courant de vie qui s'écoulait partout autour de lui étaient une seule chose, un seul être. Ainsi, le masque de Chac cachait l'identité des formes inépuisables que prenait le flot de la vie. Le cosmos, en tant qu'incarnation du dieu vivant, exprimait les élans vitaux, les désirs contradictoires d'une nature vaste et profonde qui se mouvait en une danse infiniment souple et subtile. Les phénomènes de l'univers, du plus grand au plus petit, s'avéraient l'expression d'un amour inconcevable qui donnait naissance à tout et englobait tout, le bien comme le mal, le beau comme le laid, l'horreur comme la joie.

Hunac regardait la pluie tomber du ciel vers la terre reconnaissante. Le cœur vibrant, il contempla la rivière qui coulait à travers la jungle comme le sang d'un animal, comme le flot de la vie qui circulait dans son propre corps. Ainsi, les enseignements des vieux livres sacrés disaient vrai; le monde était bien un organisme unique, un grand animal, une formidable entité cosmo-biologique. Chaque être et chaque chose participait de cette entité, était un morceau d'elle, un organe plus ou moins complexe d'un corps immense et merveilleux. Le masque et la personnalité de Chac s'avéraient la manifestation instrumentale, taillée à la mesure de l'homme, de la force universelle de vie; le dieu des eaux n'était donc qu'un autre relai d'Hunab Ku, l'être absolu et suprêmement abstrait de la cosmologie maya.

Il se retourna et contempla encore une fois le temple sur lequel ruisselaient les larmes du dieu des eaux. Il eut tout à coup la sensation que quelqu'un, caché derrière les murs de pierre, l'épiait. Son ventre se crispa et son cœur se mit à battre plus fort; était-ce enfin la créature aux doigts palmés qui l'attendait afin de lui transmettre la volonté de la divinité à son égard ? Retenant son souffle, à l'écoute du moindre bruit, il pénétra à l'intérieur du temple des inscriptions. Mais il n'y avait personne, tout n'était que pénombre humide, silence où se mirait le chant de la pluie. Il allait de nouveau se moquer de lui-même et de son imagination lorsqu'une voix perça le silence. Tandis qu'il en cherchait en vain la source, il entendit des paroles qui semblaient venir de l'intérieur de lui-même. Il reconnut la voix d'Oreillana. Réconforté, son appréhension fit rapidement place à une vive curiosité.

— Tu as franchi le seuil de tous les mystères, Hunac. Tu es prêt à entrevoir le passé et les origines de ta race. Suis-moi, n'aie pas peur surtout, je serai ton guide. Tant que je demeurerai avec toi, tu n'auras rien à craindre. Regarde bien, écoute bien; ouvre-toi aux images qui montent en toi et comprends ce que tu as à comprendre.

Tandis que ses yeux fixaient les mystérieux idéogrammes qui tapissaient les murs du temple, il perçut une pluie très fine dont chaque gouttelette se vaporisa en un brouillard au sein duquel des images commencèrent à prendre vie. Une vaste étendue d'eau se dessina, un océan peut-être. Le long d'une côte bordée de palmiers, gisaient dans le sable de nombreuses embarcations dont les voiles avaient poussé tout un peuple à la dérive de l'histoire. La voix d'Oreillana se manifesta encore et il comprit que cette race, originaire d'un lointain continent, avait migré là en empruntant un pont d'îles qu'elle avait colonisées et habitées jusqu'à ce qu'un affaissement des terres, accompagné d'un gigantesque raz-de-marée, chasse les survivants vers ce nouveau monde. Après avoir béni les dieux de leur avoir laissé la vie, ils abandonnèrent les embarcations qui leur avaient permis d'échapper à la mort et s'enfoncèrent à l'intérieur des terres, au cœur de jungles inhospitalières où ils s'établirent à l'abri des colères d'un océan dont les débordements et les déchirements avaient imprimé en eux le double sceau de la terreur et de la

mort. Cet événement demeurerait gravé à jamais dans la
mémoire de leurs descendants, il deviendrait ce déluge
décrété par les dieux pour mettre fin à la troisième création
du monde; une création imparfaite, où les humains, ayant
oublié leur ascendance céleste, avaient cessé d'honorer
comme il se doit leurs ancêtres, la nature et les dieux. Cela se
passait il y a plus de dix baktuns, soit quatre mille tuns ou
années terrestres. Mais il y a mille sept cents ans, un autre
événement se produisit qui devait jouer un rôle déterminant
dans l'histoire des peuples de cette partie du monde.

— Regarde bien, Hunac, tu vas assister à la naissance du
mythe de Quetzalcoatl, le Serpent à plumes.

La vision d'Hunac s'estompa progressivement au sein
d'une brume à l'intérieur de laquelle apparut bientôt une
nouvelle perspective. Il distingua une vallée fertile, traversée
et irriguée par un grand fleuve aux eaux paresseuses. Au loin,
se dessinaient les contours d'immenses constructions pyramidales dont les quatre faces argentées scintillaient comme
un joyau sous le soleil. Il crut voir là l'œuvre des anciens de
sa race, mais Oreillana lui fit comprendre qu'il s'agissait
plutôt d'un lointain pays appelé Égypte. Hunac vit défiler le
long ruban du fleuve, et sa vision embrassa un delta où
venaient se déposer des alluvions entraînées à des milliers de
lieues. Il distingua bientôt, blottie entre deux embranche-
ments du delta, une cité bâtie au milieu des sables et des palmiers qui étalait ses temples et ses blancs édifices. Elle
s'appelait Saïs, elle était la capitale dynastique de ce pays.
Venues du nord-est, ayant réussi à traverser les déserts qui
protégeaient le pays, les armées perses s'apprêtaient a
conquérir le royaume. Les soldats égyptiens, incapables de
contenir l'ennemi, avaient été décimés, et leur souverain,
Psammétique III, avait été blessé à mort en tentant de
prendre la fuite. Son fils, Nekhabouto, ainsi que ses proches
et les grands prêtres qui continuaient à le considérer comme
un égal des dieux, résolurent d'abandonner le royaume et de
fuir par-delà les mers. Ses sujets étant de piètres navigateurs,
le pharaon fit appel à des marins expérimentés et loua les

services d'un capitaine phénicien. En échange d'une forte somme, ce dernier accepta de conduire le souverain déchu vers une destination où lui et sa suite pourraient trouver la paix et la sécurité.

Emportant entre leurs flancs leur précieuse cargaison humaine, trois navires appareillèrent dans une aube discrète. Une fois au large, les marins hissèrent toutes les voiles et lancèrent leurs embarcations sur des eaux qu'ils connaissaient mieux que quiconque. Après un dernier regard vers son royaume perdu, le pharaon Nekhabouto révéla au capitaine sa véritable intention; il lui demanda de le conduire jusqu'à une terre lointaine, située en direction du couchant, au-delà de l'océan. Forts des traditions plusieurs fois millénaires dont ils étaient les dépositaires, les savants prêtres qui accompagnaient le pharaon dans sa fuite lui garantissaient l'existence d'un continent dont ils avaient conservé le nom: Atlantide. Le capitaine éclata de rire, ce n'était pas la première fois qu'il entendait ce nom qui ne recouvrait pour lui qu'une légende; il émit des doutes sérieux sur les informations des prêtres et refusa obstinément de se prêter à une aventure qu'il considérait comme pure folie. Malgré son habileté, son courage et la qualité de ses navires, un tel voyage lui paraissait bien trop risqué. Tant d'histoires circulaient sur les dangers du grand océan occidental; cet Atlantique, dont les eaux sombres et froides abritaient monstres marins et dieux courroucés. Certains navigateurs n'affirmaient-ils pas que le monde s'arrêtait brusquement, quelque part vers l'ouest, dans la direction où disparaît le soleil au bout du jour? Nombreux, assurait-on, étaient les vaisseaux trop aventureux ayant sombré dans le néant, disparus corps et biens au-delà des limites des eaux et du monde.

Les paroles du capitaine ébranlèrent les certitudes du pharaon qui préféra ne pas insister. Les jours puis les semaines passèrent. De port en port, d'escale en escale, Hunac put voir les trois navires franchir sans difficulté un détroit séparant une mer intérieure de l'océan Atlantique. Le capitaine comptait bien se débarrasser de ses passagers à l'un ou

l'autre des nombreux comptoirs commerciaux que les
Phéniciens avaient établis sur les côtes d'une terre immense
et sauvage, peuplée d'hommes à la peau noire. Mais c'était
compter sans la détermination de Nekhabouto. Après avoir
longuement discuté avec ses prêtres, le jeune roi, convaincu
que cette Atlantide se trouvait quelque part vers le couchant, revint à la charge et fit une nouvelle proposition au
capitaine. Si ce dernier consentait à laisser de côté ses craintes
et à naviguer vers l'ouest sur les eaux du grand océan, tous
les bijoux et toutes les pierres précieuses du souverain
seraient à lui. Mieux que les certitudes du jeune pharaon,
cette offre alléchante réussit à écarter les dernières réticences
du capitaine. Celui-ci finit même par avouer au souverain
qu'il avait ouï dire que des navires phéniciens avaient abordé
des terres situées au-delà de l'océan, et qu'il connaissait
même des courants marins susceptibles de les conduire
rapidement vers le monde lointain dont les prêtres de Saïs
avaient conservé le souvenir. Conséquemment à cette volte-
face, les trois navires appareillèrent de nouveau, emportant
avec eux tous les espoirs, mais aussi tout le savoir de ces
Égyptiens déracinés.

Après quelques jours de navigation, la petite flotte
accosta la rade d'une île qui appartenait à un archipel
volcanique perdu dans l'océan. Celle-ci constituait l'ultime
frontière avant l'immensité inconnue. Appareillant de
nouveau, des vents puissants poussèrent les voiles en
direction ouest. Favorisés par les dieux, entraînés par de
puissants courants, les réfugiés abordèrent, après des
semaines d'incertitude et de privations, des côtes que bordaient des eaux chaudes et transparentes. Quelques-unes de
ces îles étaient habitées par des peuplades simples et
pacifiques qui furent vivement impressionnées par l'allure
des nouveaux venus, ainsi que par les ornements pileux
qu'affichaient les marins phéniciens. À force de patients
échanges avec les insulaires dont ils ne comprenaient pas la
langue, Nekhabouto et ses compagnons obtinrent la
confirmation de leur idée: un grand continent s'étendait là-

bas, vers le couchant, afirmaient les indigènes. Ce ne pouvait être que l'Atlantide décrite par les livres sacrés des prêtres de Saïs.

Animés de cette nouvelle certitude, les navires reprirent la mer. Moins d'une semaine plus tard, ils abordaient une côte pluvieuse, recouverte d'une lourde végétation. Croyant enfin avoir atteint cette Atlantide où les conduisaient leurs espérances, les Égyptiens en commencèrent l'exploration. Les indigènes qu'ils rencontrèrent leur semblèrent dénués de malice et ne leur apparurent pas menaçants; après avoir constaté la fertilité du sol et l'abondance de fruits, de légumes et de gibier de toute sorte, les exilés décidèrent d'y établir leur colonie. Leur nombre se trouva grossi par quelques marins phéniciens qui, séduits par ce nouveau pays et par les femmes charmantes qu'ils y trouvèrent, choisirent de s'y installer. Mettant en pratique ses connaissances agraires, architecturales et astronomiques, la petite communauté grandit, s'épanouit, et fit un si bon effet sur les autochtones, que ceux-ci, remplis d'admiration, finirent par considérer les nouveaux arrivants comme des êtres divins, venus sur terre pour enseigner aux hommes un nouveau savoir qui couvrait toutes les dimensions de l'existence.

Les années passèrent, implantant solidement la petite colonie égyptienne sur les côtes du nouveau monde. Les unions avec les indigènes permirent une croissance rapide de la communauté. Avec le temps, celle-ci étendit peu à peu son influence civilisatrice. Des chefs de tribus parfois lointaines, ayant entendu parler des nouveaux arrivants et du savoir qu'ils déployaient en divers domaines, se déplacèrent afin d'admirer les réalisations de ces étrangers venus d'au-delà des mers. Mesurant avec stupéfaction l'étendue des connaissances des colons, plusieurs décidèrent de se soumettre à Nekhabouto. En contrepartie, ils bénéficièrent de techniques et d'arts sophistiqués, tels que l'agriculture, l'irrigation, la taille de la pierre, la sculpture; et ils accédèrent à des notions d'architecture qui leur permirent d'élever de grands tertres pyramidaux au sommet desquels ils édifièrent des maisons pour leurs dieux. Les indigènes qui se montraient intéressés eurent l'occasion de s'initier aux secrets du ciel et apprirent à connaître le cours des astres et le mouvement des planètes. Enfin, au petit nombre qui s'en montra digne, les prêtres égyptiens dévoilèrent la connaissance des mystères de l'âme. Ces élus voyaient alors s'estomper la frontière apparemment infranchissable entre le plan terrestre et celui de l'au-delà. À partir de nouvelles perspectives, les dieux, quels qu'ils soient, apparaissaient tels qu'ils étaient en réalité, des masques et des miroirs sur lesquels se projetaient les peurs et les grandeurs d'une créature humaine ayant perdu le souvenir de son essence immortelle.

Cette dernière révélation fit frémir Hunac. Ainsi, les dieux auxquels sacrifiaient ses semblables n'étaient, somme toute, pas plus puissants que ce que les humains voulaient bien croire. La force d'un culte se nourrissait de celle de ses fidèles, et la foi en une puissance céleste extérieure se révélait l'exacte contrepartie du manque de foi en soi-même. Mais Hunac dut abandonner là ces réflexions, car déjà de nouvelles images surgissaient devant ses yeux éblouis.

En tant que pharaon d'Égypte, Nekhabouto jouissait d'un nom prédestiné, sa coiffure s'ornait de la représentation de Bouto, la déesse-cobra; et de Nekhabit, la déesse-vautour qui symbolisaient, outre la terre et le ciel, les deux grandes régions de son pays d'origine: la basse et la haute Égypte. Friands de signes et de symboles, les indigènes associèrent ces deux images à leur nouveau maître qui deviendrait bientôt un nouveau dieu. Ce sont eux qui traduisirent le nom du pharaon exilé en Quetzalcoatl; ainsi naquit la légende du Serpent à plumes, de ce héros civilisateur promu au rang de divinité.

Les siècles s'écoulèrent. Suivant les lois du cycle, les ethnies se fondirent dans le creuset des races. L'influence civilisatrice de la petite communauté égyptienne avait atteint de nombreux peuples du nouveau monde et avait été le point de départ d'un puissant empire dont la capitale, érigée au cœur de hauts plateaux entourés de volcans, alignait ses masses pyramidales dont les plus gigantesques, dédiées au Soleil et à la Lune, s'ornaient d'une quantité d'effigies du Serpent à plumes, en souvenir de Nekhabouto-Quetzalcoatl, l'instigateur d'un nouveau cycle de civilisation.

– Voici Teotihuacan, indiqua Oreillana. Ce centre de haute civilisation connut par le passé une formidable expansion et finit par étendre son influence politique et culturelle à toutes les tribus mexicas des hauts plateaux. Même les peuples les plus lointains, comme les Zapotèques et les Mayas, profitèrent, dans l'élaboration de leurs civilisations respectives, du savoir multiforme légué par Nekhabouto et ses descendants. Obéissant, comme toute chose, à la roue du temps, Teotihuacan s'affaiblit et tomba finalement entre les mains d'un peuple plus jeune et plus vigoureux: les Toltèques, dont la capitale, Tula, prit le relais du pouvoir et de la domination. Ce furent eux qui, quelques siècles plus tard, crurent reconnaître en un autre navigateur blanc et barbu, venu du nord celui-là, un avatar de Quetzalcoatl, qu'ils eurent vite fait de déifier à son tour. Mais ces images-là, je t'en fais grâce, Hunac; c'est l'odyssée de Kukulkan, et je sais que tu la connais déjà.

Les images se dissipèrent, mais le périple d'Hunac au travers des arcades du passé n'était pas terminé pour autant. Oreillana sollicitait encore son esprit et cherchait à l'entraîner vers une autre destination. Une nouvelle scène se dessina et Hunac vit des Ah Kins et des chilams venus de toutes les grandes cités de l'ancien monde maya se réunir dans la métropole de Tikal afin de discuter des observations astronomiques et des méditations astrologiques convergentes qui annonçaient la fin prochaine de leur civilisation. Hunac vit un prêtre-roi ouvrir le concile et exposer la situation. Selon de savantes opérations mathématiques basées sur les données du tzolkin et sur le calendrier vénusien, la roue des cycles allait incessamment entraîner leur monde dans une période de bouleversements qui amèneraient l'abandon des valeurs spirituelles au profit de valeurs exclusivement temporelles. D'autres indices venaient d'ailleurs appuyer ce point de vue; parmi ceux-ci, de nombreuses visions et des oracles, enregistrés ici et là sur toute l'étendue du pays maya, prévoyaient l'apparition prochaine d'un homme blanc et barbu. Cet avatar de Quetzalcoatl, affirma le grand prêtre, effacerait à tout jamais la culture des hommes du maïs, détruirait leurs palais et leurs temples, exilerait leurs divinités ancestrales en d'autres sphères, pour les remplacer par un dieu supplicié dont les serviteurs parleraient le langage du sacrifice et du péché et ne toléreraient nulle concurrence. L'Ah Kin affirma encore que le peuple maya se trouvait à la croisée des chemins; ou bien il entrait dans une phase d'expansion et de conquêtes où les vertus militaires et matérialistes seraient exaltées, ou bien il laissait à d'autres races la poursuite de la puissance et du pouvoir et se tournait résolument vers les dimensions intemporelles auxquelles leur avaient donné accès, plus de treize siècles auparavant, les enseignements secrets de Nekhabouto, le Serpent à plumes égyptien.

Ces affirmations bouleversèrent la haute assemblée. Comme il fallait s'y attendre des représentants d'une culture tournée vers le sacré, la grande majorité d'entre eux rejeta la perspective de la militarisation et de la conquête à outrance, indigne selon eux de leur éthique culturelle et spirituelle. Il leur paraissait évident qu'une attitude belliqueuse aurait vite fait d'entraîner leur peuple vers une décadence bien plus désastreuse, à leurs yeux, que la fin pure et simple de leur civilisation.

La scène du concile s'effaça lentement et la brume légère au milieu de laquelle se projetaient ses visions s'estompa. Hunac revint à lui pour constater avec stupeur que son corps flottait au-dessus des dalles du temple des inscriptions. Il eut alors l'étrange sensation de passer à travers le plancher de l'édifice. Empruntant un escalier secret, il descendit jusqu'à une alcôve souterraine qui recelait les dépouilles de cinq hommes et d'une femme enduites de sels calcaires. Franchissant encore une muraille, le jeune homme se retrouva dans une crypte ornée d'une fresque représentant les neuf seigneurs de la nuit. Au centre, occupant presque tout l'espace disponible, se trouvait un sarcophage recouvert d'une imposante dalle monolithique magnifiquement sculptée, montrant un homme assis à l'intérieur d'un objet qu'il ne parvint pas à identifier. De nombreux glyphes célestes et planétaires, qu'Hunac interpréta comme une représentation du cosmos, encadraient le personnage que surmontait l'image d'un quetzal, l'oiseau sacré, symbole d'immortalité.

Ignorant toute limitation, son regard transperça la dalle de pierre et il put contempler les restes d'un être de grande taille possédant une jambe un peu plus longue que l'autre et reposant au centre d'une excavation en forme de poisson. Un masque en mosaïque de jade recouvrait entièrement son visage. Des colliers, des bracelets et des bagues également de jade ornaient son cou, ses bras, ses jambes et ses doigts. Devant cette profusion de jade, Hunac comprit qu'il se trouvait devant la dépouille d'un très grand personnage. Mais plus étrange encore étaient les objets qui reposaient au creux de ses mains: dans la gauche, une perle énorme, parfaitement sphérique, et dans la droite, une autre perle de la même dimension, mais taillée en cube.

— Voici la momie de Pacal Votan, prêtre-roi de Palenque, déclara Oreillana. C'était un être d'une grande élévation spirituelle, un Kinich Ahau: un homme ayant réalisé en lui le Kinan, l'esprit solaire, l'esprit de lumière. Sa mère, la reine Zac-Kuk, possédait une tête difforme qu'elle devait à une lignée où les mariages consanguins étaient de règle. Lorsque le frère aîné de Pacal mourut dans un combat pour la prise du pouvoir, Zak-Kuk plaça ce dernier sur le trône alors qu'il n'avait que douze ans. Se pliant à la tradition familiale, Pacal épousa sa mère, et plus tard sa sœur cadette; il eut d'ailleurs de cette dernière un fils dont la main droite comptait six doigts et les pieds six orteils chacun. Cette famille très particulière se disait d'origine céleste et affirmait qu'elle descendait du Serpent à plumes lui-même. Le dieu était cette fois descendu du ciel sous la forme d'une lueur jaune et brillante qu'on assimila à Vénus. Des témoins virent une boule de feu strier le ciel nocturne et tomber dans un champ en produisant un sifflement. Ceux qui osèrent s'approcher découvrirent un homme aux traits inhabituels et à la peau olivâtre. Les paysans médusés qui avaient assisté à sa surprenante arrivée l'identifièrent sans hésitation comme un avatar de Quetzalcoatl et le conduisirent, avec tous les égards dus à son rang divin, devant le conseil des cités qui reconnut sans peine son origine céleste. Quelques mois plus tard, le nouveau venu, qui démontrait des qualités exceptionnelles, maîtrisait parfaitement la langue maya et affirmait qu'il voulait demeurer parmi les hommes afin de les faire profiter de son savoir avant de retourner d'où il était venu. Cet être remarquable se maria et eut un fils qui fonda la lignée royale de Palenque. Bien qu'affligé à la naissance d'un pied bot, le jeune Pacal allait devenir le plus grand et le plus respecté des prêtres ayant vécu en ce sanctuaire où repose aujourd'hui sa dépouille. Tout au long de sa vie, Pacal Votan incarna les grands principes spirituels révélés par Nekhabouto et transmis par ses successeurs. Son ascendance céleste lui permit même d'aller plus loin qu'eux dans sa connaissance de la nature ultime du temps et de la réalité. Enseignant que le corps physique est une enveloppe ou un instrument de la conscience adapté aux conditions terrestres d'existence, il déclarait que tout être humain possédait un corps plus subtil et plus réel, multidimensionnel, qu'il décrivait comme une sphère lumineuse radiante et irisée. Il montra à ses disciples comment les organes de ce corps, intimement liés au cosmos, répondaient aux influences de la Terre, du Soleil, de la Lune et des planètes; ces astres étant, bien entendu, considérés eux-mêmes comme des entités vivantes et douées de conscience. Ultimement, l'être humain qui s'ouvrait à cette dimension extra-temporelle de son être pouvait emprunter consciemment le Kuxan Suum: la voie céleste conduisant vers Hunab Ku, la source mystérieuse d'où jaillit le courant d'énergie intelligente qui se manifeste à nos sens en tant que cosmos. Ainsi, son enseignement ultime révélait comment le corps de lumière pouvait emprunter ce passage afin d'atteindre d'autres niveaux de réalité dont il affirmait qu'ils existaient en nombre infini. Mais peut-être, qui sait, pourrais-tu suivre la trace de Pacal Votan et retrouver sa parole au-dedans de toi. Écoute, Hunac, écoute !...

Comme si son esprit se dégageait des limites étroites de ses sens, Hunac amorça une montée vertigineuse à travers une sorte de tunnel souple qui s'allongeait indéfiniment au sein d'une luminosité verdâtre. Toujours accompagné d'Oreillana, il put traverser sans dommages les craintes et les terreurs d'un état s'apparentant au Metnal: l'antichambre de l'au-delà et de la mort.

Il se retrouva flottant dans une obscurité absolue. Semblable à une étoile dans la nuit, sa conscience évoluait librement dans un espace apparemment infini. Il vit alors venir vers lui un point étincelant. Il comprit qu'un autre être, une autre conscience, s'approchait de lui. Il n'y eut pas de salutations, pas de paroles, pas même d'images; cette fois, le contact s'effectua à l'aide d'une luminosité éclatante d'où jaillissait, comme des jets d'étoiles filantes, l'essence même de toute idée.

– Ton destin t'entraîne inexorablement vers le grand sacrifice, comprit Hunac sans trop vouloir réaliser ce que signifiaient ces mots. Oreillana t'a conduit sur les chemins du passé; mais moi, qui me suis jadis manifesté en ce monde sous l'apparence de Pacal Votan, le Kinich Ahau de Palenque, je te ferai entrevoir les voies du futur et je dégagerai ta conscience de la gangue de ta personnalité. Regarde et vois !...

Après avoir observé les images des cycles antérieurs de sa race, Hunac assista, ébloui et terrifié, à des scènes émanant d'époques encore à venir. Il contempla le retour de Quetzalcoatl-Kukulkan, ou du moins de son incarnation prochaine. Il regarda cet homme, blanc et barbu comme il se devait, descendre d'un grand navire venu du côté où le soleil se lève. Le nouveau venu était accompagné de guerriers vêtus d'habits de métal, armés de bâtons crachant le tonnerre et montés sur des bêtes effrayantes. Il vit ensuite d'autres navires d'où débarquèrent des troupes d'hommes blancs qui parvinrent à conquérir, presque sans résistance, des territoires immenses et des cités nombreuses. Confondu, il assista à l'anéantissement de peuples entiers et au balayage de cultures millénaires. Il vit encore des hommes au crâne tonsuré, revêtus de robes sombres, menacer les indigènes du feu éternel s'ils n'abandonnaient pas leurs croyances séculaires et n'adhéraient pas à leur culte du dieu unique. Il contempla ces nouveaux prêtres de Kukulkan faire abattre les temples des dieux anciens pour en élever de nouveaux à l'intérieur desquels ils placèrent l'effigie de leur seigneur, l'étonnante image d'un Kukulkan blanc et barbu qui se présentait comme une divinité de l'amour et du pardon; un dieu fait homme, se sacrifiant lui-même, offrant son propre sang pour racheter toute la douleur et la culpabilité des créatures humaines; un dieu divisé cependant, qui remettait entre les bras du malin, son pendant ténébreux et son éternel adversaire, les aspects paradoxaux et parfois destructeurs d'une réalité qu'il semblait répugner à contenir entièrement en lui.

La cadence des images s'accéléra, Hunac comprit qu'il se projetait encore plus loin vers le futur. Il aperçut alors des routes étonnantes où des voyageurs se déplaçaient à l'intérieur d'étranges coquilles de métal munies de roues qui avançaient à grande vitesse. Lui apparurent ensuite de gigantesques cités hérissées de tours de pierre et de cristal qui étaient autant de temples dédiés à l'orgueil de l'homme. Il vit ces villes croître et se gonfler jusqu'à ce que leurs déjections envahissent la terre et les eaux. Il découvrit une nature saccagée au profit du dieu de l'or. Il contempla avec effroi des conflits terribles où s'opposaient des nations qui sacrifiaient en masse aux dieux de la mort et de la guerre en utilisant des nuages empoisonnés et des morceaux de soleil capables d'anéantir des villes entières. Comme si la nature, exaspérée par les agissements des humains, retournait contre eux leurs propres énergies destructrices, Hunac vit les saisons se dérégler, l'eau et l'air se corrompre et la végétation se ternir.

Stupéfait, il reconnut les signes de la fin d'un grand cycle : le déclin du quatrième soleil. Il avait le sentiment d'assister aux douloureuses contractions du temps qui donneraient naissance à une ère nouvelle, un cinquième soleil où l'humanité connaîtrait de nouvelles perspectives, de nouveaux horizons.

Franchissant le seuil d'un autre espace, il se trouva soudainement au milieu des luminaires du ciel. Sous lui, au centre de l'obscurité, flottait la sphère vert et bleu de la terre qui poursuivait son infatigable course autour de Kin. Il avait laissé son corps là-bas, à l'intérieur d'un temple érigé sur cette petite boule de poussière cosmique ; et il se retrouvait au cœur d'un espace immense, sans autres limites, semblait-il, que celles de sa propre conscience. Un sentiment de liberté et de puissance inégalé le submergea. Ainsi, il n'était pas qu'un organisme de chair et d'os, condamné à ramper à la surface de la terre pendant quelques trop courtes années avant de se dissoudre dans le néant de la mort. Lui aussi, comme tous les autres humains d'ailleurs, avait accès au royaume céleste des dieux, et rien ne l'empêchait, à l'exemple de Pacal Votan, de s'extraire du cocon de sa personnalité terrestre et de s'élancer dans l'inconnu afin de découvrir d'autres dimensions de l'être.

La peur plus ou moins consciente d'aller trop loin dans ces mondes inconnus et de perdre à jamais son humanité vint tout à coup ternir sa confiance. Son regard désincarné fixa de nouveau le vide sans limite. Il ne sentait plus à ses côtés la présence rassurante d'Oreillana, pas plus d'ailleurs que celle de Pacal Votan. Il était seul, et une crainte aiguë s'instilla en son cœur. Un appel éclata en lui et il entendit le cri de Touloum plongeant dans la bouche du puits de Chichen. Il se sentit alors basculer à son tour dans un espace sans fond, peuplé de visages déformés par la douleur et la souffrance. Il reconnut Tiha Cahuich, Han Chuen, sa femme, ses enfants, et bien sûr Touloum, la vierge, la pure ; tous morts par sa faute, sacrifiés sur l'autel de dieux assoiffés de sang. Le poids monstrueux de son remords le précipita vers la terre où il réintégra un corps froid et dur. En même temps que l'agrippaient la peur et la culpabilité, une nausée s'empara de lui, et il eut la sensation que son corps voulait prendre feu de l'intérieur. Sans trop savoir comment, il réussit à se traîner jusqu'au parvis du temple et se retrouva sous une pluie torrentielle. L'eau fraîche fouetta ses membres, rafraîchit sa peau, et le feu qui le dévorait s'apaisa un peu. Mais le brasier ne disparut que pour être remplacé par un froid intense. Frissonnant de tous ses membres, Hunac pleurait et gémissait. Cherchant son guide, il appela Oreillana de toute son âme. Celle qui l'avait aidé et guidé jusque-là ne vint pas, ne répondit pas. Où était-elle donc? Pourquoi l'avait-elle abandonné à ses remords et à ses terreurs?

Sentant de nouveau le besoin de se mettre à l'abri, il rassembla toutes les forces et toute la conscience qui subsistaient en lui et rampa jusqu'à l'intérieur du temple, où son corps pétri de crainte et de douleur s'effondra sur les dalles froides.

Mais les images, loin de cesser, soufflaient maintenant en tempête dans son esprit. Sans ordre, se bousculant les unes les autres, les visions les plus intenses et les hallucinations les plus folles écartelaient l'âme et le corps d'Hunac. De nombreuses scènes de sa vie se levaient et s'entrechoquaient dans son esprit à un rythme étourdissant. Sans guide, sans soutien, il assistait, effrayé et impuissant, au démantèlement de sa raison, à l'éclatement de sa personnalité. Bientôt, il ne sut plus où il était, qui il était. Ce qui lui restait de conscience cherchait désespérément quelque chose à quoi s'accrocher, un nom, une image, une croyance. Comme un feu abandonné à lui-même, son intelligence vacillait et menaçait de s'éteindre, sa pensée se dispersait comme cendres au vent. Son corps avait éclaté lui aussi, et ses mains, ses pieds, ses bras et ses jambes, séparés les uns des autres, voguaient en tous sens dans un vide obscur où ils semblaient dotés d'une vie individuelle. Quant à sa tête, libérée du poids de l'intellect, elle dérivait aussi sur des eaux sombres et incertaines.

Tandis que la pluie continuait à se déverser inlassablement, le corps et l'esprit d'Hunac achevèrent de se dissoudre au sein de l'onde primordiale. Dansant et riant, le grand Chac reprenait entièrement possession de ce morceau de chair et de sang, de cet aspect de lui-même qui s'était jadis enorgueilli de posséder une histoire et un nom.

PASSAGE
À UXMAL

Passage à Uxmal

Un trait de lumière fit tressaillir ses paupières. Il dressa la tête et ses yeux éblouis perçurent les rayons dorés de Kin qui dansaient sur la surface mouvante de la rivière. S'ouvrant à leur tour, ses oreilles lui transmirent le bruissement des feuilles qu'agitait une brise tiède. Constatant que les réalités de la forêt s'offraient à ses sens selon leurs habitudes, Hunac reconnut qu'il revenait de loin et il en remercia le ciel.

Comme au sortir d'un profond sommeil, il étira ses membres et se redressa lentement. Tandis qu'il fixait du regard l'écoulement tranquille de la rivière, il entendit résonner en lui l'écho du rire moqueur de Chac. Fragments de souvenirs incertains, des bribes d'images prirent forme dans sa conscience. Il se rappela: les enfants, les ruines, Oreillana; tout cela n'avait-il été qu'illusion? En quête de certitude, il porta une main à son front et y trouva la cicatrice héritée de sa chute dans la rivière. «Ainsi, tout ne fut pas qu'un rêve!» s'exclama-t-il en lui-même. Le visage d'Oreillana s'imposa alors à son esprit et il rencontra son regard; un regard défiant toute description, qui rayonnait d'un amour suprêmement englobant. Alors, par saccades, des images plus précises lui apparurent; il revit le temple des inscriptions, la crypte souterraine et le masque de jade de

Pacal Votan qui symbolisaient la grandeur perdue de la civilisation de ses ancêtres.

Ses doigts cherchèrent la perle qui reposait sur sa poitrine. La vue de son éclat nacré raviva les feux infernaux qui gisaient en lui et fit surgir du néant les fantômes des morts innocents que sa conscience transportait comme autant de fardeaux. Au souvenir de Touloum, son âme écartelée ressentit de nouveau la monstruosité de sa faute. La folie, tel un animal sauvage, dévalait en hurlant les labyrinthes de son esprit. Elle se dressa soudain devant lui, prête à bondir pour le dévorer. Tout en essayant de chasser cette idée, il pencha son visage au-dessus de la rivière et vit que sa peau était toujours enflammée et crevassée. « Pourquoi Oreillana m'a-t-elle abandonné ? » grimaça-t-il. « Comment ai-je pu me retrouver ici, sur cette berge, alors que je me souviens d'avoir perdu connaissance à l'intérieur du temple des inscriptions ? » S'interrogeant encore sur la réalité de tout ce qu'il avait cru vivre en amont de la rivière, il dut renoncer à trouver des réponses raisonnables à ses questions. Il sentait, il savait que rien, pas même la tendresse et la compréhension absolues d'Oreillana, ne pourrait éteindre les braises qui consumaient son corps et son âme. Des mots résonnèrent alors en lui, ces terribles paroles prononcées par Pacal Votan : « Ton destin t'entraîne inexorablement vers le grand sacrifice. » Devant l'écho de ces mots, une détermination nouvelle se forgea en lui. Comprenant que la fuite ne le mènerait nulle part, il ne lui restait d'autre possibilité que d'affronter son destin ; ce qui signifiait retourner à Chichen pour s'en remettre corps et âme à la volonté des hommes et des dieux.

Laissant derrière lui les montagnes délavées par les pluies, Hunac franchit la région des collines et entreprit une nouvelle traversée de l'immense plaine du Yucatan où, peu à peu, il allait découvrir un pays ravagé par la sécheresse. Les pluies, normalement quotidiennes en cette saison, se faisaient attendre, et les lourdes nuées s'étaient évanouies, laissant toute la place à Kin. Tel le visage d'Hunac, les champs se desséchaient, le sol se lézardait. Les griffes ardentes du Jaguar céleste déchiraient le ciel et lacéraient la terre, obligeant hommes et bêtes à se réfugier à l'ombre.

Chac avait abandonné le plat pays. Irrité par les actes des humains et, peut-être aussi, las des récentes querelles d'Ixchel et de Kin, la divinité des eaux s'était retirée du monde. À force de culpabilité, Hunac associa son crime et sa punition au châtiment divin qui frappait aveuglément toutes choses. Il n'avait plus qu'un espoir: que sa mise à mort assouvisse la soif de vengeance des hommes et incline les dieux au pardon; alors, peut-être Chac, le médiateur, daignerait-il répandre de nouveau l'onde de vie sur la terre.

Conscient que ses jours lui étaient comptés et malgré l'angoisse qui l'oppressait, Hunac abandonna ses craintes d'être reconnu et n'hésita plus à emprunter les grandes routes qui pourraient le conduire plus rapidement vers son objectif. Il ne se souciait plus des regards soupçonneux et des blagues des passants à son égard. Il allait son chemin, à l'écoute du vent chaud qui desséchait son corps et faisait se rider les feuilles et les bourgeons des cotonniers. Souvent, la nuit, seul au creux de son vide, incapable de dormir et désireux de percer les mystères de la mort et de l'au-delà, il interrogeait les astres qui ne lui répondaient toujours que par un immuable silence. Parfois, la peur et le doute l'assaillaient, le mordaient et le déchiraient de leurs crocs, mais jamais au point d'abattre sa détermination et de lui faire renoncer à son but.

Ses pas l'avaient mené à la grande cité d'Uxmal où il avait séjourné quelques fois en compagnie de son père. Ville fière et indépendante, elle était tombée la dernière lors de l'arrivée, au pays plat, de Kukulkan; son gouverneur, un membre de la puissante famille maya des Xiu, n'était plus qu'un pantin entre les mains des seigneurs toltèques. Peuplée en grande majorité de Mayas, la ville abritait aussi une minorité itza de plus en plus nombreuse qui, à l'exemple de celle de la capitale, cherchait par tous les moyens à gravir les degrés du pouvoir.

Son aspect plus que misérable et son allure de pauvre d'esprit permirent à Hunac de traverser sans difficulté un barrage de miliciens, dressé aux abords de la ville. S'orientant à l'aide de la plus grande des pyramides dont le temple supérieur dominait la cité, il repéra la voie d'honneur conduisant au centre cérémoniel et se dirigea vers l'ouest en empruntant une route qui le mènerait en moins de deux jours à Mayapan, la plus grande ville de l'empire. De là, trois autres jours lui suffiraient à atteindre Chichen.

Il fut étonné par le grand nombre de miliciens et de guerriers toltèques qui jalonnaient l'artère principale. Désireux de connaître la raison d'un tel déploiement de force, il questionna en vain les rares passants qu'il croisa. Pourtant, leurs regards sombres, lourds d'inquiétude, en disaient long sur la gravité de la situation. Quelques mots saisis au hasard achevèrent de le renseigner sur le haut degré d'exaspération de la population. Il dut se rendre à l'évidence: si l'assassin du gouverneur Chac-Xib-Chac n'expiait pas bientôt son crime, tout un peuple exacerbé par la sécheresse risquait de tourner sa colère vers Jolom, le nouveau maître de l'empire qui, manifestement, n'avait pas su rétablir l'accord entre les dieux.

Poursuivant son chemin, il laissait ses sens se nourrir des couleurs chatoyantes des costumes militaires, des cris des enfants, de l'harmonie des places et des édifices. Tel un gouffre sans fond, un puits sacré, sa conscience absorbait tout, comme si elle eût voulu préserver, dans un lieu secret, le plus grand nombre possible d'impressions et de sensations.

Il arriva devant la grande pyramide conique dont le sanctuaire avait, au cours des siècles, honoré de multiples divinités. Récemment converti au culte de Kukulkan, l'édifice était justement le théâtre d'un rituel qui attirait, malgré la chaleur intense, une foule nombreuse. À en juger par les vêtements aux couleurs bariolées et les tatouages qui ornaient jambes, bras et visages, les Itzas étaient nombreux dans l'audience. Voyant un Ah Kin sortir du temple, un couteau d'obsidienne à la main, il comprit tout à coup que se

préparait un autre de ces sacrifices humains à la manière
toltèque; refusant la vue de ce spectacle qu'avait peut-être
commandé son propre crime, il s'éloigna rapidement.
Combien de victimes avaient péri ainsi, à cause de son geste
meurtrier? Comment un désir amoureux avait-il pu se muer
en cette passion violente qui avait fait éclater son monde,
englouti sa famille et, il en était persuadé, entraîné cette
sécheresse sans précédent? Autant de questions sans
réponses qui le blessaient et le torturaient sans trêve.

Le cri d'agonie de la victime fut aussitôt suivi d'une clameur retentissante. Pourtant, ici et là, des huées s'élevaient
contre cette manifestation de contentement. Hunac jugea
préférable de ne pas s'attarder et décida d'ignorer qui osait
afficher ainsi son désaccord.

La vue de l'immense quadrilatère de pierre que formait le
temple de Chac lui remémora ses séjours antérieurs. Il
retrouva avec émotion les frises polychromes des édifices où
se répétait invariablement le motif quatre fois superposé du
masque de la divinité des eaux qui ne lui rappelait que trop
son destin à venir. Il escalada les marches du sanctuaire.
Après avoir traversé un large bâtiment voûté, il déboucha
devant une grande cour inondée de soleil. Ce lieu privilégié
de rencontre, où aimaient se pavaner les grands seigneurs et
les belles de la cité, était aussi la scène d'un rituel.

Plusieurs centaines de personnes étaient venues se
joindre au grand prêtre de Chac afin d'implorer l'intervention du dieu de la pluie. Hunac put voir le prêtre se saisir
d'une cruche d'eau vierge et en verser une partie du contenu
sur un autel couvert de diverses semences. Avec ce qui restait
de liquide, l'officiant aspergea le sol et les fidèles. Hunac
connaissait ce genre de cérémonie qui devait, par imitation
de geste et d'intention, inciter les dieux à percer les nuages
et à déverser sur terre les pluies qu'elle réclamait désespérément.

– Ô, Chac! Moi, Kabal-Xiu, ton serviteur, je te parle au
nom du peuple d'Uxmal tout entier. Le bras impitoyable de
la sécheresse s'est abattu sur nous et imprime sa marque

ardente sur le visage de notre ville. Reviens dans notre monde, ô, Chac, car toi seul peux rétablir l'harmonie entre Kin et Ixchel.

Kabal-Xiu, Kabal-Xiu ? Hunac croyait avoir déjà entendu ce nom. Ah oui ! il se souvint tout à coup. C'était le nom du prêtre dont Touloum lui avait dit qu'il la préparerait au sacrifice dans le puits sacré. Tout de suite, il sentit que cet homme pouvait l'aider.

Hunac attendit la fin de la cérémonie et se rendit au pied de l'autel pour y rencontrer l'Ah Kin.

— Excuse-moi, seigneur prêtre, serais-tu celui qui aurait conduit, il y a quelques mois déjà, une vierge jusqu'au grand cenote de Chichen ? interrogea Hunac en tournant les yeux vers le sol.

— Oui, c'est bien moi, répondit Kabal-Xiu sur un ton suspicieux.

— Je ne... je ne veux pas t'importuner, bredouilla Hunac en s'agenouillant. Si je suis devant toi, c'est dans l'espoir que tu m'aides à ramener la pluie sur notre pays.

— Que veux-tu dire, jeune homme ? Je ne comprends pas comment tu pourrais réaliser ce que tous les prêtres de l'empire tentent en vain d'obtenir depuis des semaines.

— C'est pourtant très simple. Je m'appelle Hunac Cahuich, je... je suis le meurtrier de Chac-Xib-Chac.

Le visage de Kabal-Xiu dessina une moue d'incrédulité. Examinant Hunac d'un peu plus près, il tendit une main vers son visage et promena ses doigts sur le masque crevassé derrière lequel se devinaient la peine et la souffrance.

— Hum... Tu dis peut-être la vérité, après tout. Mais comment le savoir ? Viens, accompagne-moi jusqu'à ma demeure, nous y serons plus à l'aise pour discuter; je crois que tu dois avoir pas mal de choses à me raconter.

Quelques instants plus tard, Hunac et Kabal-Xiu étaient assis sur une terrasse protégée du soleil par un auvent de coton. Les bouquets d'arbustes à demi desséchés qui les entouraient réussissaient à peine à opposer un peu d'ombre aux exhalaisons torrides de Kin.

– Tiens, bois, fit le prêtre, en tendant au jeune homme une coupe remplie d'eau fraîche.

Hunac avala le précieux liquide jusqu'à la dernière goutte, puis détailla le paysage urbain qui s'étendait au loin.

– Eh oui, les dieux ont voulu que je sois à Chichen lors de l'assassinat de Chac-Xib-Chac. Sois certain que ce ne fut pas de gaîté de cœur que je conduisis la fille d'Han Chuen jusqu'à la bouche de Chac.

– Tout est ma faute ! s'écria alors Hunac. C'est moi qui, sans le vouloir, ai tué le gouverneur de Chichen lorsqu'il m'a surpris dans le lit de sa fille Ixaquil. C'est par moi que tout est arrivé; je suis le seul et unique responsable des malheurs qui ont frappé tous ces gens.

– Je veux bien te croire, reprit le prêtre; mais cette histoire me paraît bien étrange. Raconte-moi donc comment tu as pu te laisser aller à pareil écart.

Et Hunac raconta toute son histoire, en commençant par son arrivée à Chichen et ses fiançailles avec Touloum. Le prêtre vit le regard du jeune homme s'obscurcir tandis qu'il décrivait les péripéties de son aventure avec la princesse Ixaquil. Au fur et à mesure qu'Hunac progressait dans son récit, l'attention de Kabal-Xiu se fit plus vive et, malgré son apparent détachement, ses yeux brillèrent d'intérêt à l'évocation des ruines au cœur de la jungle et des visions d'Hunac à l'intérieur de la pyramide des inscriptions.

– Incroyable ! lança l'Ah Kin lorsque Hunac eut terminé son récit. Je n'arrive pas à comprendre comment, à la veille de ton mariage avec une jolie jeune femme comme Touloum, tu as pu en arriver là. Mais même si je réprouve tes actes, je suis forcé de reconnaître ton courage; car tu sais bien qu'à Chichen, c'est la mort qui t'attend. Comme c'est étrange, l'aspect de ton visage me fait soudain penser à celui qu'Ixchel nous présente depuis les derniers ayebs. J'ai l'impression que tu pourrais être le jouet d'un ensemble de circonstances bien plus complexe que tout ce que nous pouvons imaginer, fit le prêtre en plongeant son regard dans les yeux d'Hunac. Après tout, tu es peut-être le bouc émissaire que tout le monde attend, celui qui mettra enfin un terme au cycle qui tarde tant à s'achever. Pourquoi toi et pas un autre ? Ça, je l'ignore, mais les intentions des dieux sont souvent impénétrables à nos yeux de simples mortels. Ce qui est évident, et ce que tous les citoyens de l'empire ressentent à un degré ou à un autre, c'est cette terrible sécheresse qui illustre bien la mauvaise volonté des divinités à l'égard du nouveau pouvoir. L'agitation qui secoue de nombreuses cités de la fédération et les nouvelles concernant des tribus vagabondes qui menacent les frontières nord-ouest du pays sont d'autres signes inquiétants de cette période intercalaire au sein de laquelle s'épanouira, du moins je l'espère, une ère nouvelle.

– Je te le répète, prêtre, tout est ma faute ! Si je suis venu à toi, c'est dans l'espoir que tu m'aides à convaincre les autorités toltèques de m'offrir en sacrifice à Chac. Peut-être même pourrais-tu m'accompagner, comme Touloum, jusqu'au puits sacré.

– Tu es responsable d'un crime dont les conséquences sont énormes et risquent de le devenir encore plus, continua l'Ah Kin. Des dizaines d'hommes et de femmes innocents ont déjà payé de leur vie ton moment d'étourderie. Si, comme tu l'affirmes, tu es prêt à donner ta vie en rachat de ta faute, j'irai avec toi jusqu'à la capitale et je plaiderai en ta faveur. Puisque c'est le dieu de la pluie qui, dans sa colère, retient les eaux du ciel et fait dépérir la vie terrestre, j'ai bon espoir de convaincre les seigneurs toltèques et le grand prêtre de Kukulkan de te sacrifier à Chac. Même s'il est d'ascendance itza, le nouveau gouverneur n'aura pas le choix et devra se plier à leur volonté. Ce soir, je consulterai l'oracle afin de connaître le moment le plus favorable à ton sacrifice. Mais comme le temps presse, je vais dépêcher immédiatement un messager vers la capitale afin qu'il annonce ta reddition aux autorités militaires et religieuses. Ces dernières pourront ainsi entamer au plus tôt les préparatifs d'une grande cérémonie autour du puits du sacrifice.

Quelques jours plus tard, deux chaises à porteurs ayant à leur bord Hunac et Kabal-Xiu entraient à Mayapan par la grande route qui conduisait directement au marché principal de la ville. Les nouveaux arrivants remarquèrent tout de suite le nombre important de miliciens et de guerriers toltèques postés dans tous les coins de la cité. Cette observation confirmait ce que Kabal-Xiu avait pu entendre de la part de ses correspondants vivant dans la grande ville marchande. Même si tout paraissait calme dans les rues et sur les places de Mayapan, la colère y grondait. La métropole de l'empire, qui déjà par le passé avait connu des poussées de fièvre insurrectionnelle toutes rapidement étouffées dans le sang, frôlait aujourd'hui la rébellion.

Kabal-Xiu fit arrêter ses porteurs auprès d'un groupe d'Itzas qui, à en juger par leurs volumineux bagages, paraissaient déménager hors de la ville. S'adressant à eux en langue nahuatl, il les questionna sur la situation qui prévalait à Mayapan. Ceux-ci lui apprirent que de nombreux miliciens itzas, dont un membre de leur propre famille, avaient trouvé la mort dans une embuscade nocturne montée par un groupe de dissidents mayas s'opposant à la nomination récente d'un Itza au conseil de ville. La réplique des autorités toltèques ne s'était pas fait attendre : des guerriers Aigles et Jaguars, accompagnés de miliciens itzas, avaient pénétré dans les quartiers mayas et s'étaient emparés d'une dizaine d'otages qui avaient payé de leur vie, sur l'autel sanglant de Kukulkan, les crimes de leurs congénères.

« La terreur peut-elle longtemps, à elle seule, endiguer la colère de tout un peuple ? » s'interrogea Hunac. Les Itzas qu'il venait de rencontrer n'avaient pas attendu de connaître la réponse à cette question, ils avaient choisi de trouver refuge et protection à Chichen, là où le gouvernement leur était plus que favorable et où leurs congénères formaient une importante fraction de la population.

« Si la garnison toltèque devait échouer dans sa tentative de rétablir l'ordre à Mayapan, c'est sûrement par centaines et par milliers que se compteraient les victimes et les réfugiés », songea-t-il en regardant s'éloigner les Itzas qui ne se doutaient pas qu'ils avaient côtoyé, un moment, le responsable de tous leurs maux.

Les deux chaises à porteurs allaient dépasser le grand marché lorsqu'un groupe de miliciens fit irruption sur l'immense place qui lui faisait face. Écartant tout sur leur passage, les guerriers avisèrent deux hommes qui discutaient ensemble et se mirent à les tabasser avant même que ceux-ci puissent esquisser le moindre geste de protestation. Devant cette nouvelle expression de violence, un vieillard indigné se dressa pour prendre la parole.

– Enfants de Mayapan ! lança-t-il d'une voix forte. Les dieux nous ont abandonnés, et le sang des sacrifices humains n'y changera rien. Cette sécheresse sans précédent nous montre bien que c'est le pouvoir même des maîtres toltèques qu'il faut remettre en question. Ne nous laissons plus écraser et dominer sans rien dire; élevons la voix et, s'il le faut, le poing.

À peine le vieil homme avait-il prononcé ce dernier mot qu'un javelot toltèque transperça sa poitrine. Une cohue suivit ce nouveau meurtre, et les deux voyageurs, redoutant de se trouver pris entre deux feux, préférèrent séloigner au plus vite.

« Ainsi, Mayapan connaît l'ivresse de la révolte », pensa Hunac. « Mais que peut bien faire un peuple de paysans et de simples marchands contre un pouvoir militaire bien structuré, redoutablement armé et fondé sur la répression et la terreur ? »

Tandis qu'il cherchait des réponses à ces questions, leurs chaises à porteurs tournèrent le dos à la ville en ébullition et mirent résolument le cap sur la capitale.

Toujours poursuivis par l'omniprésence de Kin, Kabal-Xiu et Hunac arrivèrent en vue de Chichen. Partout aux alentours, les champs affichaient la tristesse et la désolation engendrées par la sécheresse. Malgré les efforts incessants des paysans pour amener jusqu'aux milpas l'eau puisée dans les puits, celle-ci s'évaporait avant même de pouvoir pénétrer suffisamment la terre durcie par la chaleur persistante. Les grains de maïs plantés au début de la saison n'avaient donné naissance qu'à quelques plants rachitiques; quand aux fèves, leurs semences n'avaient même pas trouvé la force de percer un sol durci par le manque d'eau. On attendait toujours avant de mettre en terre les germes de patates douces, et il n'était pas question d'enfouir les graines de courges, si exigeantes en eau. Toute la végétation environnante participait aussi à la désolation générale; les arbres n'avaient pas encore renouvelé leurs feuillages, et les forêts, habituellement exubérantes en ce temps de l'année, offraient des couleurs ternes et fatiguées. Seuls les cactus, les agaves et les buissons d'épineux échappaient encore aux dommages occasionnés par l'absence totale de pluie. Les paysans qu'Hunac apercevait ici et là, ne sachant plus à quel dieu se vouer, arpentaient, abattus et désabusés, leurs champs dévastés.

Le meurtrier de Chac-Xib-Chac s'étant apparemment évanoui dans la nature, la hargne de la population, toujours en quête d'un bouc émissaire, se tournait de plus en plus vers les dirigeants toltèques et, bien sûr, vers le nouveau gouverneur Jolom qui, de toute évidence, se montrait incapable de se concilier l'appui des dieux et éprouvait de plus en plus de difficulté à rassembler sous son pouvoir et son autorité une population maya déjà échaudée par la disparition brutale d'Han Chuen et, avec lui, d'une partie de l'élite marchande de Chichen.

La route qu'ils avaient empruntée se transforma progressivement en une esplanade, très achalandée, qui conduisait directement au centre de la cité. Hunac aperçut bientôt, trônant au-dessus des arbres et des maisons de la capitale, les fières silhouettes des grands monuments toltèques. Hormis la chaleur qui crispait les visages des passants, le cœur de l'empire semblait échapper à l'agitation qui gagnait les autres centres urbains de la fédération.

Les chaises à porteurs s'arrêtèrent enfin devant le palais du gouverneur, et les deux voyageurs descendirent à terre.

— Hunac, le moment est venu de te remettre entre les mains du pouvoir, dit le prêtre.

— Je suis prêt, répondit résolument ce dernier.

Avisant un détachement de guerriers Jaguars postés au pied de l'édifice, Kabal-Xiu s'approcha d'eux et s'adressa à celui qui portait les insignes d'un officier de haut rang.

— Allez prévenir le gouverneur Jolom que le meurtrier de Chac-Xib-Chac est ici, prêt à se livrer entre ses mains, déclara le prêtre.

D'un regard méfiant, l'officier considéra le personnage à l'allure quelconque et au visage repoussant que lui présentait Kabal-Xiu.

— Emparez-vous de cet individu, finit-il par lancer à ses hommes. Apportez des cordes et attachez-le solidement, nous le conduisons tout de suite devant le gouverneur.

LES OMBRES
DU POUVOIR

Les ombres du pouvoir

Le martèlement martial des tambours et les invocations rituelles du grand prêtre de Kukulkan se répercutaient sous les voûtes du temple des guerriers. Le corps revêtu d'une cape brodée de perles et hérissée de plumes, la tête surmontée d'un casque à forme de tête de serpent d'où émergeait son visage acéré, l'Hapay Kan s'apprêtait à consommer un nouveau sacrifice sous les yeux de l'aréopage des officiers Aigles et Jaguars. Afin d'inciter la divinité solaire à relâcher son étreinte brûlante, l'officiant répéta les formules et les gestes sacrés révélés deux cents plus tôt par le dieu blanc et barbu dont la substance s'étaient assimilée à l'essence lumineuse du Jaguar céleste.

Comme chaque soir depuis des mois, Xa-Chit-Tecan s'inclina devant le Chac Mol, le génie accroupi devant la table sacrificielle qui jouait le rôle d'intercesseur auprès de la divinité. Tournant le dos à la statue, le prêtre se pencha sur l'autel de pierre où reposait le corps écartelé d'une nouvelle victime prête à l'immolation. Promenant sur la poitrine du supplicié ses ongles semblables à des griffes, le prêtre déchiffra les hiéroglyphes qui s'y trouvaient tatoués et qui exprimaient toute l'espérance des nobles toltèques rassemblés entre les murs du temple. Xa-Chit-Tecan s'empara alors du poignard attaché à sa ceinture. Il leva des deux mains le couteau d'obsidienne au-dessus de sa tête et, d'un geste puissant, l'enfonça entre les côtes de la victime. Un cri horrible jaillit de la gorge du supplicié et se répercuta en écho dans la grande salle basse.

D'une main assurée, l'Hapay Kan découpa une large ouverture dans la poitrine, sectionna les artères et arracha un cœur chaud, encore palpitant de vie. Tandis qu'il déposait entre les mains du Chac Mol le morceau de chair consacré, un prêtre subalterne s'empressait de recueillir dans une coupe d'argent une partie du sang qui s'écoulait en abondance du corps de la victime.

— Par la magie du rite, cette chair et ce sang se sont transmués en la substance même de l'homme-dieu, déclara solennellement le prêtre après avoir découpé le cœur en plusieurs morceaux. Le moment est venu pour chacun de nous de s'approprier la force spirituelle et la puissance occulte de notre seigneur Kukulkan qui, du haut des espaces célestes, guide son peuple élu jusqu'au jour où, réalisant sa propre prophétie, il reviendra sur cette terre, à la fin d'un cycle, afin de reprendre pouvoir et contrôle sur une humanité que sa descendance aura entre temps unifiée sous l'autorité du Serpent à plumes.

L'Hapay Kan s'avança vers le premier rang des fidèles, parmi lesquels se tenait Jolom, et il tendit à ce dernier un morceau du cœur de la victime, afin qu'il le mange et se l'incorpore.

— Ceci est mon corps, coupez-le en parts égales et mangez-en tous, fit l'Hapay Kan, répétant ainsi les paroles rituelles, enseignées par le dieu blanc et transmises, au cours des âges, par les initiés de son culte.

Après que chacun eut reçu et absorbé un peu de la chair consacrée, le prêtre s'empara de la coupe remplie à ras bords du sang de la victime et la consacra à son tour.

— Ceci est mon sang qui emplit tout être vivant; buvez-le, et rappelez-vous que mon propre sang coule en vous, affirma-t-il avant d'avaler une gorgée du liquide encore chaud.

La coupe circula ensuite de main à main. Lorsque tous les participants eurent communié avec le corps et l'esprit du Serpent à plumes, l'Hapay Kan se tourna vers l'assistance et lança vers le ciel l'invocation qui mettait un terme à la cérémonie.

— Allez maintenant, le rite est accompli; que Kukulkan soit avec vous! conclut-il.

Quelques minutes plus tard, à l'abri du soleil sous l'une des colonnades qui soutenaient la gigantesque terrasse du temple des guerriers, Xa-Chit-Tecan retrouvait Jolom. C'est à ce moment précis qu'un messager vint annoncer aux deux hommes la reddition d'Hunac. Jolom salua d'un cri de joie cette nouvelle qui tombait on ne peut mieux pour lui.

— Enfin, les choses tournent en notre faveur! exulta l'Itza. Quand je pense que c'est ce pleutre de Kabal-Xiu qui nous annonce une si bonne nouvelle. Il ne se doute pas de l'immense service qu'il nous rend; nous pourrons enfin, sinon calmer les dieux, du moins fournir un bouc émissaire au peuple qui ne sait plus sur quoi ou sur qui se rabattre pour expliquer la sécheresse qui persiste.

— Il ne faut pas crier victoire trop vite: les dernières nouvelles venant d'Uxmal et surtout de Mayapan sont inquiétantes, trancha Xa-Chit-Tecan en jetant vers Jolom un de ses regards de braise dont il avait le secret.

— Je sais, je sais, rétorqua Jolom. Prenant le prétexte des conditions climatiques anormales, la guilde des marchands de Mayapan incite la populace à contester nos lois et à se révolter contre notre pouvoir. Mais, comme toujours, elle n'a pas réussi à entraîner dans son sillage la masse amorphe et craintive des paysans, et sans eux, crois-moi, elle ne peut rien contre nous.

— Si ce n'était que cela, lança un officier de l'ordre des Jaguars entièrement dévoué à Jolom. Quelque chose de plus grave se prépare aux confins sud-ouest de l'empire, où l'on signale depuis quelques mois déjà la présence de bandes errantes issues des hauts plateaux, qui se conduisent comme de véritables envahisseurs.

— Nos troupes n'en feront qu'une bouchée, trancha Jolom.

— Ils possèdent, dit-on, une arme nouvelle qui leur permet de projeter très loin, hors de la portée de nos javelots, des dards courts et acérés qui ont une grande puissance de pénétration, poursuivit l'officier.

— Ne nous inquiétons pas outre mesure de ces hordes de sauvages, rétorqua Jolom. Nos troupes patrouillent déjà les marches de l'empire, et s'il le faut nous expédierons l'élite de nos guerriers. Crois-moi, en dépit de leurs armements, ces indésirables trouveront bientôt à qui parler. Ils tomberont à point pour nourrir de leurs corps et de leur sang notre seigneur Kukulkan.

— J'espère que ton optimisme sera justifié, fit l'Hapay Kan sur un ton d'incrédulité qui irrita au plus haut point le seigneur itza.

— Est-ce que par hasard tu douterais de l'invincibilité de nos guerriers ? rétorqua Jolom.

— Quoi ? Jamais ! répliqua le prêtre, Kukulkan est le seigneur suprême et aucune force au monde ne peut s'opposer à ses invincibles guerriers.

Depuis sa nomination au poste de gouverneur, nomination que le grand prêtre s'était d'ailleurs empressé d'accréditer, Jolom avait appris à se méfier de ce personnage énigmatique. Les agissements du prêtre lui semblaient en effet obéir à une stratégie sournoise visant à le déconsidérer auprès des familles toltèques et à s'emparer du trône. En tant que beau-frère de Chac-Xib-Chac, l'Hapay-Kan ne se trouvait-il pas, dans la hiérarchie du pouvoir, juste derrière son neveu, le maladif prince Tiak Kan ?

— Bon, nous reparlerons de tout cela, trancha Jolom. Je voudrais annoncer au plus tôt cette bonne nouvelle à Balamdé; je suis sûr que la fille d'Ixchel s'en réjouira autant que nous.

— Balamdé ! Balamdé ! Tu n'as donc que cette magicienne en tête, persifla l'Hapay Kan. J'ai l'impression que tu ne fais rien sans avoir au préalable consulté cette jeteuse de sorts. Si j'étais à ta place, je me méfierais de cette femme et de son pouvoir, et j'en ferais autant de cette intrigante de Chimec qui rôde sans cesse autour de toi.

— Je vois que tu t'inquiètes de mon sort, rétorqua Jolom. Ne t'en fais pas pour moi, tu sais bien que les pouvoirs de Balamdé et son ascendant sur le peuple itza nous sont profitables à tous deux. Ne t'imagine surtout pas qu'elle puisse me contrôler; au contraire, en lui permettant d'exercer librement son culte, je la tiens comme un jouet dans le creux de ma main. Quant à Chimec, elle n'a que peu à voir avec ce qui nous occupe maintenant, et je ne crois pas que son rôle dans ma vie privée te concerne.

Laissant Xa-Chit-Tecan à ses inavouables pensées, Jolom quitta la protection des colonnades et, suivi de quelques compagnons, s'avança sous le soleil triomphant qui semblait le narguer depuis son arrivée au pouvoir.

— Kabak, je veux que tu rassembles toutes les informations disponibles sur les troubles d'Uxmal et les émeutes de Mayapan. Il faut que tu découvres au plus vite les responsables; qu'ils soient châtiés comme il convient. La perspective de mourir criblé de javelots sur le poteau du sacrifice saura faire réfléchir tous ceux qui seraient tentés de contester mon autorité.

— Très bien, cela sera fait! grogna le colosse.

— Ce n'est pas tout, ordonna Jolom tout en continuant à marcher. Il me faut davantage de précisions sur les déplacements et l'importance de ces tribus errantes qui menacent nos frontières. Qu'on capture et qu'on m'amène au plus tôt quelques-uns de ces barbares afin qu'ils nous fassent une démonstration de cette nouvelle arme qui impressionne tant nos officiers. Enfin, je veux qu'on enrôle dans nos milices, de force s'il le faut, le plus grand nombre possible de jeunes Mayas; pendant qu'ils seront occupés à défendre les frontières de l'empire, ils ne penseront pas à se révolter contre nous.

Toujours à l'abri des colonnades du temple des guerriers, Xa-Chit-Tecan regardait s'éloigner Jolom et sa suite. Chaque jour qui passait accentuait son animosité envers cet arriviste itza. Il ne s'interrogeait plus sur le lien unissant la dame noire au nouveau gouverneur; ses indicateurs, constamment à l'affût du va-et-vient des dignitaires de l'empire, portaient depuis longtemps une attention particulière aux agissements de la prêtresse d'Ixchel, ainsi qu'à ceux de sa suivante Chimec, dont la relation intime avec Jolom n'était ignorée de personne, sauf peut-être de la princesse Ixaquil.

Les informations qu'il détenait sur ces trois personnages auraient amplement suffi à provoquer une révolution de palais. Mais, sentant que le moment n'était pas encore venu pour lui de jouer, l'Hapay-Kan avait préféré taire ces vérités compromettantes. En outre, il se doutait bien que la santé précaire du prince Tiak Kan n'était pas sans relation avec certains « médicaments » que lui administrait un prétendu guérisseur à la solde de Balamdé. Mais à quoi lui aurait servi de dénoncer ce crime qui, jour après jour, se perpétrait à faible dose ? La mort de Tiak Kan ne profiterait pas qu'à Jolom, lui aussi saurait tirer parti de la disparition du prétendant légitime au trône.

Xa-Chit-Tecan serra les lèvres et contempla l'esplanade saturée de soleil. À qui iraient les faveurs du Jaguar céleste ? À qui reviendrait finalement le pouvoir suprême, le trône du Jaguar terrestre ? Voilà des années qu'il se posait secrètement ces questions. La roue du destin continuait à tourner; il ne s'agissait, pour lui, que de se maintenir prudemment en place et d'attendre que vienne son heure.

Étendue à l'ombre de sa demeure des escargots, une coupe de nectar à la main, Balamdé s'amusait avec sa jeune esclave favorite lorsqu'une servante lui annonça la visite de Jolom.

Quelques instants plus tard, la magicienne apprenait la capture d'Hunac et s'enquérait des derniers soubresauts politiques de l'empire. L'Olmèque se montra satisfaite, mais pas autant que l'espérait le gouverneur itza.

— Tous ces événements se préparaient depuis longtemps, déclara-t-elle. En fait, quand on y regarde de près, la crise que nous connaissons n'est pas tant politique que religieuse. Les peuples qui nous ont précédés donnèrent naissance à de grandes civilisations, non pas en s'appuyant uniquement sur des conditions matérielles et économiques qui, de toute manière, firent souvent défaut, mais bien grâce à la force de rassemblement et de cohésion d'une vision religieuse transcendante. Ce n'est qu'autour d'un tel noyau que peuvent se rassembler harmonieusement les données culturelles et sociales d'une nation qui se veut puissante. Ces civilisations anciennes ont évolué et ont disparu en conformité avec les exigences du cycle temporel dans lequel elles s'inséraient. Pense à cet empire que tu diriges, Jolom; les divinités ancestrales des Mayas ne sont plus que le reflet sans vie de ce qu'elles incarnaient à l'origine, et ce n'est certes pas la religion solaire instaurée par Kukulkan qui remettra les choses en ordre. Cela explique d'ailleurs la vogue que le culte d'Ixchel connaît actuellement chez les Itzas, mais également chez les autres ethnies, qui y voient, par delà leurs croyances particulières, un juste retour à la glorification et à l'adoration des grandes forces vitales. C'est ainsi que, sous l'œil et le patronage d'Ixchel, les énergies sublimées du sexe et du sang nourrissent le grand Serpent cosmique.

— Hum... je comprends tout cela, coupa Jolom qui ne tenait pas à poursuivre une conversation qu'il trouvait un peu trop abstraite à son goût. Mais dis-moi donc plutôt comment réprimer la rébellion qui gronde dans les cités de l'empire?

— Avant de réprimer, il faut comprendre, répondit Balamdé. Il y a d'abord la sécheresse bien sûr, mais elle n'explique pas tout. La capture de cet Hunac tombe à point; elle permettra d'affirmer ton autorité et de convaincre le peuple que les dieux t'appuient sans réserve. Suis la suggestion de Kabal-Xiu et fait sacrifier cet Hunac au dieu de la pluie. Accorde à l'Ah-Kin d'Uxmal la responsabilité de conduire la cérémonie du sacrifice; ce prêtre est très respecté par ses congénères mayas qui interpréteront sa présence au puits sacré comme un signe d'appui à ton pouvoir. Enfin, montre à tous que tu tiens solidement les rênes du pouvoir; rassemble les représentants des grandes cités pour qu'ils assistent à l'événement et te rendent en public l'hommage qu'ils te doivent.

— Reste à savoir si Kabal-Xiu acceptera; on m'a affirmé qu'il ne prisait guère les sacrifices humains, déclara Jolom.

— Il acceptera, n'aie crainte à ce sujet. Il ne pourra refuser une si bonne occasion d'afficher son pouvoir religieux et d'accroître ainsi son pouvoir personnel. De plus, la scène plaira davantage aux masses paysannes qui accepteront plus volontiers le sacrifice d'un Maya s'il est accompli selon les prescriptions et les usages de leurs croyances.

— Et les grands seigneurs toltèques, comment manœuvrer avec eux ? Tu sais qu'ils sont toujours enclins à me tenir responsable du moindre problème qui affecte l'empire. Parfois, je pourrais croire qu'ils m'ont permis d'accéder au poste de gouverneur uniquement pour que j'absorbe les chocs politiques qu'allait inévitablement entraîner la mort de Chac-Xib-Chac.

— Sois encore plus ferme dans tes décisions et tes actes, Jolom, c'est là une qualité qu'ils savent apprécier. Fais montre d'initiative et va au-devant de leurs attentes. Il faut qu'ils soient convaincus que tu es vraiment l'homme qui convient. Qu'ils sentent cependant que, derrière toi, c'est eux qui tirent les ficelles et contrôlent les destinées de la fédération. Mais surtout, adhère encore plus à leurs croyances et sacrifie régulièrement et publiquement à Kukulkan; que tous sachent que le Serpent à plumes est la première divinité de l'empire.

— À propos de serpent, crois-tu que je puisse avoir confiance en Xa-Chit-Tecan ? Malgré son apparente fidélité, je le soupçonne d'avoir des visées sur le trône du Jaguar.

— Tu es certainement aussi utile à l'Hapay Kan qu'il ne l'est à toi, rétorqua Balamdé avec un sourire narquois. Ça, le prêtre toltèque le sait; tu n'as donc rien à craindre de ce côté, pour l'instant du moins.

— Et les dieux, interrogea Jolom, quel rôle voudront-ils jouer dans la suite des événements ?

— Ixchel et Kin incarnent les deux pôles tangibles de la
création terrestre, répondit la dame noire, mais l'harmonie
de leurs rapports est parfois difficile et même impossible sans
l'intervention médiatrice de Chac. Fatigué de l'orgueil de
Kin, lui-même excédé par la froideur de sa compagne Ixchel,
Chac s'est retiré au plus profond du puits sacré et a abandonné notre monde entre les crocs du Jaguar céleste. C'est
pourquoi il faut offrir la vie du jeune Hunac à la divinité des
eaux; celle-ci doit comprendre que nous avons besoin d'elle,
et le sacrifice d'un être humain est certainement le meilleur
moyen de le lui montrer.

— Et notre mère Ixchel, quelle sera sa réaction? Ne
prendra-t-elle pas ombrage de ce nouveau sacrifice à Chac?

— Bien sûr que non, poursuivit Balamdé. Laisse Ixchel
opérer son propre travail. Comme toujours, elle agit dans
l'obscurité et le silence. Elle n'apprécie guère les grandes
cérémonies et le faste prétentieux dont aiment s'entourer les
dieux du commun. Laisse le temps à la déesse lunaire d'appri-
voiser le grand Serpent céleste et accorde-lui encore cinq jours
avant le sacrifice au cenote sacré; c'est alors qu'elle montrera
son visage entier et que son influence sera la plus puissante.

Jolom considéra Balamdé d'un œil interrogateur. «Quelle
connaissance, quels pouvoirs possède donc vraiment cette
femme?» pensa-t-il. «Mieux vaut, en tout cas, avoir la dame
noire comme alliée que comme ennemie.»

Assise à l'ombre d'un éventail que balançait noncha-
lamment une esclave, la princesse Ixaquil dictait à un scribe
les paroles d'un poème qu'elle venait de composer et qu'un
flûtiste s'empressait déjà de mettre en musique. Le musicien
allait lancer quelques notes lorsqu'une tenture s'écarta,
livrant passage à Chimec.

— On a retrouvé le meurtrier de ton père! haleta la jeune
Itza. Il doit être certainement fou, car il s'est constitué lui-
même prisonnier au grand prêtre Kabal-Xiu d'Uxmal. Les
deux hommes sont en route vers la capitale et ils devraient

arriver d'un moment à l'autre. Enfin, les dieux ont écouté nos prières; le temps des épreuves touche à sa fin. Le Serpent va enfin se libérer de sa vieille peau; les dirigeants de l'empire, le gouverneur Jolom en tête, pourront respirer plus à l'aise et entreprendre les grands desseins qu'ils nourrissent.

La princesse se leva brusquement; les paroles de Chimec avaient éveillé en elle le souvenir de son aventure avec Hunac. Elle songea, non sans amertume, à cette brève mais combien extraordinaire évasion hors de son petit univers de fille de gouverneur-roi. Épisode peu reluisant pour l'image de marque de son nouveau mari, qui avait préféré ne pas ébruiter l'affaire. Cette aventure, qui semblait de prime abord un simple caprice, s'était pourtant bel et bien teintée des couleurs de l'amour avant de se résorber, tant bien que mal, derrière un masque d'indifférence et de silence.

— Que va-t-on lui faire ? questionna-t-elle en essayant de cacher le trouble qui l'assaillait; cette réaction, elle le savait bien, la trahissait surtout envers elle-même, elle qui refusait encore de croire que le jeune marchand qui avait si effrontément abusé de sa confiance ait pu toucher les fibres de son cœur.

— C'est Jolom et le conseil des grandes familles toltèques qui détermineront le type de mort que connaîtra l'assassin de ton père. J'ai cru comprendre qu'étant donné la sécheresse qui sévit, cet Hunac Cahuich pourrait être précipité dans la bouche de Chac, fit Chimec, accompagnant ses paroles d'un geste de la main suggérant une chute dans le vide.

Comme si elle pressentait ce saut dans le gouffre, Ixaquil ferma les yeux. Ainsi finirait la vie d'Hunac, le seul homme qu'elle ait peut-être réellement aimé, même si ce ne fut que l'éphémère instant d'une étreinte.

— Ce sera un bien beau spectacle, poursuivit Chimec sur un ton nonchalant. Tous les notables des grandes cités de l'empire se feront un devoir d'y assister, car Jolom profitera de l'occasion pour recevoir les tributs annuels et entendre les serments d'allégeance au trône du Jaguar. Quel grand rassemblement ce sera ! Il y aura ceux de Coba, de Tulum et de Cozumel qui offriront à leur nouveau maître tous les produits de la mer caraïbe. Il y aura ceux d'Uxmal, de Mayapan, de Dzibilchatun qui amèneront de nombreux esclaves ainsi que les plus belles pièces de leur artisanat. Puis, bien entendu, il y aura la délégation d'Itzamal, la ville où j'ai grandi; ceux-là amèneront à Jolom des enfants, garçons et filles, afin qu'on les sacrifie à Kukulkan.

À cette sinistre évocation, Ixaquil ne put réprimer une grimace de dégoût. Même si elle n'avait aucune attirance pour ces êtres bruyants qu'étaient, à ses yeux, les enfants, il lui déplaisait de savoir qu'on pouvait ainsi les priver de vie en échange des faveurs de son puissant mari.

Ne prêtant plus qu'une oreille distraite aux propos que continuait à lui débiter Chimec, Ixaquil tourna son regard vers l'horizon qui, à l'approche du soir, se teintait d'orange et de pourpre. Elle songea à son mariage avec le seigneur itza; presque neuf mois avaient passé depuis les derniers ayebs et cette union qui représentait pour elle une continuité de la sécurité et du confort auxquels elle avait été habituée. Mais dans la mesure où elle se montrait sincère avec elle-même, elle devait reconnaître que la dimension affective de leur mariage faisait jusqu'à ce jour cruellement défaut. À part quelques nuits d'amour vite expédiées et les nombreux banquets et réceptions où les époux se devaient d'apparaître côte à côte, son mari se montrait excessivement discret, pour ne pas dire absent. Bien sûr, elle savait que Jolom devait consacrer beaucoup de temps et d'énergie à la gérance de l'empire, mais il lui semblait tout de même que son fier conjoint passait plus de temps à boire et à s'amuser avec ses amis itzas et toltèques qu'à prendre soin d'elle. Une idée qu'elle avait souvent repoussée s'imposa de nouveau à son esprit: et si Jolom la trompait, derrière son dos, avec l'une ou l'autre des courtisanes du palais? Ah! soupira-t-elle; si seulement elle avait pu confier ses pensées et ses craintes à quelqu'un, une amie, ne serait-ce qu'à une servante. Sa seule vraie confidente avait longtemps été Chimec, mais, depuis son mariage, elle se méfiait de cette Itza à la peau sombre dont l'attitude avait d'ailleurs beaucoup changé à son égard. Quant aux esclaves et aux servantes qui l'entouraient constamment, ils avaient tous été choisis parmi des hommes et des femmes appartenant à l'entourage immédiat de son mari, et ils lui donnaient souvent l'impression d'avoir été placés auprès d'elle uniquement afin d'épier ses faits et gestes. Il ne lui restait plus, comme point d'attache, que son jeune frère Tiak Kan, lequel, confiné dans sa chambre, ne cessait de se remettre d'une violente et mystérieuse crise nerveuse qui, depuis des semaines, le laissait sans forces.

— Tu sembles bien soucieuse, princesse, murmura Chimec en entourant Ixaquil de ses bras langoureux. Peut-être aimerais-tu m'accompagner jusqu'à la maison des petites têtes où nous pourrions passer quelques heures de douceur ? La dame noire et moi-même connaissons bien des secrets pour réchauffer les corps et les cœurs.

— Non, Chimec, je te remercie de tes attentions, mais je ne me sens pas d'humeur à cela, plus tard peut-être, répondit la princesse en se libérant des bras de l'Itza.

— Comme il te plaira, déclara Chimec avant de se retirer.

« Ainsi, la petite Ixaquil a le vague à l'âme », se dit l'Itza en traversant les salles du palais. « Il faudra que j'en parle à Balamdé ; notre chère magicienne a certainement quelques médecines qui rendront à la princesse sinon la joie de vivre, du moins la capacité d'accepter un sort que, somme toute, lui envieraient bien des femmes. »

Pendant ce temps, Ixaquil avait repris sa place sous l'éventail et écoutait une esclave chanter, sur différents tons et différents rythmes, les paroles que lui avait inspirées le voyage quotidien de Kin au-dessus des grands édifices de la capitale :

Ô amour
beau comme le jour
tu rayonnes
tu illumines
tu contiens l'éternité

LA BOUCHE
DU DESTIN

La bouche du destin

Hunac cligna des yeux et grimaça; contrastant avec l'obscurité et l'humidité du bain de vapeur qu'il venait de quitter, jamais le pouvoir du Jaguar céleste ne lui avait paru si absolu. Depuis que le masque clair et froid d'Ixchel s'était souillé de sang, le soleil avait perdu les faveurs de sa compagne céleste. Grandes étaient l'impatience et la frustration du Jaguar; et sans la médiation rapide de Chac, sa chaleur et sa lumière menaçaient de dessécher et de consumer toutes choses à la surface du Yucatan.

Quatre guerriers toltèques attendaient le prisonnier à sa sortie du bain de vapeur. Les bras et les jambes ornés de faisceaux de plumes noires et rouges, le torse revêtu d'une peau de jaguar brodée de fils d'or et d'argent, ils arboraient le pectoral à l'effigie du papillon mythique. Ils conduisirent Hunac jusqu'à une chambre où des esclaves enduisirent son corps d'une huile parfumée afin de le rendre agréable à Chac. On lui fit ensuite enfiler une tunique de coton jaune vif; cette couleur, réservée aux grands criminels, l'identifiait aux yeux de tous comme l'unique responsable de tous les maux qui affligeaient le pays depuis l'assassinat de Chac-Xib-Chac. Lorsque le vêtement d'infamie eut été ajusté à sa taille à l'aide d'une cordelette de sisal noire, on y ajouta une cape rouge qui le désignait comme une offrande propitiatoire, un bouc émissaire choisi pour payer et effacer non seulement ses fautes, mais aussi celles de tout le peuple. Deux autres esclaves amenèrent le lourd anneau de pierre qui l'entraînerait bientôt au fond du puits. Après avoir noué une corde autour de sa taille, ils l'assujettirent à l'anneau qu'ils déposèrent finalement sur ses épaules. La faute extraordinairement grave d'Hunac l'obligeait en effet à transporter lui-même, et aux yeux de tous, cette pierre d'infamie jusqu'au puits sacré. Enfin, un autre esclave apporta un miroir de cuivre pour que le condamné puisse contempler une dernière fois son visage que le bain de vapeur avait décapé et rougi tel le soleil à son déclin.

Comme son titre de victime sacrificielle lui donnait droit à quelques égards, les Toltèques laissèrent au condamné quelques minutes de répit dans l'antichambre du bain. Seul entre quatre murs, Hunac considéra son corps prêt au sacrifice. Un vent de terreur le secoua soudain, sa raison vacilla, mais finalement son âme s'inclina devant son destin et il trouva la paix en s'abandonnant totalement entre les bras de la mort.

Les gardes l'interpellèrent bientôt afin qu'il les suive à l'extérieur. Prêt à accepter toutes les humiliations et tous les outrages, il traversa l'antichambre bordée de bancs de pierre qui donnait sur le portique d'entrée. La forte rumeur qui parvenait à ses oreilles lui fit comprendre qu'une populace criarde et irritée l'attendait de l'autre côté du mur. Il hésita encore, le temps d'un dernier frisson, de quelques battements de cœur. Enfin, dominant son émotion, il franchit le seuil du bain de vapeur et pénétra dans le monde extérieur.

Comme prévu, Kabal-Xiu l'attendait à la sortie du petit bâtiment. Celui-ci tenait à la main une longue et lourde canne dont l'extrémité supérieure, habilement sculptée, montrait les deux visages d'Ekchuah, le dieu du sacrifice et de la mort. Écartant d'un geste les guerriers Jaguars qui escortaient le prisonnier, le prêtre promena son bâton au-dessus de la tête d'Hunac et prononça les paroles qui le consacraient victime sacrificielle. Désormais, il n'appartenait qu'à Chac et n'avait plus rien à voir avec le monde des hommes. Son essence vitale, une fois dissoute et incorporée par le dieu des eaux, pourrait influencer la divinité en faveur des hommes. Ce geste accompli, Kabal fit signe à Hunac de le suivre. Laissant derrière lui le palais du gouverneur et les édifices administratifs, le cortège prit la direction du soleil levant et s'engagea sur la grande esplanade dallée qui longeait la façade sud du temple des guerriers. Des centaines de personnes se massaient déjà sur le passage du condamné, annonçant la foule immense qui l'attendait près de la pyramide de Kukulkan et tout le long du Sac-Bé conduisant au grand cenote.

Soutenant de ses mains l'anneau de pierre qui lui écrasait les épaules, le prisonnier s'efforçait de ne pas prêter trop d'attention à tous ces visages qui l'entouraient et qui lui lançaient des regards furieux et des propos malveillants.

Tandis qu'il marchait sous un soleil de plomb, Hunac vit défiler dans sa tête divers épisodes de sa courte vie: le bon temps passé en compagnie de son père, les routes et les voyages sans fin, les objets précieux obtenus à force de recherches, les villes, les gens innombrables rencontrés au hasard des chemins. Mais cette fois, le voyage de sa vie arrivait bel et bien à son terme, à moins que, comme l'affirmaient les prêtres, il ne soit que le prélude à un autre voyage plus fantastique encore. Mais lui, pauvre criminel, quels tourments l'attendaient encore dans cet au-delà rempli de mystères, peuplé d'ombres et d'esprits qui sauraient bien lui rappeler à jamais sa faute ?

Une violente douleur à l'épaule droite le ramena à la réalité. Faisant fi des règles qui imposaient le respect à l'égard des victimes sacrificielles, quelqu'un dans la foule lui avait lancé une pierre acérée. Des protestations s'élevèrent, mais une volée d'accusations retentit, plus forte encore.

— C'est à cause de lui si le sol de mes champs ressemble à une vieille peau toute ridée ! accusa un paysan maya.

— Regardez son visage ! clama une voix de femme. Il porte la marque de Noth Ek !

Hunac fit une grimace en se rappelant que cette terrible malédiction frappait parfois ceux qui s'étaient livrés à des perversions ou à des excès d'ordre sexuel. Il poursuivit son chemin, les yeux tournés vers le sol, toujours protégé par son escorte qui repoussait sans ménagement une foule hurlante et de plus en plus menaçante.

Une autre pierre vint cette fois le frapper en plein visage. La douleur, associée au poids de l'anneau, lui fit perdre l'équilibre. Lorsqu'il se releva, un filet de sang coulait de son front et se répandait sur son visage. Le désordre s'amplifia, une émeute menaçait d'éclater. Voyant cela, et se doutant d'une mise en scène sciemment organisée pour discréditer Hunac, Kabal-Xiu décida d'intervenir.

— Est-ce ainsi que l'on traite ceux qui vont donner leur vie au dieu Chac dans l'espoir de restaurer l'harmonie du ciel et de la terre et de ramener la pluie! lança-t-il d'une voix puissante.

Levant sa canne vers la foule superstitieuse qui recula devant ce geste d'autorité, il traça de nouveau, cette fois à la vue de tous, les gestes symboliques consacrant Hunac victime sacrificielle. Ce rite le propulsait hors de portée de la vindicte des hommes et le remettait entièrement entre les mains des dieux, ses ultimes juges. Ce spectacle parut calmer un peu la foule, et le cortège put enfin gagner la voie sacrée.

Après de longues et pénibles minutes de marche sous un soleil écrasant et au milieu d'une foule compacte et grouillante, le cortège conduit par Kabal-Xiu atteignit les abords du cenote où avait été élevée, pour l'occasion, une imposante estrade d'honneur recouverte d'un auvent de toile destiné à protéger les seigneurs toltèques ainsi que les dignitaires des cités confédérées du souffle brûlant et asséchant du Jaguar solaire.

Kabal-Xiu avait prévenu le condamné de tout ce déploiement de pouvoir visant à démontrer la puissance et l'autorité de Chichen sur les diverses provinces de l'empire. Ainsi, Hunac avait appris que son sacrifice serait suivi de la remise annuelle des impôts et des tributs, fixés à l'origine par

Kukulkan, et exigés depuis deux siècles par les maîtres toltèques de Chichen. Le nouveau gouverneur itza comptait bien mettre à profit cette coutume pour asseoir son autorité encore chancelante. Comme tous ceux qui l'avaient précédé à ce poste, Jolom avait besoin de l'appui indéfectible des cités, de leurs redevances de toute nature, et surtout des nombreux miliciens qu'elles lui fournissaient, pour maintenir son autorité et poursuivre la politique expansionniste envisagée par son prédécesseur. Car aussitôt écrasés les troubles intérieurs ainsi que les tribus vagabondes qui menaçaient l'intégrité du territoire de la fédération, c'est vers les hauts plateaux montagneux et leurs richesses en hommes et en métaux précieux que se tournerait l'ardeur conquérante des guerriers de Kukulkan.

Toujours précédé de Kabal-Xiu, Hunac exécuta les derniers pas qui le séparaient encore du petit temple érigé aux abords du cenote. À l'intérieur de celui-ci, à l'abri des regards de la foule, le prêtre lui tendit la coupe remplie du breuvage euphorisant destiné à apaiser la peur du gouffre et de la mort. Tout comme Touloum l'avait fait avant lui, Hunac refusa la boisson; il tenait à vivre en toute lucidité les derniers moments qu'il lui restait à passer dans le monde des vivants.

Pendant ce temps, à l'extérieur, la foule finissait de se rassembler autour du puits. Jamais sans doute il n'y avait eu là tant de monde. La présence de plusieurs hauts personnages venus des quatre coins de l'empire n'était qu'une des raisons d'une telle affluence. Le peuple tout entier priait pour que la mort du meurtrier de Chac-Xib-Chac mette un terme à la sécheresse. N'avait-on pas noté, depuis la capture d'Hunac, la présence d'imposants nuages qui refusaient pourtant de déverser leurs eaux sur la terre? Debout sur des estrades construites de chaque côté du temple, des prêtres accomplissaient les rites conçus pour s'attirer les bonnes grâces des autres divinités. En ce jour de grande espérance, toutes les ethnies vivant à Chichen se mêlaient sans discrimination afin de témoigner leur foi à Chac, à Kukulkan ou à Ixchel; Jolom avait d'ores et déjà de quoi être satisfait.

Jugeant le moment venu de passer à la phase finale du sacrifice, Kabal-Xiu jeta un regard par l'ouverture du temple qui donnait sur le gouffre sacré. Désignant la passerelle de bois qui surplombait les eaux dormantes, il fit signe à Hunac d'avancer. L'anneau autour du cou, le jeune homme s'engagea sur la passerelle d'où il put voir clairement l'estrade des officiels, au centre de laquelle se tenait Jolom et, à ses côtés, comme il fallait s'y attendre, la belle Ixaquil, tous deux drapés de leurs plus beaux costumes couverts de plumes aux teintes éclatantes qui les assimilaient à des créatures célestes. Trop éloigné pour pouvoir distinguer le trouble qui marquait les traits de la princesse, il embrassa une dernière fois du regard cette foule immense, ce peuple entier venu savourer sa mort.

– Que Chac me pardonne ! clama-t-il d'une voix forte. Qu'il ait pitié de moi ! Puisse mon sacrifice ramener la pluie !

S'avançant encore un peu, il contempla les eaux tranquilles qui miroitaient vingt mètres plus bas. Sous le lourd anneau de pierre qui opprimait sa poitrine, ses doigts se refermèrent sur la perle blanche qui pendait toujours à son cou. Il fit alors un dernier pas et son corps chavira dans le vide.

Des roulements de tambour accompagnés d'une clameur unanime saluèrent la chute puis la disparition d'Hunac sous les eaux glauques du cenote. Sous l'impact de son entrée dans la bouche de Chac, la cape rouge du condamné s'était détachée; elle flotta un moment à la surface des eaux, avant d'aller rejoindre Hunac vers les abysses. Le sacrifice s'était déroulé sans accroc. La victime n'avait pas regimbé. Son corps avait coulé rapidement et s'était abandonné sans résistance à la mort. Les présages s'avéraient excellents.

Comme d'habitude, dans l'espoir de profiter au maximum de l'événement, de nombreux participants lancèrent dans le puits une foule d'objets plus ou moins précieux et rituellement détruits afin de s'attirer les bonnes grâces du dieu capricieux qui résidait au fond du gouffre. Attiré par l'offrande humaine qui venait de lui être attribuée, Chac, pensait-on, accueillerait plus volontiers ces offrandes individuelles. Les bijoux, les objets en or, les pierres précieuses rejoindraient, sous la vase qui tapissait le fond du puits, les trésors que les dévots y avaient jetés depuis des temps immémoriaux. Afin de montrer qu'il s'associait aux manifestations de foi qui animait la populace, Jolom quitta sa place et se rendit au bord du cenote. Après avoir détaché de son cou un magnifique collier d'or et de jade, il le lança sans hésitation dans le gouffre, à la grande satisfaction de tous les Mayas, heureux de constater le respect que manifestait le nouveau gouverneur itza envers le plus important de leurs dieux ancestraux.

En fait, le nouveau maître de l'empire doutait que cette mise en scène puisse apporter rapidement la pluie, mais il espérait que cet exercice de piété ferait oublier, pendant un temps du moins, la cruelle sécheresse qui sapait sa légitimité à occuper le siège du Jaguar.

Son devoir religieux accompli, Jolom retrouva Ixaquil à l'estrade d'honneur. Sous les regards d'une foule avide de spectacles et de déploiements, le couple se prépara à recevoir les tributs et les cadeaux somptueux que lui présenteraient, l'une après l'autre, les délégations des cités soumises au pouvoir toltèque.

LA LUMIÈRE AU
FOND DU PUITS

La lumière au fond du puits

Il coulait à pic. Le choc occasionné par sa rencontre avec la surface des eaux avait failli lui faire perdre connaissance. La relative fraîcheur de l'élément fouetta ses sens et lui permit de voir s'estomper au-dessus de lui le doux reflet du jour. L'impact avait libéré son cou de l'anneau de pierre, mais la corde qui le retenait à la taille l'entraînait irrésistiblement vers le fond du cenote où, parmi les objets précieux et les ossements des sacrifiés, son corps irait rejoindre celui de Touloum dans l'éternité.

Tandis qu'il s'enfonçait, sa conscience sembla se détacher d'un corps irrémédiablement voué à la destruction et sa mémoire lui restitua une avalanche de souvenirs où se mêlaient différents épisodes de sa vie. Il eut tout à coup la sensation que sa chute ralentissait. Ses mains saisirent la corde qui pendait à sa taille et la firent remonter sans aucun effort. Inexplicablement, l'anneau de pierre s'était détaché et avait atteint seul le fond du puits. Il perçut alors une clarté diffuse au sein des ténèbres qui régnaient en maîtres au creux de la bouche béante de Chac. Trouvant la force de faire encore quelques mouvements, il nagea vers cette lumière que l'on aurait dite fixée aux parois du puits. Ses yeux entrevirent alors un halo au milieu duquel palpitait une présence lumineuse dans laquelle Hunac reconnut aussitôt Touloum, sa fiancée perdue.

Comme dans un rêve, il perçut la silhouette éthérée de la jeune femme qui se dessinait de plus en plus nettement au cœur de la bulle de lumière. L'apparition étendit un bras et lui désigna l'une des sombres anfractuosités qui tapissaient la paroi verticale du puits. Ne sachant même plus s'il était mort ou vivant, Hunac parvint à gagner l'endroit indiqué. Ses mains engourdies frôlèrent la roche et y découvrirent une ouverture béante.

– Va, entre là ! fit en lui la voix de Touloum.

À bout de souffle, Hunac trouva encore la force d'obéir à cette injonction. S'introduisant dans le trou qui perçait la roche, il se sentit aspiré dans une sorte de tunnel étroit et anguleux. Au moment où il allait suffoquer, sa tête émergea dans un espace vide parfaitement obscur. Tandis qu'il toussait et crachait l'eau qui s'était introduite dans ses bronches, ses doigts parvinrent à s'agripper à quelques aspérités rocheuses et il put enfin reprendre son souffle.

C'est dans ce réduit de roche où un peu d'air se trouvait captif qu'Hunac, le cœur battant comme un tambour, vit s'esquisser les premières images d'une vision qui se précisa peu à peu. Comme projeté hors du temps et de l'espace, son esprit se retrouva dans le palais de Chac-Xib-Chac, durant cette nuit funeste où il avait poussé le gouverneur contre un mur avant de s'enfuir avec sa fille.

La voix courroucée du souverain toltèque les surprenant dans les délices de l'amour charnel éclata en lui comme un coup de tonnerre. Hunac eut alors la sensation de contempler la scène de l'extérieur de lui-même, comme l'aurait fait un hypothétique spectateur. Devant l'intrusion véhémente de Chac-Xib-Chac, il vit son corps frémissant de peur se détacher de celui d'Ixaquil. Il assista de nouveau à sa bousculade avec le gouverneur. Puis, il vit sa main attraper celle de la princesse afin de l'entraîner. Mais sa conscience, dégagée de son corps, resta dans le palais et put voir le gouverneur se relever. À cet instant, surgissant du couloir, apparut un guerrier armé d'une massue. Malgré le masque de plumes noires et rouges qui cachait en partie son visage, Hunac put reconnaître Jolom. Encore étourdi par sa chute et surpris par cette soudaine apparition, le gouverneur s'apprêtait à interroger le nouveau venu sur son identité et la raison de sa présence en ce lieu. Mais avant même qu'il ait pu prononcer un mot, la massue s'abattit sur son crâne et le fracassa. Le corps de Chac-Xib-Chac roula encore sur le sol, mais cette fois ne se releva plus.

La scène prit brusquement fin sur cette image de violence et de mort. Tandis que l'obscurité reprenait possession du réduit où il se trouvait confiné, Hunac, encore ébahi par les images qu'il venait de contempler, retrouvait son souffle. Sa raison était sur le point de s'insurger et de refuser toute réalité à cette vision lorsqu'au cœur des ténèbres qui l'enveloppaient se manifesta encore une fois cette sphère légère, tissée de fibres éclatantes, dans laquelle il avait reconnu Touloum.

– Ne crains rien, Hunac, entendit-il encore. Tu me perçois en ce moment sous une apparence en vérité plus réelle que celle que tu as jadis connue. Ne doute pas de ce que ton cœur voit en ce moment; ne rejette pas cette vision qui vient de t'être accordée, car les choses se sont bel et bien passées ainsi, cette nuit-là, dans le palais du gouverneur. Comprends que tu as été le jouet d'une machination longuement préméditée par un cercle de conjurés itzas qui désirait placer l'un des leurs sur le trône du Jaguar tout en affaiblissant l'influence maya au sein de l'empire. Accepte la vérité, Hunac, continua Touloum. Tu n'es coupable de rien, sinon peut-être d'avoir éprouvé la puissance et la magie d'une passion dont les feux consument souvent ceux qui s'y abandonnent. À part une certaine idée de toi-même, tu n'as tué personne, Hunac; alors tu es innocent, et tu es libre !…

Sur ces mots, l'apparition s'évanouit, laissant Hunac se pénétrer d'un message qui trouvait lentement son chemin jusqu'au plus profond de son être.

Pendant ce temps, à l'air libre, un dais de nuages avait commencé à recouvrir le ciel, jetant un peu d'ombre sur la foule occupée à regarder les délégations des cités fédérées venues offrir à Jolom les redevances annuelles auxquelles lui donnait droit son titre de gouverneur. Au grand agacement de ce dernier, plusieurs ambassadeurs s'enquéraient de l'état de santé du prince Tiak Kan dont l'absence très remarquée soulevait bien des questions. Finalement, c'est la princesse Ixaquil qui révéla le piètre état de santé du futur gouverneur-roi, trop faible pour supporter la canicule et la longue cérémonie du sacrifice et de la remise des tributs.

Les représentants d'Izamal s'approchèrent. C'était à leur tour de présenter des cadeaux et de décliner la liste des produits qui viendraient gonfler les greniers et le trésor de l'État. Peuplée en majorité d'Itzas, cette cité restait l'une des seules grandes agglomérations à ne pas avoir connu l'agitation et la contestation qui sévissaient partout ailleurs dans l'empire; elle représentait un élément sûr et constituait un atout pour le gouverneur itza.

– Ô Jolom, puissant seigneur; toi qui occupes souverainement le trône du Jaguar; toi en qui s'incarnent la vertu et la puissance; nous reconnaissons en ta personne le reflet terrestre du grand Kukulkan et nous implorons le privilège de précipiter, en ton nom, un enfant dans le puits sacré.

Jolom contempla un instant le ciel où s'accumulaient des nuages de plus en plus sombres qui ne daignaient toujours pas verser une seule goutte sur la terre assoiffée.

– C'est bien. Je suis reconnaissant à la fière cité d'Izamal de la fidélité sans faille dont elle fait preuve. Je suis flatté de son offrande et je l'accepte. Faites en sorte qu'on procède sans plus tarder au sacrifice.

Dès que la foule vit le prêtre d'Izamal accompagner un garçonnet à l'intérieur du temple de Chac, elle comprit qu'un nouveau sacrifice aurait lieu. Bien qu'une majorité de la population eût, en d'autres temps, désapprouvé ces offrandes en série d'êtres humains et surtout de jeunes enfants, les circonstances extrêmes qui prévalaient en ces jours excusaient et justifiaient même les mesures et les gestes les plus graves.

Quant aux Itzas, nombreux autour du puits, ils approuvaient par des cris et des applaudissements l'annonce de ce nouveau don à Chac-Tlaloc. À force de projeter toutes ces vies humaines dans le cenote, pensaient-ils, le dieu de la pluie finirait bien par tendre l'oreille aux plaintes et aux espérances légitimes de ses adorateurs.

Le corps revêtu d'un grand manteau noir couvert de hiéroglyphes triangulaires symbolisant les rayons solaires, le grand prêtre s'engagea sur l'étroite passerelle qui surplombait le gouffre. Dans ses bras reposait l'enfant qui, inconscient de la mort qui l'attendait, roulait vers la foule des yeux amusés.

Le prêtre souleva le corps frêle du bambin vers le ciel et, tandis que ce dernier commençait à geindre et à pleurer, prononça les invocations rituelles à Chac-Tlaloc. En guise de réponse, les nuées amorphes qui flottaient dans le ciel s'entrouvrirent afin de laisser toute la place au soleil. Voulant, selon toute apparence, signifier qu'il n'abandonnerait pas aussi facilement le contrôle du ciel à Chac, le Jaguar céleste darda plus fort que jamais ses rayons sur la foule assemblée autour du cenote. Profondément troublé par ce phénomène et conscient de son effet négatif sur l'assistance qui l'observait, le prêtre se ravisa et jugea bon d'adresser sa prière directement au Soleil plutôt qu'à la divinité des eaux; peut-être, après tout, fallait-il calmer le grand Jaguar avant de chercher à se gagner les faveurs de Chac.

Un cri de stupeur éclata soudain, aussitôt répété et multiplié par des milliers de bouches; plus d'une demi-heure après sa disparition au fond de l'abîme, le tête d'Hunac venait de percer la surface ambrée des eaux du cenote. Au même instant, Kin décida de s'éclipser et le ciel s'obscurcit.

— Laisse là cet être innocent ! cria Hunac en apercevant le prêtre qui, plus de vingt mètres au-dessus de lui, s'apprêtait à précipiter l'enfant dans le puits.

Stupéfait, ce dernier recula, puis décida de se retirer à l'intérieur du petit sanctuaire.

– Peuple de Chichen! lança Hunac d'une voix qu'amplifiait la paroi du puits. Chac m'a laissé la vie afin que tous apprennent la vérité. Il n'y a jamais eu de complot maya pour renverser le pouvoir toltèque; je n'ai pas tué Chac-Xib-Chac; j'ai été victime d'une machination itza. C'est Jolom, le vrai coupable; c'est lui, le meurtrier du gouverneur; c'est lui qui, avec le concours d'Ixchel, a tout manigancé afin de s'approprier le trône du Jaguar.

Comme pour souligner cette affirmation, de grosses gouttes de pluie se mirent à chanter dans l'air sec. Déjà éberluée par ce qu'elle percevait comme un prodige, la foule éclata en cris de joie à l'arrivée de la pluie.

– Qu'on tue immédiatement cet homme ! ordonna Jolom après un moment de stupeur.

Le visage habituellement sombre du seigneur itza s'était coloré du rouge de la colère. Fou de rage, ce dernier ordonna aux lanciers de sa garde d'écarter la foule surexcitée et de prendre position aux abords du puits. Prenant la tête d'Hunac comme cible, un tireur d'élite s'apprêtait à lancer son javelot lorsque quelqu'un le poussa dans le gouffre. Ce geste ajouta encore à la cohue qui se mua en une véritable émeute. N'acceptant plus la domination d'un imposteur, la foule se jeta sur les gardes toltèques et les miliciens itzas qui protégeaient l'estrade d'honneur. Violemment pris à partie, plusieurs de ces derniers allèrent bientôt rejoindre leur camarade dans le cenote.

Entre temps, on avait lancé une corde en direction d'Hunac et des bras puissants le halèrent en dehors du puits. Tandis qu'il posait le pied sur le bord du gouffre, le jeune homme vit qu'autour de sa taille pendait toujours, comme un cordon ombilical, la corde sectionnée qui l'avait relié à l'anneau de pierre devant l'entraîner dans la mort. À la faveur du désordre indescriptible qui sévissait autour du puits, protégé et guidé par une masse compacte de sympathisants, Hunac parvint à fuir les abords du cenote.

La pluie tombait de plus en plus dru et créait déjà de larges flaques sur le sol durci par la sécheresse. Tandis que les enfants gambadaient et sautaient dans les mares d'eau, leurs parents, les mains levées vers le ciel, rendaient grâce à Chac et célébraient la résurrection d'Hunac : le sacrifié sauvé des eaux qui, en plus de la pluie, ramenait avec lui la promesse d'un nouveau cycle.

Voyant ses plans contrariés, Jolom décida de quitter précipitamment l'estrade officielle, non sans avoir jeté sa malédiction sur la foule et sur ce dieu de la pluie qui se jouait si malicieusement de lui.

Pendant ce temps, soulevé de terre et escorté par des centaines d'hommes et de femmes enthousiastes, Hunac se vit entraîné jusqu'à la sortie nord de la ville. On le déposa finalement devant un dignitaire maya qui, à peine quelques minutes plus tôt, se préparait à offrir à Jolom les hommages et les tributs de la cité de Mayapan.

— Tu es l'envoyé des dieux qu'attendait notre peuple ! déclara ce dernier d'une voix assez forte pour que tous l'entendent. Mon nom est Ah Raxa, je suis gouverneur de Mayapan. Ta vie est en danger et ne tient qu'à un fil dans cette cité, continua-t-il. Accompagne-moi jusqu'à ma ville qui t'accueillera comme un guide et un libérateur.

— Mais... Mayapan est toujours sous contrôle toltèque, balbutia Hunac, incrédule et encore bouleversé par les incroyables événements qui venaient de se produire.

— Pas pour longtemps, crois-moi, reprit le dignitaire. Aussitôt que la nouvelle de ton exploit se sera répandue à la ronde et aura atteint le peuple de Mayapan, celui-ci se soulèvera comme un seul homme contre la garnison toltèque qui occupe sa citadelle.

De nouveaux cris éclatèrent. Un groupe de miliciens venait d'apparaître et tentait de rejoindre Hunac pour le tuer. Une volée de pierres meurtrières s'opposa aux javelots itzas et obligea les miliciens à reculer en un complet désordre. De plus en plus étonné par ce qui lui arrivait, Hunac se sentit soulevé par des épaules puissantes qui l'entraînèrent rapidement hors de la ville.

La pluie qui tombait sans discontinuer favorisait leur fuite. Empruntant des voies secondaires, moins susceptibles d'être contrôlées par les guerriers toltèques ou les milices itzas, la petite troupe conduite par Ah Raxa prit la direction de Mayapan et laissa derrière elle une capitale en proie à l'incertitude et à l'anarchie.

LA BATAILLE
DE MAYAPAN

La bataille de Mayapan

Accompagnée par le retour des pluies, la nouvelle de la « résurrection » d'Hunac se répandit en coup de vent à travers les campagnes et les cités de l'empire, et même au-delà de ses frontières. Comme l'avait prédit Ah Raxa, les événements du puits sacré dissipèrent les dernières craintes des habitants de Mayapan. Déjà sur le qui-vive, ceux-ci se soulevèrent en masse contre la tyrannie toltèque et le personnage exécré de Jolom.

La vision qu'Hunac Cahuich avait ramenée des profondeurs du puits sacré avait même convaincu les masses paysannes à se joindre à la guilde des marchands et à une population urbaine déchaînée. Les travaux des champs accomplis, lorsque les semences de maïs, de fèves et de légumes furent confiées à une terre enfin désaltérée, les habitants des villages se groupèrent en bandes. Armés de haches, de bâtons et de javelots de fortune, ils allèrent se placer sous le commandement des seigneurs Cocoms, la vieille et encore puissante famille maya qui avait contrôlé Mayapan et sa région jusqu'à l'apparition de Kukulkan au plat pays. Démoralisée par ce qu'elle avait entendu dire sur les derniers événements de Chichen, submergée par le nombre et la détermination des insurgés, la garnison toltèque montra bien peu d'ardeur au combat et s'inclina rapidement devant le souffle puissant de la rébellion. Elle accepta l'offre honorable de reddition que lui offrit Ah Raxa, geste qui ouvrit aux révoltés les portes de la citadelle, le symbole de la domination toltèque.

La vindicte publique s'était alors tout naturellement tournée vers la minorité itza et seule l'intervention personnelle d'Hunac put éviter le bain de sang. Apaisant les esprits, tempérant les ardeurs belliqueuses d'un peuple qui rompait ses chaînes séculaires, le jeune homme était considéré comme le libérateur tant attendu qui chasserait enfin les Toltèques du pouvoir, comme le guide qui saurait conduire les Mayas du Yucatan à l'aube d'un cycle renouvelé.

Tous ces bouleversements s'étaient déroulés très vite, trop vite peut-être pour Hunac. Après la surprise de son brusque retour à la vie, il n'avait guère eu le temps de réfléchir à toutes les implications du rôle qu'on attendait de lui. Ayant repris le contrôle de la grande cité marchande, les doyens de la famille Cocom résolurent d'un commun accord d'investir Hunac du titre de « guide de la révolution ». Alors même qu'il cherchait encore le sens de son aventure, il accepta cet honneur, car peut-être, comme plusieurs l'affirmaient, le dieu Chac l'avait-il choisi pour être le libérateur de son peuple, un peuple depuis deux siècles assujetti aux Toltèque et à l'adoration d'un dieu unique qui réclamait toujours plus de chair et de sang humains. S'il pouvait avoir un rôle à jouer en ce domaine, si son influence pouvait mettre un terme aux sacrifices humains et aux injustices, il exercerait ce pouvoir sans hésitation.

Quelques jours plus tard, dans une salle du grand palais de Mayapan, les insurgés faisaient le point. Entouré de Kabal-Xiu et d'Ah Raxa, Hunac écoutait les derniers rapports émanant des régions de l'empire. Libéré de sa culpabilité, son visage s'était complètement purifié du mal qui l'avait asséché et crevassé.

— Le peuple d'Uxmal n'attend plus qu'un signe, qu'une parole de toi pour se soulever à son tour, balayer la garnison toltèque et instaurer un nouveau gouvernement qui se soumettra aussitôt à ta loi, seigneur Hunac Ceel, déclara un messager dépêché par le conseil des Xiu, la famille dominante de la vieille cité religieuse qui avait, elle aussi, reçu l'appui massif des paysans qu'avait galvanisés l'extraordinaire exploit du jeune Maya.

Hunac porta la plus grande attention aux paroles de l'envoyé d'Uxmal qui n'avait pas hésité à le surnommer «Ceel», le «jaguar» en dialecte maya. Le jeune héros ne cessait de s'étonner des répercussions que sa sortie du puits sacré provoquait dans l'esprit des millions d'habitants de l'empire, répercussions que la libération de Mayapan amplifiait en démontrant que les guerriers toltèques n'étaient pas invincibles, comme on l'avait toujours cru.

— Un soulèvement à Uxmal pourrait bien tourner au massacre, s'inquiéta Kabal-Xiu. La garnison toltèque y est importante et l'effet de surprise ne pourra y jouer comme à Mayapan. Que pourront faire des marchands, des artisans et des bandes de paysans contre une force militaire bien entraînée, fanatisée par le culte sanguinaire de Kukulkan et munie de ces feuilles séchées qui font oublier la fatigue et exacerbent le courage ? Et puis, il ne faudrait pas sous-estimer la réaction de Jolom, ce dernier a encore la partie belle à Chichen; il ne tardera pas à renforcer la garnison d'Uxmal et à monter une expédition punitive contre Mayapan et sa population.

— Les renforts que tu sembles craindre risquent d'être longs à se manifester, reprit Ah Raxa. N'oublie pas que, malgré leur apparente fidélité aux Toltèques, les citoyens de Chichen ont été les témoins privilégiés des événements du puits sacré. Les paysans et les marchands mayas y sont plus mécontents que jamais et ils représentent une menace pour Jolom. Je ne pense pas que celui-ci ose, pour le moment du moins, se départir trop vite des troupes qui garantissent sa sécurité.

– Si tu dis vrai, Uxmal a peut-être alors une chance de reconquérir son indépendance, émit le grand prêtre de Chac.

– Un autre élément s'ajoute au tableau, poursuivit Ah Raxa. Les tribus nomades mexicas descendues des hauts plateaux auraient déjoué les défenses de l'empire et se seraient infiltrées jusqu'aux basses terres. Tout comme les Toltèques, auxquels est apparentée leur ethnie, ils utilisent un dialecte nahuatl et adorent une représentation de Quetzalcoatl différente de celle du Kukulkan barbu qui a pris, il y a deux siècles, possession du Yucatan. De plus, ces Mexicas possèdent une arme nouvelle et redoutable qui, paraît-il, aurait fait reculer les guerriers Aigles et Jaguars eux-mêmes.

– Voilà qui mêlera encore davantage les cartes, déclara Kabal-Xiu. L'autorité centrale de Chichen ayant perdu sa légitimité et étant confrontée à la révolte des villes, elle ne pourra opposer qu'une faible résistance à cette vague d'envahisseurs qui pourraient bien, à long terme, représenter une menace encore plus grande que celle d'une guerre civile ou d'une réaction violente de Jolom à notre égard.

– Les éléments d'un nouvel ordre se mettent d'eux-mêmes en place, lâcha Hunac. Le cycle qui s'annonce verra une intégration de toutes les ethnies et tribus de l'empire, non plus autour d'un pouvoir militariste brutal et conquérant ou d'une religion unique et exclusive, mais bien plutôt autour d'une vision nouvelle de la société; une pensée égalitaire et tolérante qui s'éloignera aussi bien de l'éthique conquérante des Toltèques que des formes décadentes de certains cultes religieux actuellement à l'honneur.

– C'est là une bien belle vision des choses, seigneur Hunac, fit Ah Raxa, mais elle risque malheureusement de ne jamais se réaliser. J'entrevois pour ma part des troubles nombreux et des luttes sanglantes avant que notre peuple et nos cités trouvent enfin la liberté et la paix auxquels ils aspirent.

– Il y aura des luttes, reprit Hunac. Il faudra, c'est certain, détruire pour reconstruire. Mais les conditions générées par le nouveau cycle nous seront favorables dans la mesure où nous saurons nous y adapter. C'est pourquoi j'ai décidé de me porter à la rencontre des chefs de ces tribus migrantes qui envahissent le plat pays. Je suis certain que, moyennant quelques arrangements et concessions, ces gens se joindront à nous et nous aideront dans notre lutte contre les Toltèques.

— Mais… ce sont des étrangers, des barbares! s'exclama Kabal-Xiu. Ils parlent une autre langue et adorent d'autres dieux; on ne peut pas s'allier à de tels individus.

— Il n'y aura plus d'étrangers dans la fédération renouvelée que j'imagine, déclara Hunac. La guilde des marchands de Mayapan a appuyé notre rébellion, les guildes des autres cités s'apprêtent à faire de même. Les marchands sont riches; plutôt que de tout perdre, ils consentiront à délier les cordons de leurs bourses et à engager comme mercenaires ces combattants aguerris descendus des hauts plateaux. Ensemble, nous parviendrons à nous débarrasser de Jolom et du pouvoir totalitaire des Toltèques.

— Ainsi que de leurs serviteurs itzas, ajouta Ah Raxa sur un ton de mépris.

Une semaine plus tard, au moment où des espions de Mayapan signalaient l'imminence d'une expédition punitive contre la cité rebelle, Hunac rencontrait une délégation des chefs mexicas. Ces derniers, déjà au courant de son étonnante aventure, avaient accepté de l'écouter. Grâce à sa connaissance du nahuatl, ce dernier put leur exposer lui-même sa vision d'un nouvel ordre politique et religieux, ainsi que le rôle que les hommes des hauts plateaux étaient appelés à y jouer.

— Vous obtiendrez des terres où pourront s'établir vos familles; vous bénéficierez d'une entière liberté de croyance et de culte, et ceux qui le désireront pourront servir comme soldats dans les rangs de nos armées, proposa-t-il aux chefs de tribus rassemblés autour de lui.

Séduits par les paroles de cet envoyé qu'on disait sauvé de la mort par le dieu de la pluie lui-même, les chefs mexicas,

qui auraient pu profiter du chaos qui régnait sur les basses
terres pour piller et saccager campagnes et villages, surent
apprécier à sa juste mesure la proposition d'Hunac et trouvèrent leur intérêt dans l'accord qu'il leur proposait. Les
avantages matériels qui s'ajoutaient à cet arrangement
n'étaient pas à dédaigner, mais surtout, cette alliance
semblait répondre point par point aux prédictions de leurs
propres chilams qui leur avaient annoncé que leur entrée au
Yucatan inaugurerait une ère de paix et de prospérité.

Après un long conciliabule, les douze chefs mexicas
acceptèrent de faire front commun derrière Hunac et de
joindre leurs forces à celles des Cocom de Mayapan. Conduit
par un fier guerrier nommé Toajotl, les chefs mexicas
déposèrent leurs armes aux pieds du jeune Maya et s'inclinèrent devant lui; par ce geste, ils mettaient leur force et
leur courage à son service.

Sans cesse freinées dans leur avance par les escarmouches
des partisans d'Hunac, les troupes toltèques ne progressaient
que très lentement le long de la large voie pavée conduisant
à Mayapan. Faisant face à la tactique de la terre brûlée, les
guerriers Aigles et Jaguars ne pouvaient compter, pour leur
approvisionnement, que sur les convois de vivres venant de
Chichen, convois que les insurgés prenaient un malin plaisir
à attaquer et à détruire.

Pendant ce temps, dans une capitale en proie à l'incertitude et à la peur, Jolom réussissait à maintenir son autorité
grâce à l'appui indéfectible de l'importante minorité itza qui
voyait en lui l'ultime rempart contre un nouvel ordre à
prédominance maya où elle perdrait, elle n'en doutait pas,
son influence et ses privilèges.

C'est à quelques kilomètres seulement de Mayapan, et sous
une pluie diluvienne, que se livra la première grande bataille
opposant les forces rebelles à celles de l'empire toltèque. Se
heurtant à un rempart constitué de paysans, de miliciens
cocoms, mais aussi de Mexicas, les forces envoyées par Jolom

piétinaient dans la boue du champ de bataille. Hors de portée des javelots toltèques, les volées de flèches décochées par les arcs mexicas transperçaient les boucliers de peau, quand ce n'était pas celle de l'ennemi lui-même. Les armées de Jolom éprouvaient déjà de sérieuses difficultés et avaient subi de nombreuses pertes lorsqu'elles furent prises à revers par des hordes de paysans enragés, bien décidés à faire payer à leurs anciens maîtres les abus et les excès dont ils s'étaient rendus coupables au cours de deux siècles de domination. L'affrontement dégénéra rapidement en de meurtriers combats corps à corps, et Ah Puch, le dieu de la mort, dut se réjouir ce jour-là, car nombreux furent, dans les deux camps, ceux qui quittèrent le monde terrestre pour s'engager dans l'étroit passage au bout duquel les attendaient les vastes régions célestes.

Le soir venu, de nouvelles masses de paysans assoiffées de vengeance vinrent grossir les rangs des rebelles. Jugeant la partie perdue et ayant reçu l'assurance par un émissaire d'Hunac Ceel qu'ils bénéficieraient de la clémence des vainqueurs, les officiers toltèques abaissèrent les armes et se rendirent.

Ce n'est que lorsqu'il se retrouva au milieu des feux de joie qui flamboyaient sur la grande place de Mayapan qu'Hunac retira l'épais manteau de coton qui l'avait efficacement protégé des coups ennemis. Entouré des troupes qui avaient vaillamment combattu durant tout le jour et qui scandaient maintenant des chants de victoire, le vainqueur se prépara à rencontrer les officiers toltèques. Lorsque ceux-ci furent amenés devant lui, Hunac jeta un coup d'œil vers Ah Raxa; aussitôt qu'il avait compris que la bataille était gagnée, ce dernier lui avait conseillé de passer par les armes tous les prisonniers toltèques, en guise d'exemple. Quelle voix allait-il écouter, celle du pardon ou celle de la vengeance? Devant les vaincus, encore très dignes dans la défaite, il montra les quatre directions, puis, se désignant lui-même comme centre, il prit la parole.

– Braves Toltèques, votre monde est en train de s'écrouler. Le contrôle des quatre directions du ciel et de la terre vous échappe; l'empire de Kukulkan a vécu. Une nouvelle ère commence, un nouveau cycle nécessitant un nouvel axe. Libre à vous d'y adhérer librement et d'y vivre sur le même pied que tous les autres citoyens.

Surpris par le ton conciliant du vainqueur, les officiers Aigles et Jaguars se consultèrent quelques instants. Finalement, l'un d'eux, apparemment le plus âgé, dont la carnation rosée de la peau rappelait à Hunac celle d'Ixaquil, déclara au nom de ses pairs:

– Nous avons juré fidélité au conseil des grandes familles toltèques de Chichen ainsi qu'au gouverneur Jolom, époux de la princesse Ixaquil. Nos dieux l'ont voulu ainsi, et nous respecterons notre serment.

– Très bien, rétorqua Hunac; vous resterez donc prisonniers jusqu'à la chute de votre maître. Ensuite, votre choix sera simple: ou bien vous joindre à nous, ou bien quitter définitivement le territoire de la fédération.

Les guerriers ennemis ayant réintégré leurs geôles, Hunac put enfin se joindre aux célébrations de la victoire qui battaient leur plein dans tous les coins de la grande cité. Il se mêla à l'exubérante population de Mayapan, aux groupes de paysans et aux guerriers mexicas, et partagea avec eux l'ivresse de la victoire. Répondant, du moins extérieurement, à l'image qu'on attendait de lui, il encouragea partout ses fidèles à poursuivre l'œuvre de libération qu'exigeait le nouveau cycle.

Ce n'est que très tard, presque à l'aube, qu'il retrouva les luxueux appartements qu'on lui avait désignés dans l'un des palais de Mayapan. Exténué, mais encore excité par les durs combats de la journée et par les célébrations auxquelles il s'était joint, il retira ses vêtements et se rendit à la terrasse de sa chambre afin de contempler le ciel encore sombre où se détachait l'étoile du matin, la brillante Vénus. Plus loin, les cornes d'une demi-lune rousse allaient disparaître derrière l'horizon. Malgré le retour des pluies, la déesse Ixchel avait

conservé son visage rébarbatif, encore couvert de traînées
rougeâtres. Il songea alors à la dame noire de Chichen, cette
étrange fille de la Lune dont Kabal-Xiu lui avait décrit les
surprenants pouvoirs. Quel ascendant possédait donc cette
femme sur Jolom qu'on disait appartenir à son culte? Depuis
sa sortie du puits sacré, chaque nouveau jour qui passait
renforçait la conviction d'Hunac que la magicienne olmèque
avait quelque chose à voir avec le singulier phénomène qui
affectait le visage d'Ixchel. « N'est-ce pas ainsi que tout a
commencé? » pensa-t-il en se rappelant la carnation inhabituelle de l'astre de la nuit qui avait éclairé l'épisode de sa
relation avec Ixaquil. Comme cette soudaine et folle passion
lui paraissait lointaine à présent! La roue avait tourné, le
jeune homme naïf s'était métamorphosé en chef d'une rébellion armée qui ébranlait tout un empire.

« Quel pouvoir ai-je donc sur ma propre vie? » se
demanda-t-il en contemplant les astres que l'aube éteignait
l'un après l'autre? « Ne suis-je que le jouet des dieux, un
instrument servant leurs impénétrables desseins? Ce corps,
cet esprit que je considère comme miens m'appartiennent-ils
vraiment? Quelle réalité possède donc cette personnalité
humaine à laquelle je ne peux que m'identifier? »

Bien incapable de répondre à toutes ces questions qui se
bousculaient dans son esprit, il laissa son âme s'élever vers
ces soleils lointains qui brillaient encore faiblement dans le
firmament. La magnificence de cet univers où se mouvait sa
frêle personne le submergea soudain et toutes ses questions
lui parurent bien insignifiantes en regard de l'énergie
vibrante du Serpent qui courait dans ses veines, de cette vie
partout identique qui remplissait et animait l'immense trame
cosmique. Toutes ses questions anxieuses et toutes ses
réponses incomplètes lui parurent soudain vaines; il n'avait
qu'à respirer, et vivre de la vie même des dieux.

Regagnant sa chambre, il se dirigea vers son lit. À la lueur
incertaine de l'aube, il aperçut une forme étendue sur celui-ci.
La chevelure sombre d'une jeune femme émergea des
couvertures et un sourire se dessina à travers la pénombre.

Hunac comprit qu'Ah Raxa, soucieux de lui plaire, lui offrait un nouveau présent. Il s'approcha et contempla cette femme désirable qui s'offrait à lui sans pudeur. Oubliant les pourquoi, les comment, il tendit ses mains puis ses lèvres vers ce fruit savoureux.

LE CHOIX
D'IXCHEL

Le choix d'Ixchel

Jolom arpentait nerveusement la salle du trône de son palais. En compagnie d'officiers des ordres militaires, il finissait d'écouter les rapports d'un groupe de guerriers ayant échappé aux forces rebelles de Mayapan. Après la consternation provoquée par l'annonce de la débâcle de ses troupes, le gouverneur Itza entra dans une terrible colère que rien ni personne ne semblait pouvoir tempérer.

– Qu'on conduise immédiatement tous ces lâches sur le tzompantli, hurla-t-il à travers un méchant rictus. Attachez-les au poteau d'ignominie et qu'ils soient exécutés devant la populace au coucher du soleil.

– Prends garde, Jolom, nos guerriers ont combattu plus qu'honorablement, ton emportement pourrait nous coûter cher, déclara Tek Chumec, le chef de l'ordre des Jaguars.

– Vas-tu me reprocher d'ordonner une punition que tu n'aurais pas hésité à appliquer toi-même dans de telles circonstances ? rétorqua Jolom, tandis que s'éteignaient les cris et les supplications des condamnés entraînés violemment hors de la salle. Je voudrais bien te voir à ma place; n'est-ce pas moi qui porte l'odieux de la défaite de tes guerriers ! L'heure n'est pas à la sensiblerie, mais à la fermeté. Notre cause est loin d'être perdue, nos forces sont encore puissantes et une manifestation d'autorité stimulera l'ardeur de nos troupes. Il faut que toutes nos garnisons soient bien au fait du sort qui attend les pleutres qui refuseront de verser leur sang pour le dieu unique et la défense de son empire. Pense à Uxmal, la possession de cette ville dépend de la fermeté que manifesteront nos hommes devant cette stupide populace qui grogne et leur montre les dents.

La garde personnelle dont Jolom s'entourait en tout temps s'écarta pour laisser passer un messager à bout de souffle dont le front entouré d'un bandeau de couleur rouge annonçait qu'il était porteur d'une nouvelle urgente.

– Qu'est-ce encore ? lança le gouverneur d'une voix acérée.

– On signale la présence de bandes ennemies à moins d'une demi-journée de marche de la capitale, seigneur Jolom, haleta l'homme.

– Voilà qu'arrivent déjà les Cocom de Mayapan et leurs mercenaires mexicas, grogna Tek Chumec en fronçant les sourcils.

– Quoi, mais ce n'est pas possible, que font donc nos guerriers! ragea Jolom. Qu'on sonne l'alerte générale et qu'on rassemble tous les hommes disponibles; je veux que demain à l'aube nos troupes soient prêtes à se battre.

– Quel beau discours pourra encore fouetter l'ardeur de nos hommes ? ne put s'empêcher de répliquer Tek Chumec. Tu sais bien que, depuis les événements du puits sacré, plusieurs mettent en doute ta légitimité à occuper le poste de gouverneur.

– Et toi, la mets-tu aussi en doute ? cracha Jolom. Attends-tu, comme tant d'autres, mon éviction du trône pour ramasser quelques miettes de pouvoir .

– Non, répliqua l'officier. Ma famille et moi-même te serviront aussi longtemps que tu seras sur le trône du Jaguar.

– Sache que je ne suis pas dupe des manigances des grandes familles toltèques à mon égard. Mais ces dernières savent bien que leur sort est irrémédiablement lié au mien. Je ne suis pas que l'époux de la princesse Ixaquil, je suis aussi le seul qui soit en mesure d'assurer l'alliance Itzas-Toltèques sans laquelle les projets d'expansion de l'empire ne sauraient se concrétiser. Crois-moi, Tek Chumec, le nouveau cycle qui se prépare sera le nôtre, et il ne débutera que lorsque le cœur chaud et encore palpitant d'Hunac Cahuich sera arraché sur l'autel du temple des guerriers. Mais assez perdu de temps. Kabak! retourne parmi nos milices et rassemble-les au nord de la ville; nous allons montrer à ces damnés rebelles et aux barbares qui les appuient de quel bois nous nous chauffons. Veille à ce que chacun soit bien armé, et fais distribuer à tous des feuilles de coca.

Cela dit, Jolom tourna les talons et quitta précipitamment la salle du trône. Suivi de sa garde, il s'engagea dans l'aube grisâtre, vers la bataille décisive qui scellerait son destin et le sort de l'empire.

Le roulement des tambours itzas se mêlait aux accents agressifs des trompettes toltèques pour saluer la naissance de ce jour dédié au combat et au sacrifice. La capitale était sous le coup de la loi martiale et le centre-ville n'était plus occupé que par un détachement de guerriers Aigles et Jaguars, ultimes gardiens des bâtiments administratifs et religieux. Le marché, déserté depuis quelques jours, avait fermé ses portes. Même s'ils souhaitaient la victoire d'Hunac Ceel, les marchands mayas de Chichen et les paysans de la région, craignant plus que jamais la répression toltèque, demeuraient à l'écart du conflit.

Pendant ce temps, les quartiers itzas de la capitale connaissaient au contraire la plus grande effervescence. L'anticipation d'une défaite des forces gouvernementales hantait tous les esprits, engendrait toutes les craintes. Par peur de possibles représailles, des cohortes de réfugiés itzas, leurs biens et richesses rapidement rassemblés dans des paniers et des sacs, s'apprêtaient déjà à fuir Chichen en empruntant les routes encore libres conduisant vers les villes du nord: Tizimin, Saki et surtout Izamal où ils espéraient trouver la sécurité parmi leurs congénères itzas, nombreux à habiter ces cités que n'avaient toujours pas embrasées les feux de la rébellion.

Aussitôt informé de l'exode qui se préparait, Jolom fit bloquer les voies permettant de sortir de la capitale. Il lui fallait à tout prix éloigner cette menace, car sans la perspective d'une famille et d'une maison à défendre et à protéger, les miliciens itzas risquaient fort de perdre toute motivation au combat.

– Envoie des troupes toltèques dans les quartiers itzas, qu'elles fassent respecter le couvre-feu, et qu'elles utilisent la manière forte s'il le faut, lança Jolom à un de ses officiers. Personne, tu entends, personne ne doit sortir de la capitale sans mon autorisation !

Un peu plus tard, du haut d'une terrasse de son quartier général situé au nord de la cité, Jolom harangua ses troupes. Disposés en ordre parfait, les guerriers toltèques, avec à leur tête leurs officiers respectifs, écoutèrent le seigneur itza évoquer la pureté de leur sang et la grande mission de conquête qui les attendait à l'aube de ce nouveau cycle.

– Cette bataille sera décisive, proclama-t-il. Notre victoire sera le début d'une ère qu'illuminera l'esprit divin de Kukulkan. D'un océan à l'autre, nous élèverons des temples et nous établirons le culte sacré du dieu unique. Rien ne pourra nous arrêter, car nous sommes l'instrument du Jaguar céleste pour établir son règne souverain sur cette terre. Comme le feu qui chasse les ténèbres, nous refoulerons les peuples barbares dans le chaos d'où ils sont issus et nous les modèlerons ensuite à notre volonté. Allez, frères guerriers, frères de sang, le combat sacré nous attend. N'oubliez pas que l'œil de Kukulkan est partout; soyez dignes de notre divin seigneur.

Se tournant ensuite vers les miliciens itzas, Jolom déploya tout son pouvoir de persuasion afin de galvaniser ses congénères. Leurs corps enduits de couleurs de guerre provocantes, leurs têtes surmontées de grands casques de plumes, les miliciens écoutèrent le gouverneur itza leur énumérer les enjeux très importants de la bataille qui s'annonçait.

– Une défaite signifierait la fin de l'influence itza au sein de la fédération, évoqua-t-il. À cela s'ajoutent les terribles représailles qui guettent vos familles si les insurgés de Mayapan et les barbares Mexicas parviennent à s'emparer de la capitale. Le masque rouge d'Ixchel trônant au centre du Serpent céleste est l'emblème de notre sang éclairant le chemin de la victoire, lança Jolom de toutes ses forces. Nos adversaires ont établi leur campement à moins d'une heure de marche d'ici; portons-nous immédiatement à leur rencontre et écrasons-les. Eux qui craignent les esprits de l'obscurité et les pouvoirs occultes de la déesse lunaire ne pourront que reculer devant les farouches guerriers d'Ixchel.

Posant la main gauche sur son cœur, Jolom désigna de son autre main une lune qui semblait plus lourde et plus rougeâtre que jamais. Les cohortes bardées de massues et de javelots des miliciens imitèrent le geste solennel de leur chef et se portèrent résolument à la rencontre de l'ennemi.

Une heure plus tard, Jolom contemplait les feux ennemis qui dansaient tranquillement dans la nuit. Disposés en ordre de bataille, les guerriers toltèques, occupés à mâcher les feuilles séchées qui donnaient le courage et l'endurance du jaguar, n'attendaient plus qu'un signal de leur chef pour se ruer sur les positions ennemies. C'est à ce moment qu'un groupe d'officiers itzas, ayant apparemment abandonné leurs postes, vint à sa rencontre.

À la vue des visages pâles et décontenancés de ses hommes, et avant même qu'ils aient pu dire un mot, Jolom tonna:

– Que faites-vous ici! Votre place est à la tête de vos troupes. Ne voyez-vous pas que nous sommes sur le point d'attaquer l'ennemi?

– C'est que… justement, seigneur… les miliciens refusent de se battre, balbutia l'un des officiers.

– Quoi! Que… dis-tu?

– Nos… nos hommes affirment que… que la déesse Ixchel nous a abandonnés, bredouilla l'officier.

— Comment cela, abandonnés ? interrogea Jolom.

— Pour toute réponse, l'officier désigna le ciel nocturne au faîte duquel trônait une déesse presque entièrement débarrassée des rougeurs qu'elle affichait depuis des mois.

Le seigneur itza contempla le visage changeant de la Lune qui paraissait soudain se moquer de tous ses rêves de conquête et de grandeur.

— Qu'on tue immédiatement ces lâches ! hurla Jolom à l'adresse des hommes de sa garde.

La mêlée rapide et cruelle qui suivit ne fit même pas sourciller l'Itza, qui se porta sans attendre à la rencontre de ses officiers toltèques pour constater avec soulagement que ceux-ci, contre toute attente, lui demeuraient fidèles et étaient prêts à engager les hostilités.

— Avec ou sans milices, le moment est venu d'attaquer, leur lança-t-il. Que le Serpent à plumes multiplie vos forces et enflamme votre courage.

Quelques minutes de marche seulement séparaient les légions Aigles et Jaguars des insurgés mayas et de leurs alliés mexicas. Quelques minutes qui suffirent au ciel pour s'emplir de nuages qui laissèrent bientôt échapper une pluie fine et serrée.

Alertées par leurs éclaireurs des manœuvres toltèques, les troupes rebelles avaient mis de côté leurs craintes nocturnes et se portaient vaillamment à la rencontre de l'ennemi. La transformation du visage d'Ixchel avait contribué à apaiser les craintes sournoises que n'auraient pas manqué d'engendrer des combats sous l'œil injecté de sang de la déesse lunaire. C'est au milieu d'une immense étendue en friche, bordée de longues rangées d'agaves, dont les tiges pointues comme des lances semblaient monter une garde assidue, que se produisirent les premiers affrontements. À travers une obscurité presque totale, les guerriers toltèques, des feuilles de coca entre les dents, se lancèrent à l'assaut des insurgés. Alors s'abattirent les premières volées de flèches. Les boucliers de cuir et les armures de coton absorbèrent tant bien que mal le gros des traits meurtriers qui tombaient sans discontinuer, mais ceux-ci réussirent à stopper l'élan des guerriers Aigles et Jaguars. Alors, de tous les interstices de la nuit semblèrent jaillir les hommes d'Hunac Ceel. Soutenus par les miliciens cocoms et les mercenaires mexicas qui se montraient au combat aussi farouches et sanguinaires que les Toltèques, des milliers de paysans en guenilles et de citadins mécontents se ruèrent avec fureur sur les guerriers de Kukulkan qui, depuis deux siècles, avaient opprimé leur race par la force et la peur.

Gênés par la pluie qui tombait sans discontinuer, pataugeant dans la boue, se voyant submergés par des ennemis supérieurs en nombre et qui ne semblaient nullement les craindre, les guerriers toltèques, malgré la stimulation engendrée par les feuilles de pouvoir, commencèrent à trembler et à entrevoir le pire. Dans une nuit débordante du bruit des tambours de guerre, des exhortations rauques de leurs chefs et des cris de rage et de douleur, les légions de Jolom, complètement submergées, reculèrent.

En même temps que les premières lueurs de l'aube coloraient délicatement un ciel qui se libérait rapidement de ses derniers nuages, les Toltèques virent avec stupéfaction les rebelles cesser le combat. Un émissaire s'avança alors, devant les vaincus il traça les signes de conciliation et proclama l'offre d'Hunac Ceel et de ses alliés cocoms et mexicas: on leur laissait le simple choix entre se rendre et périr jusqu'au dernier sur le champ de bataille transformé par la pluie en véritable bourbier.

Obligé de constater sa défaite, Jolom n'en ordonna pas moins à ses troupes de combattre jusqu'à la mort. Puis, abandonnant à leur sort les guerriers toltèques, il se hâta vers Chichen où l'attendait sa dernière chance de retourner la situation en sa faveur.

Un silence de mort régnait sur la capitale. Encore ignorante des résultats des combats, la population de Chichen obéissait au couvre-feu et attendait que la volonté des dieux se manifeste clairement en faveur de l'une ou de l'autre des parties. Résonnant dans l'air tiède de l'aube, les trompettes du temple de Kukulkan sonnèrent l'alerte générale et, ce faisant, soulevèrent chez une population déjà récalcitrante à la loi martiale des Toltèques, des sentiments et des réactions contradictoires. Alors que les Itzas ressentaient l'imminence d'un renversement du pouvoir, les citoyens mayas osaient enfin entrevoir une libération prochaine. Mais quelle que soit l'ethnie à laquelle il appartenait, chaque habitant de la capitale, dans l'attente du dénouement qui s'annonçait, sentait son cœur battre plus fort que jamais.

– Ah, enfin, voilà l'enceinte du temple des phallus ! soupira Jolom.

Voyant s'approcher le dénouement d'une situation par trop instable, le seigneur itza comptait encore sur la clairvoyance et les pouvoirs occultes de la dame noire pour éclairer sa route et lui dicter l'attitude à prendre devant la tournure inattendue des événements.

Pénétrant seul dans l'enceinte, Jolom se précipita vers la maison des escargots, la résidence de la fille d'Ixchel. La trouvant déserte, il y promena tout de même son regard et remarqua une natte de sisal sur laquelle étaient étalés diverses plantes ainsi que des récipients de toutes tailles contenant des décoctions d'où s'échappaient des odeurs si fortes et si piquantes qu'elles le firent reculer.

Il avait à peine retrouvé l'air pur de la nuit lorsqu'une impulsion le lança vers le temple des phallus. À l'intérieur de celui-ci l'attendait une scène pour le moins singulière : sur le sol, au milieu de tambours, de plumes et de parures, gisaient sans vie les danseurs et les danseuses du temple. Éclairés par la lueur mourante d'une torche, les corps épars évoquaient des apparitions macabres surgies tout droit du royaume des morts.

Enjambant les serviteurs de Balamdé, Jolom gagna la cour intérieure où des brûleurs d'encens en forme de tête humaine continuaient à libérer, par leurs larges bouches tournées vers le ciel, d'épaisses et âcres fumées. Son étonnement fit place à la panique lorsqu'il vit la dame noire, apparemment morte, effondrée sur le trône de pierre d'où elle conduisait habituellement les cérémonies et les rituels dédiés aux forces obscures de la nuit.

Alors que tout était silence et mort sous la pâle clarté de la lune, un orage furieux se leva dans l'esprit du seigneur itza. Se penchant au-dessus du visage sombre de la magicienne sur lequel se reflétaient les rayons argentés d'Ixchel, il sursauta en voyant s'entrouvrir deux yeux clairs aux pupilles de braise.

— Ah... c'est... c'est toi, Jolom, murmura Balamdé d'une voix chevrotante.

— Pourquoi...? Dis-moi pourquoi tu as fait cela, damnée magicienne? À quoi sert tout ce gâchis? La défaite de nos troupes n'était-elle pas suffisante?

— C'était nécessaire... Il faut mourir pour renaître...

— Mais tes secrets, tes dieux ancestraux, tout cela disparaîtra avec toi, se lamenta Jolom. Et le peuple itza? Et moi? Qui va nous écouter et nous aider maintenant?

— D'autres viendront, en d'autres cycles, qui célébreront à leur manière les rites du sexe et du sang.

— Quoi! Que veux-tu dire? Allez, réponds-moi, bon sang!

— Les astres et les dieux en ont décidé ainsi... même Ixchel s'est finalement ralliée à la cause d'Hunac Ceel. Un nouveau cycle va commencer... Après le chaos viendra un nouvel ordre dont tu ne seras pas le maître, Jolom... Je suis la fille de la Lune, et quand j'ai vu cet Hunac Cahuich, j'ai tout de suite compris que je me trouvais devant le fils du Soleil... Tu n'as sans doute pas remarqué qu'Hunac est ressorti du puits sacré neuf mois après la cérémonie du temple des phallus. L'offrande à Ixchel que j'ai accomplie prétendument en ton nom et en celui de tes amis d'Izamal était en fait le rituel de conception du futur maître de l'empire. Ma mort est l'acte nécessaire qui annulera les sortilèges que j'avais invoqués en ta faveur et qui libérera la voie pour la nouvelle ère.

— Maudite sorcière, tu savais tout depuis le début! hurla Jolom en agrippant des deux mains le cou de Balamdé.

Ne dominant plus sa rage, l'Itza étrangla sauvagement la fille de la Lune; contre toute attente, celle-ci écarta alors ses lèvres charnues et lui offrit un large sourire.

– Regarde… notre mère Ixchel… siffla Balamdé entre ses dents.

Tandis que s'enfuyait la vie de la dame noire, Ixchel se débarrassa entièrement de son voile de sang et retrouva toute sa pâleur. La tête sans vie de la prêtresse de la nuit reposa bientôt entre les mains de l'Itza, dont le visage blême s'était creusé d'inquiétude.

L'appel de son nom ramena brutalement Jolom à une autre réalité. Derrière lui, à travers la porte qu'il avait empruntée quelques instants plus tôt, se découpait la silhouette de Kabak et de quelques hommes de sa garde.

– Seigneur Jolom, que… que s'est-il passé ici? Qu'est-ce que ça veut dire?

– Imbécile! cracha ce dernier en abandonnant entre les bras de la mort le corps de Balamdé. Qu'on mette le feu à toute cette saloperie, ordonna-t-il en quittant ces lieux maudits où il n'avait plus rien à espérer.

LE TRÉSOR
DE KUKULKAN

Le trésor de Kukulkan

La nouvelle de la défaite de Jolom avait suivi ce dernier jusqu'à Chichen. La victoire de la coalition de Mayapan avait finalement décidé la population maya de la capitale à se soulever contre l'oppresseur. En ce matin de violence et d'espérance, paysans et citadins se groupèrent pour envahir les bas quartiers; bientôt, leur nombre allait balayer les représentants et les emblèmes du pouvoir toltèque.

Tandis que la lumière du jour commençait à emplir le ciel, Jolom, suivi de ses derniers fidèles, se dirigeait au pas de course vers le palais, vers Ixaquil la blanche, celle qui savait... Encore épargné par l'agitation des quartiers périphériques, le centre-ville était calme et des guerriers Jaguars et Aigles continuaient, comme si de rien n'était, à monter une garde vigilante au pied des édifices religieux et administratifs. Bousculant les sentinelles du palais, l'Itza escalada les marches et traversa les couloirs qui conduisaient aux appartements de son épouse.

Il trouva la princesse dans son bain matinal, entourée de servantes qui agrémentaient, du mieux qu'elles pouvaient, l'attente d'un destin incertain.

– Chichen est perdue! lança Jolom en plongeant son regard dans les yeux d'Ixaquil. Il faut fuir, aller à Izamal où nous pourrons trouver des appuis, où même à la lointaine Tayasal où nous serons tranquilles.

Tout en achevant de vêtir Ixaquil, les servantes se regardaient, interloquées et effrayées. L'une d'elles osa partir sans en avoir reçu l'autorisation. Devant le silence de Jolom, toutes les autres l'imitèrent, et la princesse se retrouva bientôt seule en face de son mari. L'inertie d'Ixaquil agaça Jolom au plus haut point. S'emparant brusquement de la main de son épouse, il l'attira à lui, mais celle-ci détourna la tête, préférant porter son regard vers l'extérieur, vers Kin qui avait repris possession du ciel de la capitale.

— Il nous faut partir, mon amour, sauver nos vies et, si nous le pouvons encore, le trésor de Kukulkan. Les objets de pouvoir qu'il contient nous assureront la sympathie et l'appui de toutes les familles toltèques dispersées sur le territoire de l'empire. Tant que nous serons en possession de ce reliquaire, ce Hunac Cahuich, ou un de ceux qui se servent de lui, ne pourra jamais régner à Chichen.

— Comment as-tu appris l'existence du reliquaire ? lança Ixaquil. C'est là un secret connu seulement de quelques Toltèques de haute lignée.

— Peu importe, répliqua Jolom. Je sais que tu connais la cachette. Accompagne-moi, il faut faire vite !

— Penses-tu vraiment être digne d'un tel trésor ? maugréa la princesse, le cœur débordant d'une colère qu'elle ne voulait plus contenir.

— Que veux-tu dire, ma douce, ce n'est pas le moment de se disputer, l'ennemi est à nos portes !

— Tu n'es qu'un hypocrite, Jolom. Tu ne m'aimes pas, tu ne m'as jamais aimée. Tu n'as fait que profiter de la situation privilégiée que te procurait notre union. Je sais aussi que c'est toi qui as obtenu de Balamdé qu'elle utilise l'un de ses philtres maudits pour empoisonner mon jeune frère. Tu n'es qu'un menteur et un arriviste, et même le pouvoir que tu as cru posséder s'est enfui à la vue de ton vrai visage. Laisse-moi ! Va-t'en ! Tes mains ne souilleront jamais le souvenir du grand Kukulkan.

La peur, mêlée à la rage, fit soudain exploser l'Itza qui frappa la jeune femme au visage d'un revers de la main. Celle-ci lança un cri de douleur et se retrouva étendue sur le plancher. La saisissant aussitôt par un bras, Jolom le tordit jusqu'à ce qu'elle daigne se relever. Alors, il la poussa vers la porte et lui ordonna de le guider sans plus d'histoires.

— Je… je ne sais pas où est le trésor, gémit la princesse.

Pour toute réplique, celle-ci eut droit cette fois à un coup de poing qui lui fit éclater la lèvre et l'expédia de nouveau par terre.

— Je te jure, entends-tu ! je te jure que je te tue ici même de mes propres mains si tu ne me conduis pas immédiatement au trésor ! hurla Jolom, les dents serrées et les yeux remplis de colère.

Complètement étourdie, le visage inondé de larmes et de sang, Ixaquil finit par faire oui de la tête.

— Le reliquaire est caché dans… la grande pyramide du Serpent à plumes, gémit-elle entre deux sanglots.

— Alors secoue-toi un peu, ramasse tes plus beaux bijoux et suis-moi !

Quelques instants plus tard, tandis que le ciel commençait à s'emplir de nuages, le couple et son escorte arrivèrent devant le temple de Kukulkan que gardaient quelques soldats toltèques.

— Arrêtez ! Où allez-vous ? lança un officier Jaguar.

— Ne me reconnais-tu pas, je suis le gouverneur Jolom ; la princesse Ixaquil et moi voulons monter dans le sanctuaire.

— Impossible, reprit l'officier. Nous avons reçu des ordres stricts ; personne ne peut s'approcher du temple, pas même la princesse.

— Vous entendez ça, mes amis ! lança Jolom à ses compagnons tout en enfonçant la lame de son couteau dans le ventre de la sentinelle.

Ce geste meurtrier fut suivi d'une mêlée où les Itzas eurent rapidement le dessus. Entraînant Ixaquil à sa suite, Jolom s'apprêtait enfin à gravir l'escalier monumental qui devait le conduire au trésor de Kukulkan.

— Non, pas là-haut! fit la princesse. Le reliquaire est caché dans le temple intérieur.

— Le temple intérieur! s'exclama Jolom qui connaissait l'existence de l'ancien sanctuaire où Kukulkan s'était approprié le titre de divinité unique et par-dessus lequel ses descendants avaient fait édifier le monument actuel.

— Oui, dans le cœur de la pyramide réside le cœur de Kukulkan, déclara Ixaquil.

— Mais… comment y accéder? L'ancien sanctuaire est muré.

— Il y a un escalier secret derrière ce poste de garde, fit la princesse en désignant l'aile nord de la pyramide.

— Un escalier secret! s'exclama Jolom. Il y a donc encore un accès au vieux temple. Alors, allons-y, car le temps presse.

Ils gagnèrent le poste de garde indiqué par Ixaquil; dissimulée derrière celui-ci, se découpait une étroite ouverture qui s'enfonçait dans l'obscurité. S'emparant d'une des torches qui brûlaient là en permanence, Jolom poussa Ixaquil avec la pointe d'une lance et le couple s'enfonça dans les entrailles de la pyramide, vers le saint des saints du culte du Serpent à plumes.

Un passage étroit et humide où se profilaient des marches abruptes se dessina à la lueur de la torche. Ils gravirent l'escalier qui les conduisit jusqu'au seuil du temple intérieur sur les voûtes duquel dansait déjà la lueur d'une autre torche. Les nouveaux venus n'eurent guère le loisir d'admirer les fresques peuplées de jaguars hiératiques et de serpents entrelacés qui ornaient les murs du vestibule, pas plus d'ailleurs que la statue d'un redoutable Chac Mol dont les yeux, les dents et les ongles, incrustés de nacre, semblaient attendre un cœur humain, car dans la deuxième chambre du sanctuaire, deux sihouettes, accroupies derrière un trône à forme de jaguar constellé de pastilles de jade, semblaient complètement absorbées par une recherche fébrile. Toujours caché derrière l'entrée, Jolom fit signe à Ixaquil de rester derrière lui et de demeurer silencieuse; il venait de reconnaître Chimec et, au timbre de sa voix, Xa-Chit-Tecan, le grand prêtre de Kukulkan.

« J'avais bien raison de me méfier de ces deux serpents-là », pensa-t-il. « Voilà qu'ils veulent me couper l'herbe sous les pieds en s'emparant à leur compte du trésor de Kukulkan. »

Poursuivant son observation, Jolom vit le grand prêtre sonder l'une des dalles du plancher à l'aide d'une lame de métal.

— Ce doit être celle-là, regarde, elle bouge, souffla ce dernier à sa compagne.

— À nous les pouvoirs occultes du Serpent à plumes, à nous les secrets du dieu unique ! déclara la jeune femme en proie à une vive excitation.

Unissant leurs forces, les deux personnages parvinrent à soulever la lourde dalle de pierre. Chimec tendit aussitôt un bras à l'intérieur de la cache et en sortit un coffre de bois renforcé de bandes de fer à demi rouillées qu'elle déposa sur la plaque d'or incrustée de turquoise et de nacre qui recouvrait le dos du jaguar.

— Le trésor de Kukulkan est à moi ! lança Jolom, jaillissant soudain de l'ombre et en brandissant bien haut sa lance.

Avant même que l'Hapay Kan ait pu faire un geste, la pointe de l'arme l'avait transpercé de part en part. Son corps s'effondra sur les dalles du sanctuaire sous le regard ébahi de Chimec.

— Ah, te voilà, Jolom, et en compagnie de ta douce moitié ! Il ne manquait plus que vous deux ! Quel beau couple vous faites en vérité, rétorqua la femme itza tout en reprenant entre ses mains le précieux coffret. Mais trêve de plaisanterie, je suis contente que tu nous aies débarrassés de Xa-Chit-Tecan ; tu m'évites ainsi de procéder moi-même à cette triste besogne, continua-t-elle en désignant le corps secoué de spasmes qui n'en finissait plus d'agoniser à ses pieds. Le trésor de Kukulkan est à nous, mon cher, rien qu'à nous.

— Ravale tes paroles empoisonnées et enlève tes sales mains de ce coffre ; ce trésor est pour moi, et pour moi seul ! hurla Jolom.

— Allons, mon ami, éloigne de toi cette colère qui t'aveugle. Rien n'est définitivement perdu pour nous deux. Les guerriers toltèques refuseront d'obéir à quiconque voudra gouverner sans les talismans que renferme ce coffret. Quant à moi, je saurai bien nous attirer de nouveau les faveurs d'Ixchel et terminer ce que Balamdé avait commencé.

Tandis qu'elle parlait ainsi, Chimec se rapprocha sournoisement de son interlocuteur et tourna vers lui un de ces regards hypnotiques dont elle avait le secret.

— Garde tes trucs de sorcière pour les démons du Metnal. Tu ne m'auras pas ainsi, jeta Jolom en brandissant sa lance devant les yeux de l'Itza.

Devant la détermination de Jolom, Chimec abandonna sa tentative d'intimidation et recula de quelques pas en pressant encore davantage le précieux reliquaire contre sa poitrine.

— Donne-moi ce coffret tout de suite ! éructa Jolom.

— Viens donc le chercher si tu le désires tant, répliqua la jeune femme en exhibant un vilain sourire.

Fou de rage, Jolom se précipita sur Chimec. Mais celle-ci, plus rapide que l'éclair, leva la lame qu'elle avait su dissimuler sous sa tunique et, sans aucune hésitation, la plongea d'un coup sec dans la gorge du seigneur itza. Suffocant, Jolom, dans un dernier sursaut de vie, tendit les mains vers le précieux reliquaire.

D'un coup d'épaule, Chimec envoya celui qui avait été son complice et amant rejoindre l'Hapay Kan sur les dalles humides du temple intérieur. Tandis que s'échappaient le sang et la vie de Jolom, la jeune femme jeta un dernier regard sur celui qui avait partagé son lit et ses ambitions.

— Allez, toi ! passe-moi ce sac que tu tiens dans les mains et enlève ton insignifiante personne de mon chemin ! lança-t-elle à Ixaquil qui avait assisté, impuissante et épouvantée, à ce déferlement de haine et de violence.

Son précieux butin sous le bras et une torche dans l'autre main, Chimec allait sortir de la chambre secrète lorsque la pointe d'un javelot la stoppa net. Ayant réussi à enfoncer les dernières défenses toltèques, un groupe de guerriers mexicas, conduit par Hunac, s'était hâté de gagner la pyramide de Kukulkan, le symbole toltèque du commandement suprême.

– Alors, tu allais nous fausser compagnie en emportant le plus précieux des trésors ? lança Hunac tout en considérant la scène macabre qui s'offrait à lui. Je suis certain que les Toltèques n'apprécieraient guère qu'une Itza dispose ainsi de leurs reliques les plus sacrées.

Chimec regarda Hunac droit dans les yeux. Voyant que son pouvoir se heurtait là aussi à une forte volonté, elle comprit qu'il ne lui restait d'autre possibilité qu'une reddition amèrement consentie. Réalisant que la partie était perdue, elle laissa tomber son couteau maculé de sang et se prosterna devant le vainqueur en lui tendant le précieux reliquaire.

– Tu as écarté tous ceux qui s'opposaient à toi, Hunac Ceel, tu mérites de prendre place sur le trône du Jaguar. Les objets de pouvoir que renferme ce coffre sont donc à toi, déclara l'Itza sur un ton qui se voulait aussi sincère que possible.

– Relève-toi, Chimec. Je ne suis pas attiré par le trône du Jaguar et ce qu'il représente; d'autres sauront mieux que moi composer avec le pouvoir terrestre. Quant à ce coffre, il retournera là où tu l'as pris.

Hunac considéra alors Ixaquil, et ses yeux trouvèrent en elle l'écho d'un rêve d'amour qui le fit frémir.

– Tiens, princesse, prends ce coffret, il appartient à ta famille et à ses descendants.

– Tu dois d'abord connaître son contenu, Hunac, je sais que tu en es digne; mais celle-là ne mérite pas ce privilège, fit la princesse en tournant vers Chimec un regard chargé de mépris.

– Il vaut mieux qu'elle sache, elle aussi. Un tel secret n'a plus sa raison d'être dans le nouveau cycle qui se dessine.

Ixaquil finit par consentir à contrecœur et, après quelques tâtonnements, ses doigts trouvèrent le mécanisme commandant l'ouverture du coffret qui dévoila enfin son contenu tant convoité. Trois objets seulement s'y trouvaient, qui n'avaient apparemment rien d'un trésor: une tresse de cheveux aux reflets d'or, une croix d'argent sur laquelle gisait comme une forme humaine et une plaquette de pierre recouverte de signes inconnus.

– Quoi, c'est ça, le fabuleux reliquaire de Kukulkan, quelques cheveux, une amulette et un galet couvert de gribouillages ! ne put s'empêcher de s'exclamer Chimec.

– Tu es trop impulsive; peut-être ces objets ont-ils un important message à nous transmettre, dit Hunac en examinant plus attentivement la croix d'argent.

En faisant tourner l'objet entre ses doigts, il s'aperçut que sa face antérieure représentait une sorte de marteau à deux têtes gravé de mystérieux symboles.

– Approche, Ixaquil, demanda Hunac. Regarde bien ces signes: serais-tu capable de comprendre leur sens ?

– Ces inscriptions sont des runes, déclara la princesse en examinant le bijou; du moins c'est ainsi que les appelait le grand prêtre qui s'est chargé de mon éducation religieuse. Le seigneur Kukulkan lui-même a dû graver ces signes de sa main. Attends que je me rappelle... Oui, ça me revient maintenant. Voilà, je reconnais d'abord ces trois mots: Thor, Odin, Freyja.

– Qu'est ce que ça signifie ? interrogea Hunac.

– Ce sont les noms des divinités appartenant à la trinité créatrice des ancêtres de Kukulkan, répondit Ixaquil. Mais attends, le message se poursuit à peu près ainsi: « J'ai pris une galette de maïs, je l'ai partagée en plusieurs morceaux et j'en ai donné à tous. J'ai dit: voici mon corps, mangez-le, et je serai la force et l'énergie du Jaguar en vous. Puis, je leur ai offert l'eau du puits sacré, leur disant: buvez, car elle est mon esprit immortel qui habitera votre âme à jamais. »

– Comme c'est étrange ! s'exclama Hunac. Comment ce rite a-t-il pu se métamorphoser en ces cérémonies sanglantes pratiquées par les ordres guerriers ?

Incapable de résoudre cette énigme, Hunac porta son attention sur la plaquette de pierre.

– Cela ressemble à une forme ancienne d'écriture nahuatl. Je n'arrive cependant pas à la lire. Peut-être pourrais-tu nous traduire sa signification, Chimec ?

L'Itza prit la plaquette entre ses doigts et commença à traduire les paroles surgies d'un autre temps.

« Après avoir converti un grand nombre de Skraellings à la religion du dieu unique, ceux qui la refusèrent se liguèrent contre moi et nous contraignirent, mes fidèles et moi, à fuir Tula. Nous entreprîmes alors la longue errance qui nous conduisit, après bien des années et des détours, jusqu'au Yucatan. Lorsque j'appris l'existence d'une cité construite autour d'un puits sacré pareil à ceux auxquels sacrifiaient jadis mes ancêtres nordiques, je décidai d'en faire la capitale religieuse et politique du royaume du dieu unique. Mais au crépuscule de ma vie, je me retrouve rempli d'amertume. Que sont devenues les grandes espérances de mon cœur ? Mon idéal de concorde et d'harmonie a conduit à la mort des milliers d'êtres humains dont le seul crime fut de s'opposer à ma volonté. Quant aux conceptions religieuses qui m'ont guidé, elles se sont peu à peu transformées au contact des cosmologies indigènes dont la vision atteint des dimensions et des profondeurs que je devine encore à peine. Moi qui voulais convertir les Skraellings, me voici devenu leur disciple. Cet état d'esprit m'a conduit à reconsidérer les croyances de mes ancêtres que je pensais pourtant avoir extirpées à tout jamais de ma conscience. C'est ainsi qu'entre la violence et la douceur, l'amour et la haine, Christ et Odin, la vie et la mort, mon âme oscille au terme de sa vie terrestre. »

Chimec s'arrêta, elle avait de plus en plus de difficulté à traduire les signes effacés par le temps.

– Quelle confession pathétique ! Le divin Kukulkan était vraiment tout ce qu'il y a de plus humain, dit Hunac.

– Le message n'est pas terminé, reprit Chimec; voici la suite: « À cinquante-deux ans, au moment d'offrir mon corps aux flammes du bûcher, je laisse ces dernières paroles à ceux qui sauront les comprendre: l'amour est la clé donnant accès à tous les mondes visibles et invisibles. Il est la lumière du Jaguar céleste qui éclaire les hommes au cours de leur périple terrestre; il est la lueur qui guide l'âme du défunt lors de son voyage dans l'enfer du Metnal; et il est l'impulsion irrésistible qui la propulse finalement vers Hunab Ku, le centre ultime de toutes choses. C'est là, j'en suis certain, que nous

nous retrouverons tous, identiques, au-delà de toute apparence et conception séparatrice. »

— Et c'est signé Thordold Eriksson, conclut Chimec en
remettant négligemment la plaquette dans le coffret de bois.

— Quel étrange discours dans la bouche d'un homme
aussi puissant ! déclara Hunac chez qui les derniers mots de
Thordold avaient fait surgir le souvenir de son séjour en
compagnie d'Oreillana.

— Mon ancêtre était bien, comme tu l'as dit, un homme
comme les autres, affirma Ixaquil en présentant à Hunac le
collier olmèque aux serpents entrelacés.

— Que veux-tu que je fasse de ce collier ?

— Je te le donne; porte-le aujourd'hui. Pour moi, il symbolise la nouvelle alliance que souhaite ton cœur, Hunac
Ceel.

Lorsque la princesse eut attaché le collier au cou
d'Hunac, ce dernier, n'y tenant plus, la prit dans ses bras et la
serra longuement contre lui.

— Nous n'allons pas passer la journée ici, tout de même,
fit Chimec, un éclair de jalousie dans les yeux.

— Tu as raison, nous allons sortir d'ici, une autre tâche
nous attend.

Aussitôt à l'air libre, une clameur puissante les accueillit.
Après s'être assuré la maîtrise de la capitale, les troupes
alliées de Mayapan finissaient de se rassembler autour de la
grande pyramide de Kukulkan afin d'acclamer le nouveau
maître de la capitale.

Voyant cette multitude et songeant à tous ces regards
tournés vers lui, Hunac prit les mains d'Ixaquil et de Chimec
et les entraîna dans l'escalade de la pyramide sacrée. Arrivé
au milieu de celle-ci, il s'arrêta et se retourna. Sous la pluie
qui continuait à tomber, il vit venir à lui les guerriers de
Mayapan, les mercenaires mexicas et les paysans nombreux
qui s'étaient conjugués pour balayer les troupes de Jolom.
Toute cette foule, grossie par la population de la capitale, se
mit à manifester bruyamment sa joie et à scander en chœur
le nom d'Hunac Ceel.

Hunac leva les bras vers le ciel. Ses mains tenaient toujours celles des deux femmes, la blanche Toltèque et la brune Itza. Consciente de participer à un moment historique, un de ces instants où tout un cycle vacille et s'apprête à changer de main, la foule se tut dans l'attente d'un discours de celui qui avait survécu au puits sacré et réussi à éteindre les feux de la sécheresse. Aux yeux de tous ces gens, cet Hunac Ceel qui avait su unifier autour de lui les forces d'opposition au pouvoir toltèque serait certainement aussi le seul qui pourrait ramener l'harmonie des dieux, des institutions et des cœurs.

— Mes amis, la roue du monde commence un nouveau tour, lança Hunac. Le Serpent céleste a rejeté sa vieille peau et la nouvelle brille déjà de tout son éclat. La lutte armée fut nécessaire à cette mue, mais maintenant qu'elle est accomplie, le pardon et la tolérance doivent être nos guides. Que nous soyons Mayas, Itzas, Toltèques ou Mexicas, nous sommes tous les enfants du ciel et de la terre. Les appellations ethniques ou religieuses ne doivent plus nous séparer; au seuil d'une nouvelle ère, chacun doit être le frère et l'ami de l'autre.

Afin d'illustrer son propos, Hunac désigna Chimec et Ixaquil, ces représentantes des factions ennemies qui venaient de rendre les armes.

— Les divisions du passé ne doivent plus nous séparer, déclara-t-il bien haut. Dans ce nouveau monde qui vient de naître, toutes les races, toutes les couleurs cohabiteront sur un pied d'égalité; toutes les manières d'invoquer et de prier les dieux seront admises, toutes sauf la pratique des sacrifices humains qui sera formellement interdite et sera remplacée par des offrandes symboliques.

— Vive Hunac Ceel! Vive Chac! Vive Kin! clamèrent des milliers de voix enthousiastes.

— Il faut retourner à vos maisons et à vos champs maintenant, continua Hunac lorsque la foule se fut un peu calmée. Quelle que soit notre place dans la société, le travail de reconstruction nécessite toute notre volonté et toutes nos forces. Il faut réparer les dégâts que la sécheresse a causés aux cultures et reconstruire tout ce qui a été détruit au cours des derniers affrontements. Allez, et que vos dieux, quels qu'ils soient, vous accompagnent et vous inspirent.

– Pourquoi Hunac Ceel n'est-il pas monté jusqu'au sommet de la pyramide, jusqu'au sanctuaire de Kukulkan afin de recevoir le pouvoir suprême du grand Jaguar ? questionna une voix tandis que se dispersait la foule.

Cette interrogation fut bientôt dans toutes les bouches, dans tous les esprits.

L'ATTENTAT
DE COZUMEL

L'attentat de Cozumel

Deux lunes avaient parcouru le ciel depuis la mort de Jolom et la chute du pouvoir toltèque. Tandis qu'un vent de libération continuait à déferler sur toutes les provinces et les villes du Yucatan, la cité d'Uxmal s'honorait de la présence d'Hunac Ceel en ses murs.

Déambulant à l'ombre d'une haie d'arbustes qui bordait l'un des magnifiques parcs privés de la cité, Hunac s'entretenait avec Kabal-Xiu et son cousin, Akuk-Xiu, nouveau gouverneur de la cité libre d'Uxmal.

— Maintenant que l'ombre de Kukulkan s'est évanouie, les villes revendiquent l'autonomie qui était leur avant l'arrivée des Toltèques, déclara Akuk-Xiu. Les jours de la domination de Chichen ou d'une autre ville sont révolus, Uxmal retrouvera son centre de gravité politique et économique, ainsi que son visage de cité religieuse et aristocratique.

— Uxmal est libre d'afficher le visage qu'elle désire, dit Hunac. Mais si elle désire aussi la stabilité et la paix, elle aurait tout intérêt à se joindre à la nouvelle alliance qu'ont proposée les Cocom de Mayapan.

— Allons ! les Cocom ne pensent qu'à leurs ventres; ils ne visent que leurs seuls intérêts. Quelle aubaine si Mayapan devient le centre d'un nouvel empire, car vers eux afflueront alors le pouvoir et la richesse ! Le peuple d'Uxmal ne s'est pas débarrassé d'une oppression étrangère pour la remplacer par la domination des Cocoms.

— Hmm... À propos, Kabal, toi qui en arrives, quelles sont les dernières nouvelles de Chichen ?

— La situation générale m'a paru encourageante quoique très instable, répondit le prêtre. Étant donné l'amnistie dont ils ont été les bénéficiaires, les Toltèques semblent se plier de bon gré aux changements politiques en cours. Les guerriers Aigles et Jaguars qui ne se sont pas joints à nos forces ont été désarmés. Les prêtres de Kukulkan ont abandonné la pratique des sacrifices humains sans trop regimber et les représentants des grandes familles ont accepté d'adhérer au nouveau conseil multiethnique de la ville afin de discuter de l'épineuse question de la confiscation d'une partie de leurs terres au profit des paysans. Mais le problème le plus inquiétant à Chichen, ce sont les tensions raciales entre Itzas et Mayas; sans ton œuvre de conciliation, il ne fait aucun doute que le sang coulerait encore dans les rues et les maisons de la ville.

— En tout cas, la minorité itza d'Uxmal est bien traitée, reprit Akuk-Xiu, ce n'est pas comme à Mayapan, où ton ami Ah Raxa a décrété leur expulsion de la ville.

— Je sais, je sais, soupira Hunac. Malgré tous mes efforts, je n'ai pu convaincre les Cocom de faire preuve de la même tolérance qu'Uxmal. Mais l'animosité entre Mayas et Itzas était à son comble à Mayapan, et il valait sans doute mieux que ces derniers quittent une cité où leur présence était devenue un insoluble facteur de troubles.

— Tu vois bien, Hunac Ceel, que l'idée d'une alliance n'est pas raisonnable, continua Akuk-Xiu; mieux vaut laisser chaque cité régler pour le mieux ses propres problèmes internes.

— Tu te trompes! rétorqua Hunac. Il est au contraire plus urgent que jamais que les villes forment une nouvelle ligue, non plus régie par la force et la terreur, mais établie autour de considérations d'ordre commercial et culturel. Alors pourra émerger cette société égalitaire dont je rêve, cette société où régnera la tolérance ethnique et religieuse et où seront partagés équitablement les pouvoirs et les richesses.

– Une telle vision me paraît bien idéaliste, objecta Akuk-Xiu en souriant complaisamment; elle ne tient malheureusement pas compte de la réalité. Le Yucatan est immense, sa population nombreuse et diversifiée et la majorité de ses villes n'aspirent plus qu'à une chose: l'indépendance totale.

– Akuk a raison, Hunac, affirma Kabal-Xiu. L'idée d'une confédération, à ce stade-ci, est impensable, à moins que...

– À moins que quoi? interrogea Hunac.

– À moins que tu ne profites de ton ascendant personnel pour prendre place sur le trône du Jaguar et tenter de former un nouveau royaume sur les débris de l'empire toltèque.

– Nous avons déjà parlé de cela et tu connais ma position, rétorqua Hunac. Le rôle de maître de l'empire n'est pas fait pour moi. Je suis bien trop jeune, bien trop inexpérimenté et de plus, je ne me sens aucune affinité avec le pouvoir. Une autre quête me sollicite: je veux savoir ce qui se cache derrière notre réalité visible; je désire percer les secrets du temps et connaître les mystères de l'au-delà. C'est d'ailleurs pourquoi je partirai après-demain pour la grande cité côtière de Tulum. De là, je me rendrai à Cozumel, où le conseil des prêtres qui gouverne la grande île sacrée m'a invité à présider le cycle des célébrations dédiées à Ixchel et à Yum Kaax, le dieu du maïs. J'en profiterai bien sûr pour discuter avec eux de politique, mais aussi et surtout des questions métaphysiques qui me préoccupent.

Une semaine plus tard, Hunac entrait à Tulum. Même si la consonance de ce nom lui rappelait celui de sa fiancée perdue, c'est avec plaisir qu'il retrouva la grande cité recouverte d'un ciel intensément lumineux qui se mariait si bien avec les eaux bleutées de la mer des Caraïbes. La ville semblait s'être donné le mot pour l'accueillir avec tous les honneurs d'un être marqué par le destin; de nouveau, il se sentait le point de mire et de convergence de tout un peuple.

Après avoir joui quelques jours de l'hospitalité de Tulum et de ses habitants, Hunac laissa derrière lui l'enceinte de la ville, traversa ses interminables faubourgs et atteignit, quelques heures plus tard, un petit port construit sur une plage de sable blanc. Une grande et somptueuse embarcation attendait Hunac pour le conduire à Cozumel. Tandis qu'il contemplait les flots qui dansaient et les nuages qui se balançaient dans le vent, il souhaita que ses prochains entretiens avec les sages de l'île lui apportent une confirmation de ses visions et de ses intuitions concernant une autre réalité, un niveau d'être différent où évoluaient des entités que ses yeux avaient perçues sous la forme d'œufs de lumière veinés d'arcs-en-ciel.

Vers la fin de l'après-midi, Hunac prenait part à un banquet servi sur une terrasse ombragée d'un palais de Cozumel. Alors qu'il conversait avec un groupe de Ah Kins venus pour l'accueillir et discuter du futur statut politique et religieux de la grande île, un messager dépêché par Kabal-Xiu vint l'interrompre.

— De tragiques événements secouent Chichen, déclara-t-il en s'agenouillant devant la haute assemblée. Une tentative de coup d'État, perpétrée dans des circonstances encore obscures, a entraîné la mort d'une dizaine de dignitaires itzas, tous membres du nouveau conseil multiethnique de la cité. Affirmant que ces derniers étaient des agents à la solde de la cité d'Izamal, le nouveau gouverneur, Chuc Huemac, s'est allié aux Cocom de Mayapan et a profité de ton éloignement pour écarter violemment les Itzas des affaires publiques. Les Toltèques qui pourraient être tentés de conclure une entente avec Chuc Huemac n'ont pas réagi à cette attaque portée contre leurs anciens alliés. Menacés et assaillis de toutes parts, les Itzas ont pris les armes; depuis, la violence ne fait que s'amplifier et la guerre civile risque d'éclater d'un moment à l'autre.

« Ainsi, malgré tous mes efforts et toutes mes exhortations en faveur d'une entente, l'intolérance règne encore en maître à Chichen », pensa-t-il en tournant son regard vers un vol d'oiseaux qui dessinait une courbe parfaite dans le ciel saturé de soleil. Il maîtrisa son émotion et repoussa son impulsion première qui lui commandait de retourner immédiatement à Chichen pour tenter d'y rétablir l'ordre.

— Et la princesse Ixaquil, que devient-elle ? interrogea-t-il, inquiet pour cette femme avec qui il espérait pouvoir s'unir lorsque le ressac de la révolution se serait appaisé.

— Ça, je ne saurais vous le dire précisément, seigneur. Tout ce que je sais, c'est qu'après la chute du pouvoir toltèque, elle s'est retirée en banlieue de la capitale sur un vaste domaine appartenant à sa famille

— Mmm... et Chimec l'Itza, tu as de ses nouvelles ? demanda encore Hunac.

— Elle a été accusée de sédition et elle est activement recherchée par les milices de Chuc Huemac. On pense qu'elle se serait enfuie pour trouver refuge à Izamal.

— Eh bien, mes amis, comme vous pouvez le voir, nous ne sommes pas encore au bout de nos peines, déclara Hunac à l'adresse des prêtres rassemblés autour de lui.

— Que comptes-tu faire, seigneur ? demanda l'un des chilams.

— Je célébrerai ce soir, comme vous m'y avez invité, l'offrande au dieu du maïs. Entre temps, permettez-moi de me retirer dans mes appartements; j'ai besoin de réfléchir un peu, répondit Hunac en fixant les hommes vêtus de robes noires dont les yeux sombres semblaient vouloir deviner ses pensées et ses intentions les plus secrètes.

C'est ainsi qu'au cours de la soirée, laissant un moment de côté les problèmes qui assaillaient l'empire, Hunac consacra les épis nouveaux et les offrit aux grandes forces créatrices de l'univers, personnifiées principalement par les visages de Kin et d'Ixchel. Après avoir détaché tous les grains d'un épi, il porta l'un d'eux à la bouche d'une idole représentant le dieu solaire et répéta le même geste devant une effigie de la déesse lunaire. Enfin, il en mangea lui-même un grain et offrit les autres en communion à tous ceux qui se trouvaient autour de lui.

Hunac était conscient du grand honneur qu'on lui accordait en lui permettant d'accomplir ce simple rituel dont la portée s'avérait pourtant des plus profondes. Incarnée dans l'épi de maïs, c'était la divinité elle-même qui se donnait en nourriture aux humains, leur accordant ainsi une participation directe à sa nature. De cette façon, le cercle se refermait sur lui-même, le chaos du monde prenait un sens, l'être humain retrouvait ses racines célestes tout en participant à l'expression terrestre de la divinité agraire qui n'était, Hunac n'en doutait pas, qu'un autre masque d'Hunab Ku, l'énergie consciente primordiale qui saturait de sa formidable puissance créatrice tous les pores de l'être cosmo-biologique universel.

La cérémonie terminée, Hunac eut un entretien avec les prêtres qui désiraient l'interroger sur certains détails de son périple dans le pays des collines et des montagnes vertes. Ils discutèrent longuement des réminiscences évoquées par le jeune homme, supputant leurs implications métaphysiques, comparant les données des textes sacrés et des traditions anciennes avec les perceptions du passé et du futur qu'il avait rapportées de son séjour dans les ruines de la cité perdue. On parla aussi avec passion des cycles temporels et de leur rapport avec le mythe de Quetzalcoatl-Kukulkan. L'heure avancée allait mettre un terme au débat lorsque s'approcha un prêtre qui, pendant la soirée, avait tout observé sans rien dire. Après avoir signifié à Hunac qu'il était sourd-muet, il lui tendit les mains. Sans réfléchir, le jeune homme prit les mains du prêtre dans les siennes; aussitôt, un frisson le parcourut. Comme s'il changeait soudain de dimension, il se retrouva au sein d'un espace intensément silencieux au creux duquel il s'enfonçait comme dans le gouffre du puits sacré. Après avoir touché le fond de l'abîme, il se sentit projeté vers le haut et put se voir en train de gravir les marches de la pyramide de Kukulkan jusqu'à son sommet. Revenant brusquement à la réalité, il retrouva le regard intense du sourd-muet. Encore stupéfait de ce qu'il venait de ressentir, il vit les prêtres s'incliner devant lui et quitter la salle l'un après l'autre. Ce n'est que beaucoup plus tard qu'il comprit qu'on l'avait éprouvé en le mettant en présence d'un chilam capable de lire en lui, capable aussi de le révéler à lui-même.

C'est avec soulagement qu'il retrouva l'appartement luxueux que lui avait offert le haut clergé de Cozumel. Situé au premier étage d'un magnifique palais construit à flanc de rocher, il lui offrait la perspective d'une côte déchiquetée où venaient inlassablement se briser les vagues d'une mer tranquille. Tout en déambulant sur une terrasse où prospéraient des plantes aux floraisons toutes plus colorées et odorantes les unes que les autres, Hunac contemplait l'immensité du ciel qui se mesurait à celle de la mer. Mais son cœur était inquiet, les événements de Chichen le troublaient au plus haut point. Il refusait encore d'admettre que ses amis de Mayapan se soient servis de lui à leur seul avantage et puissent songer à instituer un nouvel ordre au sein duquel Itzas et Mexicas deviendraient des citoyens de seconde classe. Lui qui n'aspirait qu'à la paix et à une recherche de la vérité, devrait-il reprendre le bâton du pèlerin, ou même l'épée, afin de convaincre les grands seigneurs des villes d'accorder l'égalité à tous leurs citoyens ? « Pourquoi le cœur humain est-il si instable et si difficile à pacifier ? » se demanda-t-il encore. Avec en tête cette insoluble question, il gagna son lit où la fatigue accumulée l'entraîna rapidement vers un sommeil agité.

Un sentiment d'angoisse le tira brusquement de son sommeil. Rêvait-il ou bien ce chatouillement au creux du ventre était-il bien réel ? Avant même de se relever, il eut le réflexe de chasser d'un revers de la main ce qui l'oppressait. Se redressant aussitôt, il reconnut sur le sol qu'éclairait la pleine lune, l'un de ces terribles petits scorpions rouges, les plus venimeux qui soient. Un bruit venu de l'extérieur le fit encore sursauter. Ayant retrouvé tous ses esprits, il se rua sur la terrasse et arriva juste à temps pour voir une ombre disparaître au bas de celle-ci. De toutes ses forces, il se lança à sa poursuite. Enjambant à son tour le parapet, il sauta sur les rochers abrupts qui frangeaient la côte. Plus loin, une longue plage de sable blanc s'étendait sous la clarté des étoiles. Il allait s'y diriger, mais un frôlement derrière sa tête le fit se retourner : une silhouette armée d'un couteau se jetait sur lui. D'un geste instinctif, Hunac porta son bras au-dessus de sa tête et parvint à parer le coup. Un furieux corps à corps s'ensuivit. Malgré son bras écharpé, Hunac avait le dessus. Son adversaire parvint cependant à se dégager et, ayant perdu son arme, choisit la fuite. Mais, dans sa hâte, il perdit pied et bascula dans le vide en lançant un grand cri. Hunac s'empressa de rejoindre son agresseur qui gisait sur un rocher, les yeux grands ouverts, la colonne vertébrale apparemment brisée.

— Qui es-tu ? Pourquoi as-tu voulu me tuer ? questionna Hunac en s'approchant de l'homme en qui il reconnaissait les traits d'un Itza.

L'homme ne répondit pas, seul un grognement parvint à se glisser hors de sa bouche déformée par la douleur.

— Parle, il en va du destin de nos peuples ! jeta Hunac en langue nahuatl.

— C'est… un prêtre itza qui m'a demandé de… de te faire disparaître, marmonna l'homme. Mais je sais bien que ce sont ceux de Mayapan qui sont derrière lui. Maintenant que je vais mourir, je comprends leur maudit calcul ; après s'être servis de toi pour abattre le pouvoir toltèque, les Cocom veulent se débarrasser d'un gêneur. Ils auraient aimé que.. cela prenne l'allure d'un simple accident, mais j'avais la consigne… en cas de besoin… d'achever le travail à la main…

Hunac contempla cet homme qui avait failli le tuer et qui payait maintenant ce geste de sa propre vie. Un sentiment de compassion l'étreignit lorsqu'il vit le corps se soulever en un dernier spasme et s'étaler ensuite sans vie.

Ainsi, ses plus funestes pressentiments s'avéraient justifiés ; ses alliés de Mayapan, ses propres frères mayas, avaient décidé d'éliminer sa personne devenue trop encombrante. Qui plus est, ils avaient voulu faire porter l'odieux de leur crime sur la faction itza qui empruntait à son tour la figure de bouc émissaire.

« Que faire maintenant ? », se demanda-t-il en soupirant. Lui qui avait toujours refusé de se mêler de trop près au pouvoir politique devrait-il quitter sa relative passivité et intervenir directement dans les affaires de l'État, ou, comme il s'était plu à le faire jusque-là, pourrait-il continuer à demeurer à l'écart des choses du monde afin de trouver réponse aux questions qui le hantaient sur la nature de la conscience et le sens de l'existence humaine?

Après l'orage du combat, la respiration de la mer emplissait à nouveau la nuit et exhalait partout son calme. Hunac lâcha un immense soupir, il considéra les astres innombrables qui scintillaient et ses yeux les interrogèrent longuement sur sa place et son rôle en ce monde pétri de violence et de beauté.

LA CHUTE
DE CHICHEN

La chute de Chichen

Trois jours plus tard, le cœur toujours rongé d'incertitudes, Hunac arrivait sur le continent. Il se dirigeait vers la grande cité de Coba où devait l'attendre une délégation des représentants de Mayapan et de Chichen, lorsque à un détour de la route, apparut un groupe de guerriers mexicas en tenue de combat.

Étonné, Hunac fit stopper ses porteurs et descendit de sa chaise. Saisi par la gravité des visages qui l'entouraient, l'inquiétude le gagna.

— Seigneur Hunac Ceel, notre chef Toajotl nous a dépêchés vers toi afin que nous te remettions ce message, déclara l'un des Mexicas en se prosternant et en tendant à Hunac un parchemin enroulé autour d'un bâton de jade.

Ce dernier déroula prestement le document et déchiffra les idéogrammes qui s'y trouvaient tracés: « Il te faut renoncer à entrer à Coba, Hunac; les émissaires de Mayapan et de Chichen t'y attendent pour t'emprisonner et peut-être te tuer. Les Cocom se croient déjà les nouveaux maîtres d'un Yucatan où tout ce qui n'est pas maya sera considéré comme étant indigne et inférieur. Désirant se débarrasser des Itzas, ils comptent jouer sur les rivalités ethniques pour les chasser à jamais de Chichen et même du Yucatan. Ils songeraient de plus à s'allier aux familles toltèques qui, en échange de quelques faveurs, comme une tolérance des sacrifices humains, pourraient les assurer de leur concours et du soutien de leurs armes. À cause du rôle que tu as joué dans la rébellion, à cause aussi de tes prises de positions en faveur d'un État multiethnique, ils jugent désormais que tu es un obstacle à leur volonté de pouvoir et ils sont prêts à tout pour t'écarter de leur route. Tu dois intervenir, Hunac; tu bénéficies de la caution des dieux, les paysans te soutiennent, ainsi que les clans mexicas qui suspectent Ah Raxa de vouloir les éliminer également de la partie qui se joue. Tu peux compter sur mon entière fidélité; ta vision doit prévaloir, mais il n'y a plus que toi qui puisses maintenant la réaliser. »

Hunac, qui n'avait cessé de s'interroger sur l'attitude à adopter par suite de la tentative d'assassinat dont il avait été la cible trois jours plus tôt, réalisait enfin toute la malignité d'Ah Raxa et de ses congénères de Mayapan et de Chichen. Pris d'un brusque sentiment de dégoût, il serra les mâchoires et se retint pour ne pas verser quelques larmes.

Pour lui qui avait tout fait pour rester à l'écart de la politique et de ses luttes souvent mesquines, un choix s'imposait. Il avait cru qu'un monde harmonieux et sans violence, dicté par les impératifs d'un nouveau cycle, s'édifierait de lui-même. Il comprenait maintenant son incroyable naïveté; les humains avaient besoin d'autre chose que de belles intentions et de belles paroles pour s'unir. Une volonté ferme devait se lever et prendre solidement en main les rênes du pouvoir. Émergeant des profondeurs de son être, une nouvelle détermination s'imposa à lui. Oui, il laisserait de côté sa belle indifférence et tenterait de maîtriser ce monde tourmenté qui le sollicitait. Bien sûr, il faudrait combattre et tuer encore, mais c'est à ce prix seulement que naîtrait la société idéale à laquelle il aspirait.

— Il faut agir au plus vite, mes amis, déclara-t-il à l'adresse des guerriers mexicas. Tout retard ne fait qu'accroître l'horreur. Combien de temps faudrait-il pour rassembler nos troupes devant Chichen ?

– Les Cocom ont bien manœuvré et nous ont dispersés en garnisons dans diverses régions de la péninsule; il faudra bien une semaine pour regrouper tous nos guerriers.

– C'est bien long, reprit Hunac; mais que cela soit fait. Entre temps, je vais demander l'appui militaire d'Uxmal, d'Izamal et des autres cités peu portées à s'incliner devant les Cocom. Cela nous permettra en outre de savoir où sont nos appuis.

Huit jours plus tard, entouré de ses partisans mexicas, des milices d'Uxmal et d'Izamal, ainsi que des paysans ayant répondu nombreux à son appel de mobilisation générale, Hunac contemplait le ciel de Chichen qui s'emplissait de lourdes fumées d'incendies. Tandis qu'il était occupé à rassembler ses fidèles, il avait appris que le gouverneur Chuc Huemac, obéissant en cela aux directives de Mayapan, avait décrété l'expulsion de tous les Itzas de Chichen. Ce coup de force avait entraîné des affrontements violents qui avaient vite dégénéré en véritables batailles rangées où les morts et les blessés ne se comptaient plus.

L'appel d'Hunac avait par ailleurs fait ressortir la profonde division qui régnait dans les villes de la péninsule. Alors que certaines avaient pris ouvertement parti pour le camp des Cocom, d'autres, davantage à l'écoute de leurs masses paysannes, avaient prudemment décidé de demeurer neutres et d'attendre la suite des événements. À part Uxmal, dont les Xius lui étaient demeurés fidèles, seul le gouverneur itza d'Izamal avait répondu favorablement à l'appel d'Hunac et lui avait fourni des hommes, des vivres et de l'équipement en quantité. Cette bonne volonté n'était certes pas gratuite, car le gouverneur d'Izamal comptait sur la victoire d'Hunac pour obtenir de lui un statut autonome pour sa ville.

– Les événements se précipitent à Chichen, déclara un informateur à bout de souffle. Les Itzas qui ont pu échapper au massacre s'enfuient et envahissent les campagnes environnantes. Quant aux Toltèques, ils semblent dans l'expectative;

après avoir assisté sans broncher aux exactions des nouvelles autorités mayas, ils craignent maintenant de leur servir de bouclier contre les Mexicas. On affirme même que, devant la possibilité d'un retournement des Toltèques, le gouverneur Chuc Huemac a décidé de placer la princesse Ixaquil et d'autres membres de sa famille sous surveillance.

— Quoi ! Mais ils sont tous devenus fous ! s'exclama Hunac, soudain inquiet du sort de la femme qui occupait encore ses pensées et nourrissait ses rêves les plus intimes.

— Il nous faut donner l'assaut sans tarder, avant que Chichen ne reçoive d'autres renforts de Mayapan, déclara Toajotl. Si nous ne réussissons pas à nous rendre tout de suite maîtres de la capitale, la guerre civile s'étendra à tout le Yucatan.

— Encore du sang, toujours du sang ! soupira Hunac, soudain dégoûté de toute cette sinistre mise en scène. N'y a-t-il donc pas d'autre voie que la bataille, d'autre issue que le carnage ?

— J'ai bien peur que non, seigneur, répondit résolument Toajotl.

— Laissez-moi seul quelques instants, j'ai besoin encore de réfléchir, jeta Hunac.

Quand tous furent partis, le jeune homme retira son costume de guerrier hérissé de plumes de quetzal et gagna un bosquet tout proche. Là, dans la fraîcheur du sous-bois, son esprit s'efforça de nouveau de concilier ses espoirs et ses idéaux avec les exigences d'une réalité dont il ne parvenait pas à saisir le sens. Sa détermination vacillait, il n'était plus sûr de rien. Alors qu'il se voulait un libérateur, il redoutait maintenant de devenir à son tour un oppresseur. Prêchant partout le respect de la vie, il lui faudrait encore une fois répandre la mort. Mais avait-il vraiment le choix, ou bien était-il, comme il le croyait parfois, une simple marionnette de chair entre les mains de dieux cruels et farceurs ? Il songea alors à Oreillana; comme il aurait aimé qu'elle soit là, en ce moment, auprès de lui. La tentation le prit d'abandonner ce jeu tragique et compliqué, et de repartir vers les montagnes vertes afin de retrouver cette mystérieuse femme dont le regard lui avait révélé un trésor de lumière et d'amour.

Hunac ne regagna sa tente qu'au milieu de la nuit. Épuisé par le tumulte inlassable de ses pensées, il s'étendit sur sa couche et s'endormit en implorant une fois de plus les dieux de l'inspirer et de le guider.

Entouré de quelques compagnons, il marchait à travers une végétation désordonnée qui masquait les vestiges d'édifices et de temples. Voulant relever les murs de cette antique cité et ressusciter sa splendeur d'antan, il entreprit de dégager les ruines de leur linceul de verdure. Entrant dans une construction où de grands arbres avaient élu domicile, il vit un gros bloc de pierre taillée qui ressemblait à un autel à demi enfoui dans la terre. Avisant une souche qui se trouvait près de lui, il se baissa pour la saisir et l'extirper du sol. Il sursauta de surprise : il venait d'apercevoir un serpent lové entre les racines de la souche. Le reptile tourna vers lui deux yeux brillants qui libéraient une puissance si grande qu'il recula, rempli de terreur. Profondément troublé, il décida de laisser le serpent en paix et chercha une autre tâche à accomplir. C'est alors que survint l'un de ses compagnons qui saisit la souche et, d'un coup sec, l'arracha du sol. Brutalement chassé de son antre, le serpent s'enroula autour du bras de l'intrus, puis retomba sur le sol où il se transforma en une sorte de rat informe qui s'enfuit en couinant.

Une voix aux inflexions connues vint le tirer de son sommeil. Kabal-Xiu était là, près de lui, qui l'appelait. Dans la pénombre qui régnait encore, Hunac se redressa et comprit, à l'expression du prêtre, que d'autres événements fâcheux avaient dû se produire.

— C'est l'enfer à Chichen. Les quartiers itzas sont en ce moment même le théâtre de massacres indescriptibles, déclara ce dernier d'une voix qui cachait mal une grande émotion. Fanatisée par ses nouveaux dirigeants et appuyée par les soldats de Mayapan, la population maya des bas quartiers a laissé libre cours à la colère et à la vengeance qui couvaient en elle. Tout est à feu et à sang. Hommes, femmes, enfants, nul n'est épargné par la fureur populaire. Hunac, à moins de vouloir porter la responsabilité de tout ce sang qui coule aujourd'hui, tu dois immédiatement ordonner l'attaque. D'ailleurs, lasses d'attendre tes ordres, les troupes d'Izamal s'apprêtent déjà à percer les défenses de la capitale afin de venir en aide à leurs congénères itzas.

Tandis qu'Hunac écoutait le prêtre, le conflit intérieur qui le paralysait trouva son paroxysme. Les yeux grands ouverts, bouche bée, il revit le regard effrayant du serpent de son rêve.

— Ton esprit serait-il encore sous les eaux du puits sacré ! s'exclama Kabal-Xiu. Il est temps qu'il en sorte : ne vois-tu pas que les dieux et le peuple te réclament sur le trône du Jaguar ? Ne doute plus, Hunac, c'est maintenant à toi de jouer !

Cette fois, les paroles du prêtre atteignirent le jeune homme de plein fouet. Réalisant enfin l'inutilité de ses craintes, Hunac, du plus profond de sa conscience, décida de saisir le serpent et le pouvoir qui s'offrait à lui.

Quelques heures plus tard, les troupes d'Hunac Ceel entrèrent en action. Tandis que Kin apparaissait dans le ciel matinal, s'engagèrent des combats sans merci qui durèrent toute la journée. Les flèches et les lances sifflaient et opéraient à la perfection leur œuvre meurtrière. C'est à travers des rues et des places jonchées de cadavres et de blessés qu'Hunac, entouré de guerriers mexicas et de paysans fidèles à son image, put faire tomber les ultimes défenses ennemies et pénétrer à l'intérieur du grand palais. À la tombée du jour, le gouverneur Chuc Huemac, abandonné par les Toltèques et voyant ses propres troupes décimées, vint lui-même déposer les armes devant le vainqueur et implora sa clémence.

— Je ne suis pas responsable, seigneur... Ce... ce sont les Cocom qui m'ont placé à ce poste, ce sont eux qui ont décidé l'élimination des Itzas, bredouilla le gouverneur déchu.

— Cesse de geindre, Chuc Huemac. Nous sommes tous responsables de ce carnage, et je compte faire en sorte que de tels actes ne se répètent plus, lâcha Hunac.

– Je… je suis ton esclave, seigneur. Fais de moi ce que tu voudras, reprit le vaincu sur un ton résigné.

– Je verrai plus tard ce que je ferai de toi. Pour l'instant, dis-moi plutôt où est la princesse Ixaquil?

– Je… je ne sais pas, seigneur, répondit Chuc Huemac d'une voix tremblotante.

– Les miliciens chargés de surveiller Ixaquil et ses proches nous ont rapporté la mort de la Toltèque, déclara un des conseillers du gouverneur déchu, espérant peut-être s'attirer ainsi la clémence du vainqueur.

Hunac reçut cette nouvelle comme un coup de couteau en plein cœur. Ayant peine à maîtriser son émotion, il traversa nombre de corridors et de salles pour se rendre dans la chambre où il avait passé sa première nuit d'amour avec Ixaquil. Il alla ensuite sur le balcon et contempla le visage meurtri d'une grande et fière cité à demi détruite par les flammes. Après un long moment de réflexion, Hunac retourna dans la salle et s'assit sur le trône du Jaguar.

– Toajotl, choisis quelques-uns de tes meilleurs hommes; qu'ils se rendent immédiatement à Mayapan afin de remettre un message à Ah Raxa.

– Tu veux lui faire une déclaration formelle de guerre? demanda le chef mexica.

– Non, répondit Hunac. C'est d'une demande en mariage qu'il s'agit: je réclame du gouverneur Cocom de Mayapan la main de sa fille aînée. Je lui offre une dernière chance d'associer sa maison et sa famille au trône du Jaguar. Qu'on lui dise que chaque jour qui passe sans réponse accroît ma colère, et qu'on l'avise que s'il refuse ma proposition, je n'aurai de cesse que sa tête ne roule dans la poussière.

– Te serais-tu enfin décidé à prendre le pouvoir et à ressusciter l'empire? interrogea Toajotl.

– Oui, cette fois je suis décidé, répondit Hunac.

– Mais pourquoi offres-tu un tel cadeau à ton pire ennemi? jeta Kabal-Xiu. Pourquoi ne te tournes-tu pas plutôt vers ceux qui t'ont été fidèles?

– Je veux la paix, au plus vite, et pour longtemps; et je suis convaincu que c'est la seule manière d'y arriver, rétorqua Hunac.

– Et tu comptes faire de Chichen la capitale de ton empire? s'enquit encore Kabal-Xiu.

– Non, Chichen a été le théâtre de trop d'horreurs; c'est à Mayapan que j'établirai ma capitale. Mais n'aie crainte, je ne délaisserai pas Uxmal pour autant.

À la tombée du jour, Hunac se rendit dans une grande demeure située en pleine campagne. Dans une de ses salles, gisait un catafalque de pierre sculpté de serpents à plumes ornés de nacres et de turquoises. Hunac salua les nobles toltèques présents et s'approcha du corps pâle d'Ixaquil. Habillée d'une tunique entièrement tissée d'or, étendue sur un lit de fleurs écarlates, la princesse avait conservé toute sa beauté et semblait dormir comme une enfant. Hunac n'en croyait pas ses yeux; devant ce relent de cauchemar, une peine immense l'envahit et des larmes perlèrent à ses yeux. « Que vaut une victoire, si on y perd son cœur ? » pensa-t-il, en proie à une profonde amertume.

Une vieille femme vêtue de riches vêtements et couverte de bijoux magnifiques s'approcha du jeune homme. La sœur du défunt Chac-Xib-Chac traversa le cercle de gardes postés autour d'Hunac et, sous les yeux attentifs de l'assistance, lui tendit un minuscule objet brillant.

– Tiens, Hunac Ceel, voici l'anneau de la princesse Ixaquil, fit la femme. La pierre rouge qui l'orne a jadis appartenu à Kukulkan lui-même. Qu'elle soit pour toi un des insignes de ta puissance ainsi que le symbole de l'alliance que nos familles souhaitent conclure avec le nouveau maître de l'empire.

Sous les regards toltèques, Hunac prit entre ses doigts le délicat anneau d'argent et le passa à son index droit en signe d'acceptation.

– Peu de choses te séparent encore du pouvoir, reprit la femme; nos guerriers t'obéiront dorénavant comme si tu étais Kukulkan lui-même.

Cela dit, la Toltèque s'inclina et alla retrouver sa place parmi les siens. Alors, Hunac s'approcha encore une fois du catafalque et se pencha vers la princesse afin de poser un dernier baiser sur ses lèvres mortes.

– Puisse ton dieu, Kukulkan, t'accueillir dans son royaume des cieux, murmura-t-il au creux de son oreille. Puisse-t-il te guider dans le passage sombre et étroit du Metnal, jusqu'au Belontiku où nous nous retrouverons, Ixaquil. Me voici donc votre souverain à présent, déclara-t-il en se tournant vers les seigneurs toltèques et les officiers mexicas. Par la douceur ou la violence, je soumettrai les villes et unirai leurs peuples. Une nouvelle entente verra le jour, une nouvelle ligue où chacun, qu'il soit Maya, Toltèque ou Itza, sera l'égal de l'autre. Les conflits religieux et les luttes fratricides sont terminés; désormais, tous les hommes et tous les dieux seront égaux à mes yeux.

Lorsque Hunac se tut, tous joignirent les mains en signe de soumission. Mais à peine quelques minutes plus tard, les questions concernant les nouvelles règles du jeu politique qu'il comptait établir fusaient de toutes parts.

– Il faut d'abord unifier toutes les forces de l'empire et éteindre les foyers de contestation encore actifs, énonça le jeune chef. Puis, nous devrons panser les plaies physiques et morales occasionnées par les récents affrontements. Par ailleurs, je ne rendrai aucun édit public avant qu'aient eu lieu les funérailles de la princesse Ixaquil. D'ici là, je tiendrai audience et j'écouterai tous ceux qui en exprimeront le souhait. Par la suite, je compte décider seul des futures politiques de la fédération.

Quand Hunac retrouva l'air libre, le monde s'était depuis longtemps recouvert de son linceul de ténèbres. Le cœur meurtri, mais aussi plus déterminé que jamais à réaliser la vision qui le possédait, il rejoignit sa tente à l'extérieur de la ville. Incapable de dormir, il passa la nuit à contempler les feux que ses hommes avaient allumés ici et là afin de faire reculer les peurs obscures engendrées par la nuit.

LA LIGUE
DE MAYAPAN

La ligue de Mayapan

Les nobles étaient accourus de partout pour écouter Hunac Ceel proclamer les grandes lignes de la politique qu'il comptait imposer aux peuples et aux cités de la péninsule; une politique qui affirmait son autorité absolue et traçait le cadre d'une fédération qui apparaîtrait aux yeux de plusieurs comme un nouvel empire fortement centralisé.

Dans l'attente de celui qui émergeait comme le nouvel homme fort de la fédération, la salle du conseil de ville de Chichen bourdonnait d'animation et de discussions. Une porte livra bientôt passage à Hunac entouré de ses gardes mexicas. Un scribe le suivait, qui alla s'installer derrière une table basse où l'attendaient un rouleau de manuscrit vierge et un pot d'encre dans lequel trempaient quelques stylets. Hunac contempla un moment l'assemblée devenue silencieuse, puis, s'assoyant sur le trône du Jaguar, il prit la parole.

— En date du Katun 8 Ahau, moi, Hunac Ceel Cahuich, maître du trône du Jaguar, je proclame ce qui suit. À l'image des douze divisions du ciel, le nouvel empire sera partagé en douze régions ayant chacune à sa tête un gouverneur civil; chaque région se verra également dotée d'un grand prêtre, chargé des choses strictement religieuses. Une treizième région, représentant le Soleil trônant au milieu des espaces célestes, sera occupée par Mayapan, la capitale; c'est là que sera érigé le siège du pouvoir d'où j'occuperai la double fonction de prêtre-roi. Je déclare aussi qu'à partir de ce jour aucun culte n'aura la préséance sur un autre, et aucun ne se verra octroyer le titre de religion officielle. L'État ne contribuera plus à la construction de temples ni à la tenue de cérémonies religieuses; les prêtres devront donc compter exclusivement sur la générosité de leurs fidèles.

— Mais, seigneur, ça ne s'est jamais vu! s'exclama un dignitaire d'Uxmal vêtu d'une toge aux couleurs chatoyantes et coiffé d'une mitre piquée de plumes écarlates.

— Aussi loin que l'on puisse remonter dans l'histoire de notre peuple, la religion et le pouvoir politique ont toujours été intimement associés, fit une autre voix.

— N'ai-je pas dit que mon intention était de fonder un nouvel empire? Si celui-ci devait être la simple continuation de l'ancien, il ne mériterait certes pas ce titre. Sachez que, dans un cycle prochain, tel que l'annoncent nos prophéties sacrées, seront balayées nos cultures et anéanties nos croyances. Il me semble donc plus sage que nous nous occupions du bien-être des habitants de nos cités et de nos campagnes plutôt que de mettre l'accent sur ce qui est appelé à disparaître.

— Il y a longtemps que les chilams et les astrologues nous prédisent la fin du monde sans que celle-ci se soit produite, rétorqua un grand prêtre de Coba. Ne demandons-nous pas à nos dieux de recréer le monde à la fin de chaque cycle mineur de cinquante-deux ans, et ceux-ci n'y ont jamais fait défaut.

— Écoutez, reprit Hunac. J'ai eu une vision dans un temple des montagnes vertes. J'ai assisté au retour de Kukulkan. J'ai vu de grandes pirogues apparaître du côté où le soleil se lève. Des hommes blancs et barbus en descendront, par le tonnerre et l'éclair, ils détruiront nos villes, abattront nos dieux, soumettront nos peuples. Après avoir réduit nos descendants à l'esclavage, ils leur imposeront un dieu nouveau, un dieu unique qui sonnera le glas de notre civilisation. Mais plusieurs années nous séparent encore de ces événements, quelques siècles de répit au cours desquels nous tâcherons de vivre en paix et de profiter de la vie.

Bien des commentaires firent écho à ces dernières paroles. Lorsqu'ils se furent apaisés, Hunac promulgua encore deux édits qui furent soigneusement notés par le scribe.

– Comme du temps du pouvoir toltèque, le gouvernement central contrôlera les voies de communication, il assurera la sécurité et l'entretien des routes entre les régions et les grandes villes de l'empire, commença-t-il. Qu'ils soient Toltèques, Itzas ou Mayas, les grands propriétaires devront parcelliser la demie de leurs terres et en remettre un lopin à chacun des paysans qui peinent actuellement à leur compte, termina-t-il.

Les exclamations de surprise et les commentaires indignés fusèrent de plus belle. En effet, ces deux édits heurtaient de plein fouet les privilèges des nobles et des villes. Hunac contempla sans sourciller cette expression de mécontentement; avec les appuis sur lesquels il pouvait compter, il se sentait de taille à imposer sa loi à des cités encore fragiles et plus divisées que jamais.

Au cours d'une assemblée restreinte où se trouvaient réunis les représentants d'une douzaine de centres de la péninsule parmi les plus importants, Hunac développa ses vues et précisa ses intentions. Parmi les nobles se trouvait Ah Raxa, venu expressément de Mayapan pour rendre hommage au nouveau maître du Jaguar et lui signifier son accord au sujet du mariage de sa fille. Bien entendu, le seigneur Cocom espérait aussi négocier les arrangements pécuniers et politiques qu'impliquait un tel événement. Étant donné les conditions, l'offre d'Hunac était plus que généreuse, et après un conciliabule émaillé, pour la forme, de disputes et de cris, les seigneurs Cocom s'inclinèrent unanimement. Plutôt que de tout perdre, ils acceptèrent de bonne grâce d'unir leur nom et leur maison au nouvel homme fort de l'empire.

– Toutes les cités ayant appartenu à l'empire toltèque devront, sous peine de sanctions économiques ou militaires, adhérer à la nouvelle ligue, proclama Hunac à l'adresse des seigneurs qui espéraient encore s'approprier le plus de pouvoirs possible dans le cadre de l'entente.

– Ce sont là des paroles bien difficiles à entendre et à accepter, lança le gouverneur de Coba. Après avoir vécu deux siècles sous la tyrannie des Toltèques, la plupart des villes n'aspirent plus qu'à retrouver l'indépendance qui était la leur avant l'arrivée de Kukulkan. Par ailleurs, je dois te concéder que certaines d'entre elles verraient aussi des avantages à la formation d'une nouvelle alliance politique et militaire.

– L'indépendance des cités n'entraînerait que des rivalités et, tôt ou tard, de nouvelles guerres meurtrières, rétorqua Hunac. Seul un gouvernement central puissant peut offrir aux villes et aux peuples du Yucatan la stabilité et l'équité qui leur permettront de s'épanouir.

– C'est là un point de vue fort louable, seigneur Hunac, mais je ne suis pas sûr que les grandes familles qui ont repris le contrôle des centres urbains lors de la chute de Chichen accepteront de se plier devant un nouveau maître, quel qu'il soit. De plus, ta description des villes se dévorant les unes les autres me semble pour le moins exagérée.

– Je comprends très bien les cités d'aspirer à l'autonomie et je ne vois pas d'objection à leur accorder une grande liberté et des droits importants si elles consentent à les exercer dans le cadre supérieur de la ligue. En fait, je ne leur laisse pas le choix: ou bien elles se plient à ma volonté, ou bien elles devront subir de sévères représailles. N'oubliez pas que les paysans et les marchands sont partout derrière moi, que les Toltèques m'appuient et que les guerriers mexicas n'obéissent qu'à mes ordres; c'est bien assez, je crois, pour exiger une soumission dont vous serez d'ailleurs les premiers bénéficiaires.

– Tu ne nous laisses guère le choix, seigneur, lança Ah Raxa. Mais même si les villes consentent à t'obéir, rien ne peut garantir qu'elles ne chercheront pas ultérieurement à s'émanciper et peut-être même à se liguer contre toi.

— J'ai réfléchi à ce problème, répondit Hunac. Afin d'endiguer la subversion et de contrer toute rébellion, les familles au pouvoir dans chacune des villes de dix mille habitants et plus seront tenues de déléguer en permanence quelques-uns de leurs plus hauts représentants auprès du siège du Jaguar.

— Tu... tu exiges des otages des villes ! s'exclama Tak Jamal, le gouverneur d'Izamal, qui, après avoir appuyé Hunac lors de la prise de Chichen, comptait bien obtenir pour sa ville le statut de cité indépendante.

— Le terme « otages » me semble inapproprié, reprit Hunac. Mon seul désir, ma seule motivation est d'instaurer une ère de justice et de paix dont tous profiteront. Pour parvenir à ce but, la formation d'un gouvernement centralisé est indispensable. La création d'une cour royale à Mayapan, où vivront et se mêleront les nobles et les dignitaires des cités fédérées, permettra, j'en suis persuadé, une meilleure intégration des éléments constitutifs de l'empire, ainsi qu'un contrôle plus serré des grandes familles dirigeantes qui pourraient être tentées par une indépendance qui, je le répète, ne conduirait à la longue qu'à l'affaiblissement et à la désintégration accélérée de notre monde.

— Ces mesures sont dignes d'un tyran, clama Tak Jamal. Jamais le peuple d'Izamal n'acceptera de se plier à un type d'autorité pareil. Tu sembles oublier, Hunac Ceel, que ma ville fut l'une des premières à répondre à ton appel et à se ranger derrière toi lors des troubles ayant conduit au massacre des Itzas de Chichen. Et voilà qu'aujourd'hui, contre toute attente et toute raison, tu t'allies à tes pires ennemis: les Cocom de Mayapan. Tu comptes même épouser la fille d'Ah Raxa, celui-là même qui avait projeté ta mort à Cozumel. Et comme si la mesure n'était pas pleine, tu décides de faire de cette dernière cité le siège d'un nouvel empire qui s'annonce aussi despotique que celui des Toltèques. Je regrette, Hunac, mais le peuple d'Izamal refuse de se plier devant un dictateur qui voudrait contrôler sa destinée à partir d'une cité étrangère.

— Vous accepterez mon autorité, car tel est le souhait du Jaguar céleste et des peuples du Yucatan, répondit fermement Hunac.

— Et de quel droit pourrais-tu nous imposer ta volonté, Hunac Ceel ? grinça des dents Tak Jamal.

— Du droit du plus fort, tout simplement.

— Eh bien, cela reste à voir, lança l'Itza en tournant les talons.

— Attends, Tak Jamal; soyons raisonnables. Réfléchis encore à ma proposition et viens me voir ce soir; nous devons à tout prix en arriver à un accord.

— C'est bien, nous nous rencontrerons plus tard, grommela le seigneur itza avant de se retirer sous les regards inquiets des représentants des villes.

C'est dans une annexe du palais située non loi du bain de vapeur qu'Hunac reçut Tak Jamal en audience privée. Une femme accompagnait ce dernier, une vieille connaissance.

— Chimec! s'exclama Hunac. Ça alors, je croyais bien ne jamais te revoir. Te voilà donc au service de la maison d'Izamal.

— Je jouis en effet d'un certain prestige en cette cité, Hunac Ceel, et si je suis ici ce soir, c'est pour vous aider, Tak Jamal et toi, à conclure un accord satisfaisant pour tous.

— Eh bien, dans ce cas, sois la bienvenue, répondit Hunac. Assoyons-nous et dites-moi pourquoi Izamal refuserait de se joindre à la nouvelle ligue.

Malgré son accueil, Hunac était méfiant; c'est que Chimec ne lui inspirait vraiment pas confiance.

— C'est très simple, seigneur, commença Tak Jamal. Izamal ne veut plus appartenir à aucune ligue, ni aucune fédération. Chez nous, l'ethnie itza est majoritaire et elle redoute la domination maya encore plus que celle des Toltèques.

– Mais justement, croyez-vous vraiment que l'isolement favorisera votre ville en quoi que ce soit? Ne comprenez-vous pas à quel point il est dans votre intérêt d'appartenir à une fédération qui garantira vos droits et votre sécurité?

– De nombreux guerriers d'Izamal sont tombés pour t'aider à arracher Chichen des mains des Cocom, reprit Tak Jamal. Sans eux, tu ne serais peut-être même pas ici en ce moment à nous dicter tes conditions inacceptables. Sois au moins reconnaissant et laisse Izamal en paix.

– Et si je n'accepte pas? lança Hunac.

– Ce sera la guerre entre Mayapan et Izamal et ce sera la guerre civile partout où il y a des Itzas, répondit Tak Jamal.

– La guerre! Mais pourquoi? Quels avantages pensez-vous donc retirer d'un conflit perdu d'avance?

– Ce sera la guerre et la fin de ton rêve de paix et d'harmonie, reprit Chimec, à moins que tu ne sois disposé à considérer une autre solution.

– Je t'écoute. Quelle est cette solution miracle?

– Épouse-moi. Tu éloigneras ainsi le spectre de la guerre civile et Izamal sera le fer de lance de ton empire.

– Tu as vraiment le don de me surprendre, Chimec. Ne sais-tu pas que j'ai l'intention de me marier avec la fille d'Ah Raxa?

– Oui, avec la fille de celui qui a voulu te faire tuer par un Itza à Cozumel, rétorqua Chimec. Quelle blague ridicule et méprisante!

– Ce n'est pas une blague, c'est une nécessité: Mayapan est la cité la plus puissante du plat pays.

– Alors choisis, Hunac Ceel, la paix avec moi ou la guerre sans moi! jeta Chimec.

– Après Jolom, après le prêtre de Kukulkan, c'est donc à mon tour de mériter tes égards, répondit Hunac. Je ne t'épouserai jamais, Chimec. Par contre, pour garantir la paix, je suis disposé à accorder un statut particulier à Izamal.

– Izamal veut la paix; parle, seigneur, déclara Tak Jamal.

– Il n'y aura pas de statut particulier, ce sera la guerre! s'écria Chimec en enfonçant une dague dans le dos de Tak Jamal.

– Emparez-vous de cette folle ! ordonna Hunac en voyant la forcenée lever son couteau vers lui.

Les gardes mexicas abaissèrent aussitôt leurs lances vers Chimec qui, à la stupeur générale, alla s'empaler sur l'une d'elles.

– C'est... c'est mon... cadeau... de mariage... Hunac Ceel, soupira Chimec entre deux gémissements. Et puis, ta petite Ixaquil... c'est moi qui l'ai fait tuer...

Bouleversé par la dernière révélation de l'Itza tout autant que par cette double mort qui ne pourrait passer que sur son compte aux yeux des Itzas, Hunac pressentit les troubles et les horreurs à venir. Il voyait déjà se profiler à l'horizon la riposte d'Izamal et la guerre civile prédite par Chimec. Il ne lui restait plus qu'une façon de jouer s'il voulait encore gagner, et il devait le faire sans plus tarder.

– Qu'on rassemble toutes nos forces ! lança-t-il à un de ses gardes. Nous partons demain pour Izamal.

Quelques semaines plus tard, après que les armées d'Hunac furent entrées de force à Izamal et tandis qu'achevaient de se consumer les palais et les temples de la cité rebelle, Hunac Ceel épousa Numa Raxa, la fille aînée du gouverneur de Mayapan. Malgré les tragiques événements qui avaient secoué la ligue et la chasse à l'Itza qui sévissait encore partout, le mariage royal fut célébré en grande pompe et dans la liesse générale sur la grande place de Mayapan. Devant les nombreux représentants des cités fédérées déjà installés à la cour royale, ainsi qu'aux yeux de tout un peuple enthousiaste et démonstratif, les époux s'échangèrent la perle blanche et le coquillage rouge traditionnels. Par ce simple geste, le nouveau maître de l'empire propulsait les Cocom au rang de famille impériale et leur offrait l'occasion d'associer leur sang à une nouvelle dynastie.

Ce soir-là, le centre-ville de Mayapan s'éclaira de torches innombrables et se transforma en une vaste salle de banquet où se mêlèrent convives, musiciens et danseurs. Voulant affirmer leur nouveau statut, les Cocom n'avaient pas regardé à la dépense et avaient fait venir, parfois de très loin, les artistes les plus réputés, les aliments les plus rares et les plats les plus raffinés. Le peuple s'associait lui aussi aux réjouissances et profitait des spectacles improvisés et de l'alcool de balche qui coulait partout à flots. En cette nuit de réjouissances, chacun pouvait se pénétrer du sentiment d'être, non pas un simple spectateur impuissant, mais un acteur à part entière du grand jeu de la vie. En participant à la fête et en s'inscrivant dans le renouveau, chaque individu prenait conscience de sa place et de son rôle dans la collectivité. Au même moment, dans plusieurs villes et campagnes du nouvel empire, la fête battait aussi son plein, la joie et l'allégresse circulaient de haut en bas et de bas en haut à travers les couches sociales et contribuaient à leur intégration, mieux que n'importe quelle loi, n'importe quelle coercition.

LE JOUR
QUETZAL

Le jour quetzal

Un vent tiède courait à travers les rues de Chichen en ce début de matinée. Tout en marchant le long de la colonnade du temple désaffecté des guerriers, Hunac s'entretenait avec son vieil ami Kabal-Xiu, venu expressément d'Uxmal pour assister aux célébrations entourant le cinquante-deuxième anniversaire de naissance du maître de la ligue. Les années avaient transformé Hunac, son corps était plus lourd et plus fort; ses cheveux, qu'il tenait attachés au sommet de la tête, avaient blanchi et son visage s'était creusé de fines rides.

— Quand je pense que trente-trois ans nous séparent de ce jour où je t'ai conduit, pour la première fois, jusqu'au seuil du puits sacré, soupira le prêtre.

— En effet, Kabal, j'avais alors dix-neuf ans et je n'espérais pas vivre un jour de plus.

— Qui aurait pensé, à ce moment, qu'un condamné à mort se retrouverait, quelques années plus tard, à la tête d'un empire plus vaste que celui de Kukulkan ?

— Tu sais bien à quel point cela a pu me surprendre moi-même, reprit Hunac. S'il n'en avait tenu qu'à moi, nul doute que je serais aujourd'hui un vieux marchand, prospère et gras, qui se plaindrait amèrement des taxes et des impôts décrétés par les infâmes Toltèques.

– Ton exploit a vraiment été l'étincelle qui a renouvelé les temps, Hunac. Ton règne a assuré le passage du régime toltèque à un système original, mieux adapté à nos peuples. Même si, au début, tes politiques ont vivement déplu aux nobles, il faut bien admettre qu'elles t'ont assuré la sympathie du peuple.

– Tu veux sans doute parler de la redistribution des terres aux paysans et de l'établissement d'une cour royale à Mayapan. Cette dernière idée, comme tu le sais sans doute, n'était pas de moi; elle avait germé dans le cerveau d'Ah Raxa, convaincu que tous ces nobles rassemblés autour de mon trône seraient autant de garanties contre la contestation et la subversion des villes. En outre, cet ingénieux procédé me permettait d'exercer un meilleur contrôle sur les mariages et les alliances entre les nobles des cités.

– Chichen a bien changé depuis son abandon par les Itzas et le transfert du gouvernement et de son administration à Mayapan, fit le prêtre en désignant l'ancien palais du gouverneur où batifolaient des bandes d'enfants. Après le départ des Itzas pour la région du lac Peten et l'éparpillement des Toltèques, la ville a perdu de son opulence. Regarde! les grands monuments sont à peine entretenus, et je vois d'ici les herbes folles qui envahissent les marches de la pyramide de Kukulkan. Quant aux sanctuaires mayas, ils attirent bien moins de fidèles qu'auparavant et les revenus du culte suffisent à peine à leur entretien. Depuis ton arrivée au pouvoir, le peuple s'est détourné des dieux, Hunac.

– Est-ce un reproche ?

– Les régions du Yucatan n'ont jamais été aussi prospères, poursuivit le prêtre, mais tu dois reconnaître que tes principes et tes lois ont favorisé bien davantage les commerçants que les prêtres. Je me demande parfois si Xaman-Ek n'est pas en train de devenir le dieu unique de l'empire.

– Ne sois donc pas si amer, Kabal. Tu sais aussi bien que moi que la forme extérieure des rites l'a depuis longtemps emporté sur leur sens profond; même les dieux ne sont plus considérés par leurs propres fidèles que comme des partenaires qu'il faut craindre ou bien flatter.

– Pourquoi alors ne pas avoir cherché à rétablir la foi pure de nos ancêtres ? rétorqua le prêtre. Pourquoi ne pas avoir canalisé l'énergie du peuple vers l'adoration et la construction de nouveaux temples, plutôt que vers le commerce et la simple satisfaction de ses besoins matériels ?

– L'âge d'or de nos cultes est révolu, répondit Hunac; je n'ai fait qu'accorder ma conduite avec les mouvements du Serpent céleste. De plus, je ne veux pas que la crainte des dieux soit le fondement de l'empire que je compte laisser en héritage à mes enfants. De toute façon, mon règne et la dynastie que je compte instituer pour le perpétuer ne sont qu'un intermède précédant le prochain retour de Kukulkan, un événement dramatique qui sonnera le glas de notre monde.

– Si tu dis vrai, je me demande si un empire toltèque, puissant et fort de ses valeurs militaristes, n'aurait pas mieux affronté ce péril futur. Peut-être es-tu, Hunac, celui qui prépare le retour de Kukulkan.

– Toute la puissance des Toltèques n'aurait pu empêcher les astres de se déplacer et les cycles de se dérouler; l'apparition et la disparition de notre civilisation sont inscrites dans l'ordre des choses. C'est pourquoi il ne faut pas trop s'attacher à l'existence éphémère des peuples, des dieux et des cultures; tout cela est mouvant, et sujet à la mort, comme le sont les êtres humains qui leur ont donné naissance et forme.

– Ta perception des choses me semble par trop fataliste, mon cher Hunac. Était-ce donc ainsi, d'après toi, que les anciens envisageaient leur existence terrestre ?

– Une conception semblable de l'existence a bien pu amener les anciens à mettre un terme à leur brillante civilisation et à abandonner les cités qui reposent aujourd'hui sous le couvert des jungles, rétorqua Hunac. Leur civilisation avait atteint son apogée et leurs cités étaient semblables à des épis de maïs arrivés à maturité. Leurs prêtres et leurs sages en savaient bien plus long que nous sur les secrets de l'espace et du temps; arrivés au sommet de leur art et de leur savoir, ils ont sans doute jugé que leur expérience de la

réalité tangible avait atteint ses limites et réalisé ses poten-
tialités. Parvenue à sa floraison maximale, leur civilisation
s'est offerte elle-même au sacrifice suprême, permettant ainsi
à certains de ses membres de pénétrer des plans de conscience et des dimensions d'existence qui nous échappent
encore.

— Est-ce que tu voudrais dire que les anciens se sont
donné délibérément la mort afin de rejoindre l'au-delà et de
vivre au milieu des dieux et des esprits qui peuplent le
Belontiku ?

— Je n'oserais affirmer quoi que ce soit concernant les
régions du Belontiku et ceux qui les habitent, répondit
Hunac. Mais je pense que les chilams du passé avaient
développé une connaissance du corps subtil de l'être humain
qui leur avait ouvert les portes de l'invisible. Je crois aussi
qu'ils possédaient une science du temps et de ses cycles qui
leur a donné la possibilité de se soustraire aux contingences
de notre réalité.

— Quoi ! s'exclama Kabal-Xiu en plissant le front
d'incrédulité.

— Je suis convaincu que les anciens avaient découvert la
clé du temps et le moyen de se libérer de ses mailles. Placés
devant la fatalité des cycles, ils ont résolu de tenter l'ultime
aventure, poursuivit Hunac en tournant les yeux vers le
disque rouge de Kin qui montait lentement dans le ciel
matinal.

— Mais comment se libérer du temps, sinon en passant
par la porte étroite de la mort et du Metnal ? interrogea le
prêtre ?

— Qui sait ? répondit Hunac.

— Serais-tu encore obsédé par tes visions ? Verrais-tu
encore des désincarnés ou des bulles de lumière qui te
parlent ? fit le prêtre.

— Je te le dis, Kabal : à côté de ces êtres, ce sont nous les
morts, répliqua Hunac. C'est nous qui sommes limités par les
cinq sens d'un corps condamné à naître et à mourir. J'aime la
vie sous toutes ses formes, Kabal, mais parfois je nous vois

semblables à des larves. La conscience telle qu'elle se manifeste dans l'humain est un papillon sans ailes, un papillon qui
ne peut s'épanouir totalement qu'en d'autres espaces et
d'autres dimensions.

Leurs pas tranquilles les avaient menés jusqu'aux abords
du cenote Xtoloc, la réserve principale d'eau potable de la
cité. Les hommes et les femmes occupés à y puiser les
reconnurent et se prosternèrent. Hunac leur signifia de se
relever et, sous les regards attentifs des gardes mexicas qui les
suivaient, les deux importants personnages serrèrent des
mains, échangèrent quelques paroles, puis poursuivirent leur
marche en direction de l'observatoire.

— Hunac, dis-moi. J'ai appris que demain, après ton
offrande au puits sacré, tu comptais annoncer le transfert de
ton pouvoir à ton fils aîné, Xiba.

— Oui, c'est vrai. Mais comment l'as-tu appris ?

— Peu importe, Hunac, mais écoute bien ceci: tu dois
abandonner ton rêve d'établir une dynastie à Mayapan.

— Quoi ! Comment oses-tu dire pareille chose !

— Ton image de libérateur a réussi à maintenir l'unité de
la ligue pendant toute la durée de ton règne, mais les cités
refusent d'envisager la domination à perpétuité de Mayapan,
serait-ce sous la férule d'un de tes descendants.

— Mais je suis Hunac Ceel, celui qui est sorti vivant du
puits sacré et qui a libéré le Yucatan de l'oppression toltèque.

— Tous te respectent, Hunac, mais tes enfants ne bénéfi-
cieront pas de ta renommée. Tu as tué l'image redoutée de
Kukulkan et tu n'as même pas daigné la remplacer par une
autre. Lorsque tu es sorti de la pyramide du pouvoir en compagnie d'Ixaquil et de Chimec, tu n'as gravi, m'a-t-on
rapporté, que la moitié de ses marches afin de t'adresser au
peuple. Tu aurais dû monter alors jusqu'à son sommet afin
d'obtenir la caution du dieu solaire et bénéficier du statut
d'homme-dieu.

— C'est vrai, Kabal; je suis resté au milieu de la pyramide
en compagnie de ces deux femmes afin que tous y voient un
symbole de concorde et un appel à la réunification. Mais

aussi je tenais à montrer clairement que je me considérais comme un homme ordinaire et non pas comme un messie ou un nouveau Kukulkan.

— Alors écoute la voix de la raison, oublie cette idée de dynastie ; et demain, après ton offrande au puits sacré, annonce publiquement ton abdication pure et simple.

— Et de quelle autorité oserais-tu m'imposer une telle décision ?

— De l'autorité du conseil des cités, à l'exception, bien entendu, de Mayapan.

— Alors tu souhaites, toi aussi, la décomposition de l'empire et le déclin accéléré des villes ?

— Cela ne sera pas, les cités conserveront une alliance formelle, mais ne seront plus contrôlées par Mayapan ou par aucune autre ville.

— Et si je refuse ?

— Demain matin, après la cérémonie du cenote, les émissaires des villes se saisiront de toi. Si ta garde s'interpose, elle sera taillée en pièces. On te mettra aux arrêts et on t'obligera à abdiquer. Tu ne bénéficies plus de tes appuis d'antan, Hunac, et même le peuple commence à oublier ton exploit du puits sacré. Si tu acceptes de quitter le pouvoir de bon gré, les villes te seront reconnaissantes et t'assureront une retraite confortable, peut-être même laisseront-elles à ton fils le trône de Mayapan.

— Voilà donc ce qui se tramait depuis longtemps derrière mon dos, et tu ne m'en as jamais avisé, remarqua Hunac.

— Je suis d'abord au service de ma cité, Uxmal, qui ne veut plus de la suprématie de Mayapan.

— Viens, Kabal, allons faire un tour à l'observatoire, proposa Hunac.

Les deux hommes gravirent les marches d'un terre-plein et passèrent entre deux gardes mayas qui s'inclinèrent respectueusement devant eux. Ils se dirigèrent ensuite vers la tourelle de l'observatoire. Un couple d'hirondelles jaillit d'une des étroites ouvertures pratiquées dans le dôme de l'édifice et vint siffler au-dessus de leurs têtes. Une fois à l'intérieur, Hunac fit signe à Kabal de le suivre dans l'escalier en colimaçon qui conduisait à l'étage supérieur. Par une des fentes opérées dans le toit de la coupole, Kin lançait un premier rayon de lumière sur un mur où était fixé un long tableau de bois gravé de multiples symboles.

— Regarde le signe que nous désigne en ce jour le Jaguar céleste, dit Hunac en montrant l'impact du trait de feu.

— C'est le jour papillon, fit le vieux prêtre en fronçant les sourcils.

— Et demain, quel jour serons-nous ?

— Demain, le doigt de Kin désignera le quetzal, l'oiseau sacré, le symbole de l'immortalité, déclara Kabal-Xiu en haussant les épaules.

OFFRANDE AU JAGUAR CÉLESTE

Offrande au Jaguar céleste

Les abords du puits sacré n'ont pas connu une telle affluence et une telle animation depuis longtemps. Les nobles de la cour, les seigneurs et les prêtres des villes, mais aussi les habitants de Chichen et les paysans de sa région se sont déplacés nombreux pour assister à l'offrande solennelle au dieu des eaux annoncée par Hunac Ceel. En son cinquante-deuxième anniversaire de naissance, une rumeur veut en effet que le maître de la ligue remette son trône à son fils aîné. Mais les nobles ont d'autres attentes, d'autres projets, et ils prendront tous les moyens pour les voir se concrétiser. Partout dans la foule sont postés des hommes à leur solde. De plus, par d'habiles menaces et de riches présents, ils se sont assuré la collaboration des gardes mexicas d'Hunac.

Accompagné de sa femme et de ses enfants, ce dernier remonte la voie sacrée en souriant et en saluant le peuple de Chichen qui y manifeste gaiement. La tête haute et fière, semblant ignorer la menace qui pèse sur lui, il arrive bientôt près du puits où une délégation de nobles et de dignitaires vient lui offrir les félicitations et les vœux des villes pour ce cycle de vie qu'il s'apprête à compléter.

Un peu plus loin se trouve Kabal-Xiu. Comme lors de sa condamnation à mort par les Toltèques, le prêtre attend

Hunac devant le petit temple de Chac érigé au bord du gouffre.

— Mes salutations, Hunac Ceel, et bon anniversaire ! fait le prêtre en s'inclinant.

— Bonjour, Kabal. Quel beau matin, n'est-ce pas ! Sens comme la brise est douce et vois, le visage pâle d'Ixchel est encore présent dans le ciel en compagnie de Kin, son compagnon.

— En effet, seigneur, c'est une matinée exceptionnelle. Mais, dis-moi, quelle offrande apportes-tu au dieu de la pluie cette fois ? s'enquiert le prêtre.

— Pour Chac, aujourd'hui, j'ai ceci, répond Hunac en exhibant le collier olmèque aux serpents d'or et d'argent.

— Magnifique bijou ! acquiesce le prêtre en plissant les yeux pour mieux voir et en promenant ses doigts sur les écailles de turquoise et de nacre; l'œuf de jade incrusté entre les gueules des reptiles attire particulièrement son attention et il examine un moment, songeur, la tête de jaguar qui s'y trouve gravée.

— C'est une pièce unique, précise Hunac, et de plus, pour moi, c'est un souvenir sans prix.

Avant de suivre Kabal-Xiu à l'intérieur du temple, Hunac se tourne vers sa femme et ses enfants, il prend leurs mains dans les siennes et leur adresse à chacun quelques paroles. Quand il a terminé, ceux-ci inclinent respectueusement la tête.

— Nous y voici de nouveau! s'exclame le prêtre lorsque Hunac l'a rejoint. Mais cette fois les rôles et les circonstances ont bien changé, n'est-ce pas ?

— En effet, la première fois, les soldats m'avaient accompagné jusqu'au puits, cette fois ils m'attendent à l'extérieur pour se saisir de moi.

— Il n'en tient qu'à toi, Hunac. J'espère que tu as décidé d'écouter la voix de la raison et que tu vas abdiquer en douceur.

— Je veux que mon peuple connaisse la paix, je veux que l'empire vive et que mon fils me succède.

– C'est insensé; ton entêtement te fera tout perdre.

– C'est le peuple qui décidera quel maître il veut, déclare Hunac avant de se diriger vers le balcon qui a remplacé la passerelle de bois d'où l'on jetait jadis les victimes sacrificielles dans la bouche de Chac.

Une immense ovation salue son apparition. Tandis que la foule scande son nom, il jette son regard au fond du gouffre et contemple les eaux glauques dans lesquelles viennent déjà se mirer quelques rayons de soleil. Comme la première fois où il s'était approché du puits en compagnie de son père, le reflet du visage de sa mère se dessine sur l'onde calme; puis, l'espace d'un instant, d'autres s'y superposent, ceux de Balamdé, de Touloum, d'Ixaquil, de Chimec, de sa femme Tamu, et finalement d'Oreillana. Hunac cligne des yeux, le miroir magique s'estompe. Le collier olmèque entre les mains, le maître de l'empire se tourne de nouveau vers la foule.

– Ô mon peuple, voici mon offrande au dieu de l'onde ! lance-t-il bien haut.

Sous les hourras et les acclamations, Hunac attache le collier autour de son cou et, à la surprise générale, enjambe la balustrade du balcon et plonge dans le vide. Une clameur de surprise accompagne sa disparition sous les eaux; ainsi, tout comme l'a fait Kukulkan, deux siècles auparavant, Hunac Ceel a choisi de mettre fin à ses jours.

– Mon pauvre Hunac, ce n'est pas ainsi que tu réussiras à persuader le peuple et les nobles de ton essence divine, pense aussitôt Kabal-Xiu, pour qui ce geste n'est que l'ultime expression du désespoir.

Tandis que les plaques de jade dissimulées dans l'épaisseur de son vêtement entraînent Hunac vers le fond du cenote, sa bouche et ses narines aspirent l'eau à pleins poumons, son cerveau bourdonne, ses pensées s'entrechoquent. Tout à coup, l'obscurité et le silence paraissent avaler toutes choses. Il a alors la sensation d'une pression intense, d'un sentiment d'éclatement bientôt suivi d'un craquement. Tout comme au moment de son premier sacrifice, un lien s'est brisé. Sa conscience, brusquement détachée de son corps, observe ce dernier couler jusqu'au fond du puits où son impact dans la vase soulève un nuage de sédiments qui se disperse lentement. Lorsque son vêtement de chair est entièrement disparu sous les vases du cenote, se lève en lui un sentiment de légèreté et de liberté sans pareil. Il comprend que le moment est venu de naître à un nouveau monde. Tournant son regard vers le haut, il perçoit la lumière du jour qui filtre jusqu'à lui. Alors, poussé par son désir, il remonte lentement la gorge du dieu Chac.

Tandis que des remous agitent encore la surface du puits, les personnes qui se trouvent proches peuvent voir un halo d'arc-en-ciel s'extraire des eaux. Stupéfiés, ils assistent à la métamorphose de la sphère en un magnifique oiseau quetzal qui se met à battre des ailes. L'animal sacré remonte lentement la cheminée du puits et plane un moment au-dessus de la foule en exposant au soleil son plumage multi-colore. Alors, sous les regards remplis de crainte et d'admi-ration, l'oiseau lance un cri de victoire et gagne les hauteurs du ciel où sa forme se fond rapidement dans le disque d'or du Jaguar céleste.

Épilogue

La disparition hors de l'ordinaire d'Hunac Cahuich lui conféra le statut d'homme-dieu, ce qui allait permettre à ses descendants de réaliser son rêve d'unification et de gouverner le nouvel empire yucatèque pendant plus de deux cents ans. Au tournant du quatorzième siècle de l'ère chrétienne, un coup d'État fomenté par les nobles d'Uxmal arracha le pouvoir aux Cocom de Mayapan et le remit entre les mains de la puissante famille des Xiu. Ces derniers dirigèrent une fédération chancelante, en proie à une décadence culturelle et religieuse, jusqu'au retour de Quetzalcoatl-Kukulkan. C'est en effet en mille cinq cent dix-huit qu'Hernan Cortes, le dernier avatar du dieu blanc et barbu, débarqua au Yucatan et, par le fer et le feu, entreprit la conquête rapide et brutale du nouveau monde. En mettant fin à des millénaires de brillantes civilisations autochtones, le conquistador espagnol donnait le coup d'envoi aux derniers siècles matérialistes du quatrième soleil qui se terminera, selon les tables astronomiques mayas, en l'an deux mille douze de notre ère.

ANNEXES

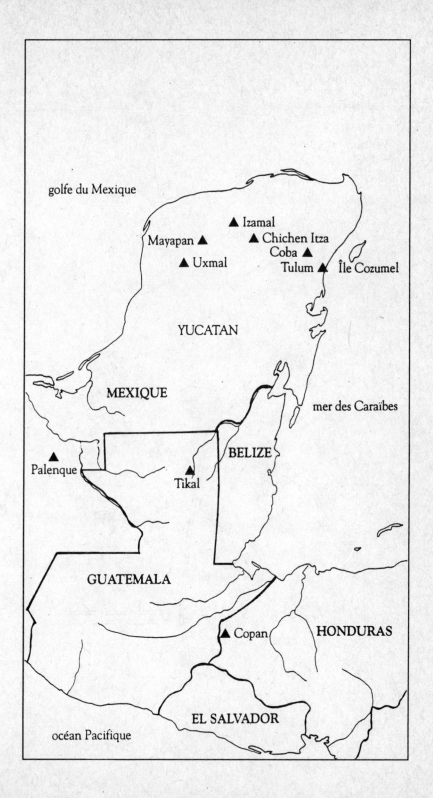

golfe du Mexique

▲ Izamal

Mayapan ▲   ▲ Chichen Itza
              Coba ▲
    ▲ Uxmal   Tulum ▲ ▲ Île Cozumel

YUCATAN

MEXIQUE   mer des Caraïbes

                    BELIZE
▲
Palenque   ▲
              Tikal

GUATEMALA

                              HONDURAS
              ▲ Copan

          EL SALVADOR

océan Pacifique

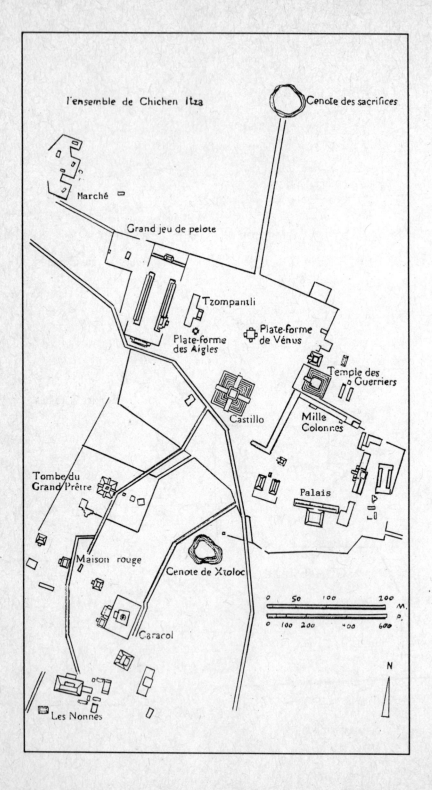

l'ensemble de Chichen Itza

Cenote des sacrifices

Marché

Grand jeu de pelote

Tzompantli

Plate-forme
des Aigles

Plate-forme
de Vénus

Temple des
o Guerriers

Castillo

Mille
Colonnes

Tombe du
Grand Prêtre

Palais

Maison rouge

Cenote de Xtoloc

0   50   100   100
                            M.
                            P.
0   100 200   400   600

Caracol

Les Nonnes

N

Points de repère historiques attestés par les découvertes archéologiques récentes

800-250 av. J.-C.	Apogée de la civilisation olmèque.
525 av. J.-C.	Invasion de l'Égypte par les Perses, chute du pharaon Psammétique III. Au Mexique, apparition de Quetzalcoatl, le « civilisateur ».
200 à 850 ap. J.-C.	Civilisation maya dite « classique ». Apogée des grandes métropoles guatémaltèques de Tikal, Copan et Pierra Negras. Âge d'or de Palenque.
631-683 ap. J.-C.	Naissance et mort de Pacal Votan, le plus illustre des prêtres-rois de Palenque.
950 à 1000 ap. J.-C.	À cause de conditions climatiques défavorables, des centaines de Vikings établis depuis deux siècles au Groenland abandonnent la grande île et émigrent sans doute vers les Amériques.
967 ap. J.-C.	Apparition de Kukulkan à Tula, la capitale toltèque des hauts plateaux.
985 ap. J.-C.	Occupation du Yucatan par les forces de Kukulkan. Chichen devient la nouvelle capitale d'un gouvernement militariste.
1000 à 1200 ap. J.-C.	Domination toltèque des villes du Yucatan; augmentation de la population itza; tensions sociales et religieuses. Sacrifices humains.

1201 ap. J.-C.	Hunac Ceel, sacrifié dans le puits sacré, en sort vivant et devient le chef des troupes rebelles de Mayapan. Chute de Chichen Itza. Formation de la nouvelle ligue de Mayapan. Abolition des sacrifices humains.
1441 ap. J.-C.	Fin de la dynastie Cocom de Mayapan instaurée par Hunac Ceel au profit des Xius de la ville d'Uxmal.
1518 ap. J.-C.	Arrivée des Espagnols au Mexique. Destruction des civilisations précolombiennes.

Lexique

QUELQUES DIEUX

Kin	Appellation maya du dieu soleil. Représente l'énergie masculine de l'univers.
Jaguar céleste	Appellation toltèque de la divinité solaire.
Ixchel	Déesse de la Lune, représente l'influence féminine en œuvre dans la nature.
Chac	Dieu de la pluie et, par extension, des ondes et énergies caractérisant toute expression vitale.
Tlaloc	Nom toltèque du dieu des eaux.
Xaman Ek	Dieu des marchands et des voyageurs. Il apparaît dans le ciel sous l'aspect de l'étoile polaire.
Quetzalcoatl	Littéralement, le « Serpent à plumes »; nom accordé à certains personnages historiques s'étant hissés, aux yeux du peuple, jusqu'à la divinité.
Kukulkan	Appellation maya du Serpent à plumes.
Ah-Cup-Capac	Dieu des enfers.
Ah Puch	Dieu de la mort et du mal.
Hunab Ku	Le centre, le cœur de l'univers; dieu créateur suprême et transcendant des Mayas.
Tezcatlipoca	Ancien dieu de la guerre et des sacrifices humains chez les Toltèques avant l'arrivée de Kukulkan.
Yum Kaax	Dieu du maïs.

LE CLERGÉ

Ah Kin	Grand prêtre.
Ah Kin May	Chef de la hiérarchie sacerdotale.
Halach Uinic	Personnage combinant les fonctions de direction civile et religieuse.
Chilam	Devin, interprète des oracles.
Hapay Kan	Le « serpent suceur », grand prêtre du culte de Kukulkan.

QUELQUES MOTS

Kin	Soleil, un jour.
Uinal	Vingt jours.
Tun	Trois cent soixante jours.
Katun	Période de vingt ans.
Baktun	Période de quatre cents ans.
Tzolkin	Année sacrée de deux cent soixante jours.
Ayebs	Les cinq jours néfastes ou « excédentaires » qui, ajoutés à un tun, forment l'année solaire.
Cenote	Puits, sacré ou non.
Milpa	Champ, étendue cultivée.
Sisal	Fibre végétale confectionnée à partir de l'agave, plante dont la fermentation donne aussi la tequila et le fameux mescal.
Codex	Livre composé d'un seul et long feuillet, plié ou enroulé.
Pok-a-tok	Jeu de balle très populaire, prenant parfois un caractère sacré.
Sac-bé	Avenue menant au puits sacré.
Tzompantli	Le « ratelier des crânes » : plate-forme servant à certains types de sacrifices humains.
Metnal	Le passage étroit, les enfers, monde intermédiaire où s'actualisent les désirs et les peurs du défunt.
Belontiku	Le paradis des Mayas.

NUMÉROTATION MAYA

Le système de numérotation maya est végésimal, c'est-à-dire basé sur les multiples de vingt. Trois signes suffisent à traduire les nombres les plus complexes:

● =1

▬▬▬ =5

(COQUILLAGE) 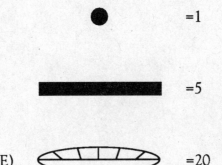 =20

EXEMPLES: 5
(+)
1
(x)
20 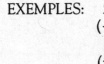 =25

3
(+)
5
(x)
20 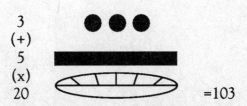 =103

Cet ouvrage a été imprimé
sur un papier recyclé contenant
des fibres désencrées.

Achevé   Imprimerie
d'imprimer Gagné Ltée
au Canada Louiseville